ABDULRAZAK
GURNAH

Abdulrazak Gurnah
古 尔 纳 作 品

Afterlives

来世

〔英〕阿卜杜勒拉扎克·古尔纳——著
李和庆——译

上海译文出版社

第一部

一

遇到商人阿穆尔·比亚沙拉那年，哈利法二十六岁。当时，他在一家规模不大的私人银行工作，银行老板是印度古吉拉特邦的两兄弟。那个时候，与当地商人做生意，而且主动去适应他们做生意方式的银行，只有印度人开的私人银行。大银行都想与做文案、证券和担保等业务的公司做生意，而当地人都是通过各种肉眼看不见的关系网和行会做生意，这种经营理念未必符合他们的口味。兄弟俩之所以雇哈利法，是因为他们跟他父亲那边沾亲带故。说"沾亲带故"也许有些言过了，只不过他父亲也是古吉拉特邦人，所以从某种意义上说，这也算是沾亲带故了。他母亲是个农村妇女。哈利法的父亲是在一个印度大地主家的农场上干活时遇到她的，农场距离他长大成人后大部分时间生活的小城需要两天的路程。哈利法长得不像印度人，或者说不像他们生活的那个地方经常看到的那种印度人。他的肤色、他的头发、他的鼻子，长得都像他的非洲裔母亲，但他总是时不时喜欢炫耀自己的血统。没错，没错，我父亲是印度人。我怎么看不出来呀？他娶了我母亲后，对她一直忠心耿耿。有些印度男人喜欢玩弄非洲裔女人，玩腻了后，再去讨个印度女子做老婆，然后把非洲裔女人一甩了之。我父亲从没有离开过我母亲。

他父亲名叫卡西姆,出生在古吉拉特邦的一个小村庄。村子里有富人,也有穷人;有印度教徒,也有穆斯林,甚至有一些埃塞俄比亚基督徒。卡西姆家属于穆斯林穷人。因为过惯了苦日子,卡西姆从小就很勤快。他先是被送到村里的一所清真寺学校,后来又被送到离家不远的镇上一所公办的古吉拉特语学校。卡西姆的父亲是收税员,经常到乡下去给地主老爷收税。他觉得,应该送卡西姆去上学,这样他也可以当收税员,或者做类似体面的工作。他父亲跟他们不住在一起,只是一年来看他们两三次。卡西姆的母亲照顾失明的婆婆和五个孩子。卡西姆是五个孩子中的老大,下边有一个弟弟和三个妹妹。他的两个妹妹,最小的那两个,很小的时候就夭折了。父亲偶尔会寄钱回来,但在村子里一家人还是得自己照顾自己,能找到什么活儿就干什么活儿。卡西姆长大一点儿后,古吉拉特语学校的老师鼓励他到孟买的一所英语小学去读书,自那以后,他才时来运转。为了让他在孟买上学期间尽可能住得好一点儿,他父亲和其他亲戚帮他筹到一笔贷款。随着时间的推移,卡西姆的境遇有了改善。卡西姆先是寄宿到学校里的一个朋友家里,后来这个朋友的家人又帮他找了个活儿,给年龄更小的孩子当家教。挣的安那①虽然不多,却帮助他养活了自己。

完成学业后没多久,一个地主主动提出让卡西姆加入他在非洲海岸的会计队伍。这份工作就像上天的恩赐,为他打

---

① 安那(anna):印度和巴基斯坦旧时的货币单位,相当于一卢比的1/16。

开了一扇谋生的大门,或许还有点儿奇遇。这份工作是通过卡西姆家乡的伊玛目①介绍给他的。这个地主的先祖是同一个村的,每次需要会计,总是派人从老家村子里找。这样做是为了找一个忠诚可靠的人来打理他们的事务。地主平时会从他的工资里扣留一部分,到了每年的斋月,卡西姆就会把这笔钱寄给家乡的伊玛目,请伊玛目转交给他的家人。他再没回过古吉拉特邦。

这就是哈利法的父亲给他讲过的他自己小时候奋斗的经历。他之所以告诉他,是因为这是一个父亲为自己的孩子所做的,也是因为他希望哈利法更加上进。他教他读书,教他罗马字母,还教他基本的算术知识。后来,等哈利法稍微长大一点儿,大约十一岁的时候,父亲把他送到附近城里的一家私塾,由私塾先生教他数学、会计和英语的日常用语。这些抱负和做法都是他在印度的父亲传给他的,而他自己一辈子也未能实现。

私塾先生教的学生不止哈利法一个。先生共有四个学生,全都是印度裔男孩。几个学生和先生住在一起,睡觉就在楼梯底下过道的地上,饭也是在地上吃。先生从不允许学生上楼。上课的教室是一个小房间,地上铺着垫子,有一扇装着铁栅栏的窗户。窗户离地面很高,他们根本看不到外面,只能闻到从房子后面流过的排水沟污水的气味。上完课后,先生便把教室当成圣地似的,把房门锁上。每天早晨上课前,几个学生必须把教室打扫得一尘不染。每天都是先上

---

① 伊玛目(imam):亦称"阿訇",清真寺内主持礼拜的教长。

课,然后到了傍晚天黑前再上课。午饭后下午一两点钟,先生总是去睡午觉。为了节省蜡烛,他们晚上不上课。在自由支配的时间里,几个学生要么到市场上或是海边去找活儿干,要么干脆逛大街。晚年时,哈利法一直揣着怀旧的情结回忆起那段岁月。

哈利法是德国人来到小城那年开始跟私塾先生上学的,而且一住就是五年。那几年正赶上阿布士里起义①,所以,听到德国人说他们才是这片土地的统治者后,沿海地区的阿拉伯和斯瓦希里商贾和商队都奋起反抗。由于德国人和英国人、法国人、比利时人、葡萄牙人、意大利人,还有别的什么人都已经有了自己的殖民政府,已经划定了自己的版图,彼此间也已经签订了条约,所以他们的反抗根本无济于事。叛乱被维斯曼②上校率领他新组建的驻防军镇压了下去。镇压了阿布士里叛乱三年后,正值哈利法从私塾先生那里即将学成,德国人又卷入了另一场战争,而这一次是与南方很远的赫赫人③打起来的。赫赫人也拒不接受德国人的统治;事实证明,他们要比阿布士里更顽强,虽然德国驻防军采取了残酷的高压手段,但他们仍猝不及防地给驻防军造成了重大伤亡。

让他父亲高兴的是,事实证明,哈利法天生就是读读写

---

① 阿布士里起义(al Bushiri uprising):1888—1891年,阿布士里领导的坦噶尼喀北部沿海地区人民反抗德国殖民统治的起义。
② 维斯曼(Hermann von Wissmann,1853—1905):1888—1891年出任德属东非帝国专员,1895—1896年出任德属东非总督。
③ 赫赫人(Wahehe):坦噶尼喀伊林加地区的部落民族。

写和做会计的料。就是在这个时候，私塾先生提议，哈利法的父亲写信给在同一个小城做生意的古吉拉特邦银行家兄弟。私塾先生草拟了一封信，交给哈利法，让他交给他父亲。他父亲自己动手誊了一份，雇了个车夫，把信再送回私塾先生手里，由先生把信交给两位银行家。他们都认为，由私塾先生出面肯定会管用。

在信中，他父亲写道：尊贵的先生们，贵行能否给犬子谋个差事？犬子生性勤奋，学过会计，虽缺乏经验但聪明伶俐，会拼写罗马字母，还懂些英语。他此生都会感激你们的恩情。来自古吉拉特邦的兄弟敬上。

过了几个月，他们才收到回信。因为私塾先生为了保存自己的颜面，四处去向银行家兄弟俩求情，兄弟俩才勉强回了信。信到了后，上面写着：把他送过来，我们试用一下吧。如果没问题，我们会给他一份差事。古吉拉特邦的穆斯林兄弟必须始终守望相助。我们不彼此照应，谁又会照应我们呢？

哈利法巴不得离开他父亲做会计的地主庄园的家。在等待银行家兄弟答复的这段时间里，他帮助父亲干活：记工资、填订单、列清单，还倾听他根本于事无补的抱怨。庄园上的活儿非常繁重，可工人的工资非常微薄。工人们经常在发烧、病痛和脏乱不堪的环境中苦苦挣扎。庄园允许工人自己种一小块地补贴家用。哈利法的母亲马里亚姆也种了一小块地，种西红柿、菠菜、秋葵和红薯。她的园子紧挨着他们拥挤不堪的小房子，百无聊赖的生活有时让哈利法感到实在苦闷和无聊，甚至让他怀念与私塾先生共度的艰苦岁月。因此,在收到银行家兄弟的回信后,他真巴不得离开这个家。他心里暗下决心,一定要让他们留下他。银行家兄弟确实留下了他,而且一留就是十一年。兄弟俩初次看到哈利法的样子时非常惊讶,但没有表现出来,也没有对哈利法说起过,但其他一些印度客户就没有那么客气了。不,不,他是我们的兄弟,古吉和我们一样,银行家兄弟说。

他只是一名银行职员,负责往账簿上输入数据,随时更新保存记录。这就是他们让他做的全部工作。他觉得,他们不敢把业务全交给他,但跟钱打交道的生意就是这个样子。哈希姆和古拉布兄弟是放债的,对此,他们跟哈利法解释说,这是所有银行家的真实嘴脸。不过,与大银行不同,他们的银行不接待开私人账户的客户。兄弟俩年龄相仿,长得也很像:身材粗短,满脸堆笑的脸上颧骨宽大,胡子修剪得整整齐齐。少数人(都是古吉拉特邦的生意人和投资者)把自己多余的钱存入他们的银行,他们便把这些钱以收取利息的方式借给当地的商贾。每年的先知诞辰日①,兄弟俩都会在自己的宅第花园里举办圣纪节诵读会,还向前来参加诵读会的人发吃的。

哈利法跟银行家兄弟俩干到第十个年头的时候,商人阿穆尔·比亚沙拉找到哈利法,向他提出了一个建议。其实,阿穆尔·比亚沙拉与银行有业务往来,哈利法早就认识他。这一次,哈利法给他提供了银行老板不知道他知道的一些信

---

① 伊斯兰教的先知(the Prophet)是穆罕默德。

息，也就是有关佣金和利息的细节，从而帮助阿穆尔·比亚沙拉突然想到了一笔更好的生意。为感谢哈利法提供信息，阿穆尔·比亚沙拉给了他一笔钱。他贿赂了他。虽然贿赂的数额不大，阿穆尔·比亚沙拉从中获得的好处也不算太多，但这位商人向来是以手段毒辣出名的，所以，无论如何，他也抵挡不住暗箱操作的诱惑。对哈利法来说，既然贿赂的数额不大，他倒是能抑制住因背叛自己的老板而产生的内疚感。他心想，既然自己正在学习生意经，那就意味着要去了解做生意的歪门邪道。

就这样，哈利法与阿穆尔·比亚沙拉达成了小小的协议。几个月后，银行家兄弟决定将业务转移到肯尼亚的蒙巴萨。原因是从蒙巴萨到基苏木正在修铁路，因此，英国政府批准实施了鼓励欧洲人移民到英属东非（当时人们是这么叫的）的殖民政策。银行家兄弟希望在蒙巴萨能有更好的发展机遇，在印度商人和手艺人中，他们并不是唯一看到这一点的。与此同时，阿穆尔·比亚沙拉也在拓展自己的生意，于是，他便雇用哈利法做自己的文书，因为他自己不会写罗马字母，但哈利法会。阿穆尔·比亚沙拉觉得，这种本领自己说不定能派得上用场。

当时，德国人已经镇压了德属东非的所有叛乱，或者德国人自以为已经镇压了所有叛乱。他们已经解决了阿布士里和沿海商队的抵制和反抗。经过一番搏杀，德国人平息了叛乱，在1888年抓获阿布士里并把他绞死。驻防军是在维斯曼上校及其德国军官指挥下的非洲雇佣兵组成的军队，人称"阿斯卡利"。当时，这支军队的组成成分是曾为英国人效力对付苏丹马赫迪①后被解散的努比族士兵，还有从葡属东非南部招募来的尚加纳"祖鲁族"新兵。德国殖民政府之所以把阿布士里绞首示众，是因为将来还会处决其他许多人犯。德国人还把巴加莫约②的要塞（阿布士里的一个据点）变成驻防军的指挥部，来当成他们以给东非地区带来秩序和文明为使命的象征。巴加莫约是旧商队贸易的终点站，也是该段海岸线上最繁忙的港口。攻克并占领巴加莫约是德国控制东非殖民地的重要标志。

不过，对德国人来说，要做的事情还有很多。就在德国人从沿海向内地推进的过程中，遇到许多不肯臣服的其他部落民族：尼扬韦齐人、查加人、梅鲁人③，还有南方最棘手的赫赫人。德国人对赫赫人采取断粮、镇压、烧光的策略，经过八年的战争，终于制服了赫赫人。取得胜利之后，德国人砍掉了赫赫族领导人姆克瓦瓦的头，而且还把他的头颅当作战利品送回德国。德国人从战败的当地人中招募新兵，有了这些新兵的助力，此时的驻防军阿斯卡利已经成为一支经验丰富、极具摧毁力的队伍。这支军队以自己昭彰的臭名为荣，他们的军官和德属东非的殖民官员也乐于看到这样的军队。恰逢哈利法投奔阿穆尔·比亚沙拉时，驻防军并不知道

---

① 马赫迪（the Mahdi）：救世主，伊斯兰教的宗教与世俗领袖，此处指苏丹栋古拉领导革命运动、推翻埃及政府的穆罕默德·阿赫默德（Muhammad Ahmad of Dongola，1843—1885）。
② 巴加莫约（Bagamoyo）：坦桑尼亚东北部的历史名城，濒临桑给巴尔海峡，位于坦桑尼亚首都达累斯萨拉姆以北七十公里。
③ 尼扬韦齐人（Nyamwezi）、查加人（Chagga）、梅鲁人（Meru）都是讲班图语的东非部族。

南部和西部即将爆发马及马及起义①，而这次起义即将演变成最严重的叛乱，乃至招来德国及其阿斯卡利军队更残酷的暴行。

当时，德国殖民政府颁布了新的贸易法规。阿穆尔·比亚沙拉依赖哈利法知道如何为他谈判，依赖他去读懂德国殖民政府的法令和报告，填写相关的报关单和税务表格。其他的事务阿穆尔·比亚沙拉都是亲力亲为。他总是忙个不停，所以哈利法与其说是他心目中值得信赖的文书，倒不如说是他的总助理，商人要求他做什么，他就做什么。有些事情阿穆尔·比亚沙拉有时候告诉他，有时候不告诉他。哈利法帮商人写信，去政府部门跑各种各样的执照，收集道听途说来的信息，给商人想要与之保持良好关系的人送点礼品和好处等。即便如此，他认为商人信赖他、允许他自行定夺的程度和商人给予别人的信赖程度没什么两样。

阿穆尔·比亚沙拉并不是难伺候的主子。他身材矮小，举止优雅，彬彬有礼，说起话来总是和声细语，经常参加当地清真寺的宗教活动，而且乐于助人。如果有人碰上什么小灾小难，他都慷慨解囊，邻居的葬礼，他也从来不落。过路的陌生人都会误认为他是当地谦恭的信徒，但人们知道，事实恰恰相反，说起他做事的那股子狠劲儿和传闻中的财富，也都无不折服。人们把他做生意时表现出来的诡秘和冷酷看

---

① 马及马及起义（Maji Maji uprising）：1905—1907年间由德属东非穆斯林和持万物有灵信仰的非洲人发动的、反抗德国殖民统治的武装起义。

成是商人的本性。大家都喜欢说，他做起生意来就像在策划一场阴谋。哈利法认为他就是个强盗，在他眼里，没有什么是利太小而不足为的：走私、放贷，不管是奇缺的还是平常的东西，他都囤积，进口的东西也是五花八门。市面上需要什么，他就去进口什么。他把生意都装在脑袋里，原因是他不相信任何人，再说，有些生意他必须瞒着别人。在哈利法看来，行贿和暗箱操作似乎给阿穆尔·比亚沙拉带来极大的乐趣，每次为自己一心想促成的生意偷偷摸摸地付完钱后，他便放下心来。他的脑子始终在算计，始终在琢磨与他打交道的人。表面上他待人彬彬有礼，只要愿意，也可以与人为善，但哈利法知道他是个真正的狠角色。在跟他干了几年后，哈利法心里清楚，商人阿穆尔·比亚沙拉的心有多狠。

就这样，哈利法替商人写信、行贿，收集商人小心翼翼透露出来的零碎信息，工作干得倒是相当满意。对道听途说，从接收到传播，他可谓是天赋异禀，对于他在大街上和咖啡馆里而不是在办公室里跟人一聊就是几个小时这种事，商人也没有跟他过不去。知道别人在聊些什么总比把自己蒙在鼓里要好。哈利法本想多去了解生意，为生意出把力，但这是不太可能的。他甚至不知道商人保险柜的密码。需要什么文件，他只能请商人拿给他。阿穆尔·比亚沙拉在保险柜里放了很多钱，如果哈利法或者别的什么人在场，他甚至从来没有完全打开过保险柜的门。每次需要从保险柜里取东西，他都是站在保险柜前用身体挡住，才转动密码锁，然后把门打开一条缝，像窃贼一样把手伸进去拿东西。

哈利法跟了阿穆尔老板三年多时,他接到信儿说,他母亲马里亚姆突然去世了。当时,她还不到五十岁,她的过世完全出乎预料。他匆忙赶回家帮父亲料理后事,可发现父亲不但极度悲伤,而且身体也不好。哈利法是他们的独子,但最近一段时间没怎么去看望过父母,所以看到父亲萎靡、虚弱的样子,哈利法着实有些吃惊。他染了什么病,但又找不到治疗师告诉他究竟是什么病。附近没有医生,最近的医院也是在哈利法生活的海滨小城。

"你该早告诉我。我会来接你的。"哈利法对父亲说。

他父亲浑身一直在颤颤巍巍,一点儿力气都没有。他再也不能干活了,一天到晚坐在庄园上有两居室的棚屋的门廊上,茫然望着屋外。

"几个月前我才感觉到身体没有力气,"父亲对哈利法说,"我原以为我会先走,没想到你母亲走在了我前面。她闭上眼睛,睡着了,就再没醒过来。现在我该怎么办呢?"

哈利法陪父亲待了四天。结合父亲的症状,他看得出,父亲得了严重的疟疾,高烧不止,吃不下东西,眼睛有黄疸,小便也呈红色。凭借经验,他知道蚊子是庄园的一大害。他跟父亲睡在一个房间,醒来时发现自己的双手和耳朵被蚊子叮了好多包。第四天早上,哈利法醒来发现父亲还在睡,便走出房间,到棚屋后面先去洗漱,然后烧水泡茶。就在他站那里等着水烧开的当儿,他突然打了个寒战,于是赶紧回到屋里,发现父亲不是睡着,而是死了。哈利法站了一会儿,看着死去的父亲,回想父亲活着时身体多么硬朗,凡事都争先,可死的时候却这么骨瘦如柴。他把父亲裹盖好,便到庄园办事处找人来帮忙。他们把他父亲的尸体运到庄园附近村庄上的小清真寺。在寺里,哈利法在熟悉葬礼程序的人的协助下,按照风俗为父亲洗了澡。当天下午晚些时候,一行人把他父亲葬在清真寺后面的公墓里。他把父母留下的寥寥几件物品捐给了清真寺的伊玛目,请伊玛目把这些东西分给那些需要的人。

哈利法回到城里,在之后的几个月里,一直觉得在这个世界上自己不但已经孑然一身,而且还是个不中用的不孝子。这种感觉以前从来没过。他这辈子大部分时间都不跟父母生活在一起,多年来,他先是跟私塾先生,然后跟银行家兄弟,再后跟商人阿穆尔·比亚沙拉一起生活,所以,虽然疏于照顾父母,但他并没有自责。可是,父亲的突然辞世就好像是一场灾难,是对他的一种天谴。在一个不是自己家乡的小城,在一个战乱似乎永不停息的国家(据说西南方又爆发了起义),他活得一无是处。

就在这个时候,阿穆尔·比亚沙拉找他谈话了。

"你跟我已经好几年了……几年?三年……四年?"他说道,"你办事讲究效率,待人毕恭毕敬。这一点我很欣赏。"

"非常感激。"哈利法嘴上虽这么说,但心里根本没谱儿,老板是要给他涨工资,还是要把他打发了。

"我知道,父母的过世对你是个沉重的打击。我看得出你很难过。愿他们的在天之灵安息吧!你跟我干了这么长时间,这么尽心尽力,这么谦虚谨慎,所以我觉得,给你提点儿建议也不为过吧。"阿穆尔·比亚沙拉说。

"洗耳恭听。"听他这么说，哈利法开始觉得自己不会被解雇了，这才说道。

"你就像我的家人，所以给你指条路也是我的责任。你该成个家了，我想我认识一个合适的新娘。我的一个亲戚最近也失去了双亲，成了孤儿。她是个懂礼数的姑娘，而且还继承了一笔遗产。我建议你去向她求婚。换了我，如果不是像现在这样过得心满意足的，我也会娶她。"阿穆尔·比亚沙拉笑着说，"多年来，你跟我干得这么好，这对你也算是个不错的结果了。"

哈利法知道，阿穆尔·比亚沙拉是在把自己当作礼物送给她；他还知道，在这桩婚事上，这位姑娘是不会有太多发言权的。阿穆尔·比亚沙拉说她是个懂礼数的姑娘，但这样的话从一个精明务实的商人嘴里说出来是没有什么意义的。哈利法同意了这桩婚事，因为他觉得自己无法拒绝，也因为他渴望成个家，但每每想象自己未来的新娘可能是生性粗鲁、做事挑剔、相貌丑陋的女人，他又担惊受怕。两个人在婚礼前，甚至婚礼上，都没有见面。婚礼办得很简单。伊玛目问哈利法是否愿意娶阿莎·福阿迪为妻，他回答说愿意。之后，阿穆尔·比亚沙拉老板作为女方的男性长辈表示同意。然后就完事了。仪式结束后，敬过了咖啡，商人亲自陪同哈利法来到女方家，把他介绍给他的新婚妻子。房子是阿莎·福阿迪应该继承的财产，只是她没有继承到。

阿莎二十岁，哈利法三十一岁。阿莎已故的母亲是阿穆尔·比亚沙拉的姐姐。阿莎的眼中仍可以看到最近丧亲之痛留下的影子。她椭圆形面庞，很招人喜欢，举止庄重，不苟言笑。哈利法立马喜欢上了她,但同时也发现,她刚开始只是强忍着让他拥抱。过了一会儿,她才对他的激情做出回应,把自己的经历告诉了他,好让他完全理解她。并不是说她的经历与众不同,事实上恰恰相反,这只是在他们的世界里强盗式商人们的惯用伎俩。她之所以沉默不语,是因为她费了些时间才弄清楚,她的新婚丈夫是忠于商人,还是忠于她。

"我舅舅阿穆尔借钱给我父亲,不是一次,而是好几次,"她对哈利法说,"他没别的选择,因为我父亲是他姐姐的丈夫,是他的家人。问他要,他就得给。阿穆尔舅舅不太喜欢我父亲,认为我父亲在钱上根本靠不住,这可能没错。有好几次,我听母亲当着我父亲面这样说过。最后,阿穆尔舅舅让我父亲拿房子……我们的房子,这座房子……作抵押,从他那里贷款。我父亲照做了,但没告诉我母亲。男人们在外面做生意都这样,偷偷摸摸、鬼鬼祟祟,就好像他们不敢相信自己浅薄的女人似的。她如果知道,是不会让他这么干的。这种做法很可恶,把钱借给无力偿还的人,然后拿走他们的房子。这叫偷。这就是阿穆尔舅舅对我父亲和我们干的好事。"

说完,阿莎陷入了长时间的沉默,哈利法这才问道:"你父亲欠了多少债?"

"不管多少,"她淡淡地说,"反正我们没能还上。他什么也没留下。"

"他走得大概很突然。没准儿他觉得自己还有时间还。"

她点了点头。"对自己去世,他肯定没有丝毫准备。以前,他每年都害疟疾,去年下那几场大雨期间,他害了几场疟疾,但这次比以往任何时候都厉害,最终还是没能挺过来。看到他走之前的那个样子,真是太突然了,太可怕了。愿他的在天之灵安息吧!对他的事,我母亲真的不了解细节,但我们很快发现,贷款没有还清,甚至连还贷款的态度都没有留下。他的男性亲属都跑来要求分他的遗产,其实只有这座房子,但很快发现,房子已经归阿穆尔舅舅了。听到这个消息,所有人都大吃一惊,尤其是我母亲。在这个世界上,我们已经一无所有,一无所有。更糟糕的是,我们甚至连自己的命都不是自己的,因为阿穆尔舅舅作为我们这个家的男长辈,是我们的监护人。他可以决定我们的生死。我父亲去世后,我母亲再也没有完全康复。许多年前,她先是生了一场病,自那后就一直病病殃殃。我以前常认为,她这是悲伤的缘故,我还以为,她病得没有她说的那么严重,就让她自己慢慢走出痛苦。我真的不知道她为什么苦不堪言。也许有人给她下了药,也许她的一生就是一场失望。有时候,有人来看她,她说起话来,声音都变了味,再后来,虽然我父亲一再反对,但还是把治疗师叫了来。我父亲死后,她的痛苦变成了无法承受的悲伤,但在她生命的最后几个月里,另一种痛苦一直在折磨着她:背部疼痛,还有某种从内心深处吞噬她的东西。她说这就是她感觉到的,有什么东西正从里面吞噬她。当时,我知道她要走了,不只是伤心的事。在她弥留之际,她担心我会有什么不测,便乞求阿穆尔舅舅照顾我。他答应他会照顾我,"阿莎一脸严肃地看着丈夫,看了很长时间,然后说,"所以他把我给了你。"

"或者说,他把我给了你。"说着,他笑了笑,想缓解一下她语气中的辛酸,"我们的婚姻真的是一场灾难?"

她耸了耸肩。哈利法明白了,或者可以猜出来,阿穆尔·比亚沙拉决定把阿莎送给他的原因。首先,他把她这个负担转嫁给了别人。这样一来,可以防止她受人诱骗(不管她是不是心甘情愿),被扯进什么不光彩的私通。有钱有势的族长都会这么想:我要保护她!哈利法会保护她,免得让她做出丢人的事来,进而也保护这个家族清白的名声。哈利法没有什么特别之处,但商人了解他,与他结婚可以保护她的名声,进而保护阿穆尔·比亚沙拉的名声,免得将来丢人现眼。把她嫁给像哈利法这样依赖他的人是安全的,同时也会保护商人阿穆尔·比亚沙拉的财产利益不受损失,比方说,房子的问题就成了自己的家事。

即便哈利法知道了房子的事,明白妻子在家里受到的不公,他也不能跟阿穆尔·比亚沙拉说出来。这是家事,而哈利法并不是真正的家人。相反,他劝说阿莎自己跟舅舅谈,把她的那份要回来。"只要他愿意,他可以做到公正,"哈利法对她说,同时也想让自己相信商人可以做到公正,"我很了解他。在生意场上,我见他这样过。你得让他觉得惭愧,让他把你的权利还给你,不然,他会装出一副万事大吉的样子,无动于衷。"

最后,她自己跟舅舅去说了。哈利法当时不在场,事后阿穆尔·比亚沙拉客客气气地问他知不知道这事儿,他坚称自己一无所知。舅舅告诉阿莎,他已经在遗嘱中给她留了一份，希望这事眼下就不要提了。换句话说，以后不要提房子的事，免得惹他心烦。

*

哈利法和阿莎是1907年初结的婚。当时，马及马及起义正处在被残酷镇压的最后剧痛阶段，镇压起义付出的巨大代价是非洲人民的生活和生计。叛乱爆发于林迪①，而后蔓延到这个国家南部和西部的所有村镇，一直持续了三年。随着反抗德国统治的情绪愈演愈烈，范围不断扩大，殖民当局也越来越残忍，越来越野蛮。德军指挥部意识到，仅靠军事手段根本无法平息叛乱，为了让当地人屈服，便对其实施断粮。在起义的地区，驻防军把所有人都当成起义军士兵对待。他们烧毁村庄，践踏农田，劫掠粮食。在充满白色恐怖的焦土上，路边绞刑架上到处挂着非洲人的尸体。在哈利法和阿莎住的地方，人们只有通过小道消息了解这些事件。在他们眼里，这些只是骇人听闻的传闻，他们城里并没有目睹过什么叛乱。自从阿布士里被绞杀后，就再也没有发生过类似的事件，但德国人残酷镇压的威胁仍无处不在。

但当地人表现出来的拒绝臣服于德属东非帝国的坚强决心，尤其是南方的赫赫人、东北部山区的查加人和梅鲁人树立了榜样之后所表现出来的这种决心，让德国人很是惊讶。镇压马及马及起义的胜利换来的是数十万人活活饿死，另外还有成千上万的人死于战场或公开处决。在德属东非的一些

---

① 林迪（Lindi）：坦桑尼亚东南部港口城市。

统治者眼里，造成这样的结果在所难免。这些人反正早晚也是死。与此同时，为了让非洲人学会顺从地戴上枷锁，帝国不得不让非洲人感受到德国强权握紧的拳头。随着时间的推移，德国强权一步步把奴役的枷锁牢牢地套在那些不情愿的臣民的脖子上。同时，殖民当局还在逐步加强对这片土地的管控，管控地区的数量不断增加，范围也在不断扩大。随着德国移民源源不断地到来，好的土地都被占了。为了让殖民者生活得舒适惬意，同时也为了维护德意志帝国的美名，强迫劳动制度的范围扩大到修路、清理路边排水沟、造大街、建花园。就在世界的这一地区建造帝国大厦而言，德国人虽然是后来者，但却不遗余力地想在这里长期待下去，而且不管走到哪里，都想过得舒舒服服。他们建教堂，建带柱廊的办公楼，建锯齿状的要塞堡垒，既是为了给文明生活提供便利，也是为了震慑新征服的臣民，让竞争对手刮目相看。

最近的这次起义让一些德国人产生了不同的想法。他们清醒地认识到，仅靠暴力不足以征服殖民地，让殖民地结出硕果，因此建议要建诊所，大规模开展防治疟疾和霍乱的行动。最初，建诊所、防疾病只是为了德国移民、官员和驻防军的健康和福祉，但后来也惠及当地人。殖民政府还开办了新学校。城里已经有一所高级学校，是几年前开办的，目的是培养非洲人作公务员和教师，但招生人数很少，仅限于下层精英。现在办学校是为了给更多的殖民地子民提供基础教育，阿穆尔·比亚沙拉是第一批把儿子送进这种学校的人之一。这个儿子名叫纳瑟尔，哈利法来跟着阿穆尔干时，他才九岁，开始上学时，已经十四岁了。虽然上学有些晚，但这并不重要，因为他就读的学校是教学生学手艺，而不是学代数，他的年龄适合学习如何拉锯、铺砖、抡锤。阿穆尔的儿子就是在学校里开始了解木材加工的。他在学校里待了四年，最后学会了读书写字，会点算术，还成了不错的木匠。

这四年中，哈利法和阿莎夫妻俩也有很多东西要去认识和学习。哈利法逐渐认识到，阿莎精力充沛、性格倔强，总喜欢忙忙碌碌，对自己想要什么一清二楚。起初，他对她的精力惊叹不已，嘲笑她对邻居们抱一己私见的评头论足。她说：他们嫉妒；他们恶毒；他们亵渎神灵。假如他不以为然：哦，得了吧，别这么夸张，她便会固执己见地皱起眉。她说：她觉得自己没有夸张，她这辈子都生活在这些人身边。起初他把她动不动祈求真主保佑和引用《古兰经》的经文当成某类人说话的方式，一种口头禅，可后来逐渐明白，对她来说，这种说话方式不仅是显示她的学识和老练，而且是虔诚的表现。他觉得她不开心，便想方设法让她觉得不那么孤单。每当他想跟她亲热，都尽量让她跟他一样积极主动，可她总是沉默矜持、推三阻四，这让他觉得她只是在敷衍他，充其量是做做样子，迁就他的欲望和拥抱罢了。

阿莎也慢慢认识到，自己的内心比他强大，可是这种想法她费了很长时间才对自己直言不讳地说出来。即便不是每次都清楚自己在想什么，她大抵是清楚自己在想什么的，不过一旦知道了自己的想法，她就坚持自己的想法，而他很容易受别人说的话所左右，有时甚至自己说话也是左右摇摆。在她的记忆中，她一直按照教规尽量对父亲表示尊重，这种记忆影响了她对丈夫的判断，所以，虽然她对哈利法越来越不耐烦，但她还是尽量克制。实在克制不住，她便刻薄地跟他说话，可她并不想用这种方式跟他说话，有时甚至后悔用这种方式跟他说话。他很稳重，但对她舅舅过于顺从。她舅舅只不过是个贼，一个撒起谎来满嘴高尚、实则内心险恶的伪君子。她丈夫太容易满足，而且经常被人利用，但这正是他所希望的，她这才尽量表现得很知足。到头来，她发现，他没完没了地讲的那些故事也越来越无聊。

结婚头几年，阿莎流了三次产。在三年中第三次流产后，经邻居劝说，她去找了草药医生——姆甘尕①。姆甘尕让她躺在地上，用一块肯加巾②从头到脚盖在她身上。随后，姆甘尕在她身边坐了很长时间，不停地轻轻哼唱，念叨着阿莎听不懂的话。后来，姆甘尕告诉她，她招惹上了一个鬼魂，不让孩子在她体内生长。她可以劝鬼魂离开阿莎，但先要弄清鬼魂的要求，还要满足它的要求，它才肯离开。要想知道鬼魂的要求，唯一方法就是让鬼魂借着阿莎的身体说话，可是只有让鬼魂完全附上她的身，才有可能通过阿莎说话。

姆甘尕招来一个助手，让阿莎再次躺在地上。两人把一块厚厚的美国床单盖在她身上，随后把脸贴近她的头，开始哼唱。时间一点一点过去，随着姆甘尕和助手不停地哼唱，

---

① 姆甘尕（mganga）：斯瓦希里语，亦称"治疗师""草药医生"，使用传统疗法的巫医，往往号称拥有与另一个世界沟通的能力，能够预知疾病和不幸的原因，通过超自然手段，有时也使用天然药物，治疗病患。
② 肯加巾（kanga）：东非女人用作围腰布或围巾的印花薄布。

阿莎浑身颤抖起来，而且愈演愈烈，最后用听不懂的语言和声音发泄出来，她一声大叫，让这种发泄达到了高潮。随后，她用清晰而又诡异的声音说：如果她丈夫答应带她去朝圣，按时去清真寺，不再吸鼻烟，我就离开这个女人。姆甘尕像打了胜仗似的叫了起来，随后调了一杯草药让阿莎喝下。喝下药后，阿莎渐渐安静下来，昏睡过去。

当着阿莎的面，姆甘尕把鬼魂附体的事和它的要求告诉了哈利法，他应允地点点头，然后付了钱。他说，我马上就戒鼻烟，我现在就去沐浴更衣，然后去清真寺。回家的路上，我就开始打听朝圣的事。现在请马上把这个恶魔给除掉。

哈利法确实戒掉了鼻烟，也去过一两次清真寺，但朝圣的事再也没有提起过。阿莎知道，哈利法虽然表面上应允，但内心里还是不服，他只是在嘲笑她。更糟糕的是，她居然听从邻居的建议，同意接受这种亵渎神明的治疗。她耳边的那种哼唱声已经让她心烦意乱，但她还是忍不住去听，她发现，哈利法根本不祈祷着实令人反感，所以她的头等大事便是希望去朝圣。她发现，他对这些愿望的无声嘲弄让她对他产生了很深的疏离感。这让她不愿意再去尝试要孩子，于是便千方百计地不去撩拨他的欲望，免得他在欲火难平时总是叽叽歪歪，牢骚满腹。

十八岁那年，纳瑟尔·比亚沙拉学完全部功课后离开了德国学校，却迷上了木头的气味。阿穆尔·比亚沙拉虽然很溺爱自己的儿子，但就像他不让哈利法知道他许多交易的细节一样，他也不希望自己的儿子帮他做生意。他更喜欢独自一人打理。于是，纳瑟尔请父亲出资建个木工作坊，这样他可以自己创业，阿穆尔高兴地随了他的意，一者是因为建木工作坊听上去像是一笔不错的投资，二者是因为这样做会让儿子暂时不掺和他的生意。以后会有时间让他接手的。

老商人们做生意都是依赖信任彼此间相互借和贷。有些商人只是通过书信或彼此的关系网认识对方的。就这样，钱从一个人的手里转到另一个人的手里——为了还一笔债卖掉另一笔债，货物的买卖和发送都是在彼此不见面的情况下进行的。这种做生意的关系网甚至延伸到遥远的摩加迪沙、亚丁、马斯喀特、孟买、加尔各答，还有传说中的其他地方。对生活在小城的许多人来说（也许是因为大多数人没去过），这些地名听起来就像音乐一样新鲜悦耳。这并不是说，小城里的人根本想象不到这些地方与其他任何地方一样，可能都是充满艰辛、挣扎和贫困的地方，而是说他们根本抗拒不了这些地名的异域美。

虽说老商人们之间生意往来依赖于信任，但这并不是说彼此间都相互信任。正因如此，阿穆尔·比亚沙拉才把生意装在脑子里，而不愿意保留档案记录，可到头来，他的狡猾诡诈却害了他。这就是霉运，或者是命，或者是真主的安排，随你怎么说，但他在一场严重的瘟疫中突然病倒了。在欧洲人带着药品和卫生保健到来之前，瘟疫爆发得更频繁。有谁想过在人们已经习以为常的肮脏污秽中潜伏着多少病害呢？虽然欧洲人来了，但阿穆尔·比亚沙拉还是在一次瘟疫中染上了病。是福不是祸，是祸躲不过！原因可能是不干净的水、变质的肉，或是被什么有毒的害虫叮咬了一口，但结果是,一天凌晨,他醒来后发现自己发烧、呕吐,而且再也没能从床上爬起来。他几乎陷入昏迷,不到五天就死了。在那五天里,他再也没有找回自己的沉着镇定,他所有的秘密也都随他而去。随后,债主们带着整理好的文件,陆续讨上门来。欠他债的那些人都低头不语,而老商人阿穆尔·比亚沙拉的财产突然间比传闻中的少了许多。也许他原本是想把阿莎的房子还给她,可没来得及处理,但在遗嘱中他没有给她留下任何东西。那座房子现在属于纳瑟尔·比亚沙拉,纳瑟尔的母亲和两个姐妹拿走了她们自己的那份儿,债权人拿走了他们的之后,剩下的一切都归了纳瑟尔·比亚沙拉。

二

就在阿穆尔·比亚沙拉突然辞世前，伊利亚斯来到了小城。他随身带了一封介绍信，是写给一家大型德国剑麻庄园的经理的。他没能见到经理，因为经理也是庄园的合伙人，根本不能指望他抽出时间来处理这种鸡毛蒜皮的小事。伊利亚斯把信交到庄园办公室，办公室的人告诉他等着。办公室助理给他倒了一杯水，一边试探性地与他聊天，一边打量着他，琢磨着他到庄园有什么事。过了没多久，一个年轻的德国男子从里面办公室里走出来，给了他一份工作。办公室助理，名叫哈比卜，会帮他安顿下来。哈比卜把他领到一个学校老师那里，这位老师名叫阿卜杜拉，帮他在他的一个熟人家租了一间房。就这样，伊利亚斯来到小城的第一天下午三四点，就找到了工作和住处。阿卜杜拉老师告诉他，我过后会来接你，让你去见见一些人。当天下午晚些时候，老师来到伊利亚斯租住的房子，带着他去城里走了走。两人在两家咖啡馆停下来，喝了会儿咖啡，聊了聊天，老师把伊利亚斯介绍给了别人。

"我们的兄弟伊利亚斯是来那家大剑麻庄园工作的，"阿卜杜拉老师说，"他是庄园经理——那位德国大老爷——的朋友。他的德语讲得跟母语一样好。在庄园老爷为他这位出众的员工找到合适的住处之前，他暂时住在奥马尔·哈姆达尼家。"

伊利亚斯一边谦恭地笑着,一边打趣地申辩说,自己没有老师说得那么神乎其神。他轻松自如的玩笑和他谦虚自嘲的态度让人倍感轻松,为他赢得了新朋友。凡事本来就是这样。之后,阿卜杜拉老师带他朝着港口和城里德国人住的地方走去。他给伊利亚斯指了指博马军营①的位置,伊利亚斯问博马是不是绞死阿布士里的地方,阿卜杜拉老师说不是。阿布士里是在潘加尼绞死的,这地方毕竟空间太小,容不下很多人。执行绞刑时,德国人摆的阵仗很大,还有乐队和仪仗队,还有观众。这需要有很大的空间才行。两人一路走到哈利法家,这里是这位老师经常去的巴拉扎②,大多数晚上他都是到这里来聊聊天、唠唠嗑。

"您好,"哈利法对伊利亚斯说,"人都需要有一个巴拉扎,晚上去逛逛,和人联络联络,了解了解新闻。在这个小城,下班后就没什么事可做了。"

伊利亚斯和哈利法很快成了好朋友,没几天两人便无话不谈起来。伊利亚斯告诉哈利法,小时候他离家出走,游荡了几天后,在火车站被一个驻防军阿斯卡利诱拐到山里。在山里被释放后,他被送进一所德国学校,一所教会学校。

---

① 博马(boma):斯瓦希里语,原义为牲畜围场、社区群落、栅栏、畜栏,文中指"军营"。
② 巴拉扎(baraza):斯瓦希里语,本义指社区讨论重大问题的公共集会,文中指朋友经常聚在一起喝茶、聊天的地方,或是参与此种聚会的人,也指此类聚会活动。

"他们让你像基督徒一样做祷告吗?"哈利法问道。

当时两个人正在海边散步,不可能有人听到他们说话,但有那么一会儿,伊利亚斯一反常态地双唇紧闭,一言不发。"我告诉你,你不会告诉别人吧?"他说道。

"果然如此,"哈利法得意地说道,"他们教你干坏事了。"

"别告诉任何人。"伊利亚斯央求道,"要么干坏事,要么就离开学校,所以我假装去干坏事。他们对我很满意,我知道上帝能明白我内心的真实想法。"

"假正经!"话虽这么说,哈利法并没准备放过他,"如果你这么心口不一,会专门有一种惩罚等着你的。让我告诉你?还是别,天机不可泄露。你早晚会受到惩罚的。"

"上帝知道我心里在想什么,深藏在心里的想法,"说完,伊利亚斯一边抚着自己的胸口,一边微笑,不过他知道哈利法是在开玩笑,"送我去上学的德国人有片咖啡农场,我就是在农场生活和干活的。"

"当时那里还在打仗吗?"哈利法问道。

"没有。我不知道以前打了多长时间,我在那里的时候,仗已经打完了。"伊利亚斯说,"那里非常平静,还开辟了新农场,建了新学校,还有新建的城镇。当地人都把孩子送到教会学校,在德国人的农场上干活。如果有什么乱子,那也是那些喜欢闹事的坏人干的。送我去上学的农场主写了一封信,让我在这里找到了工作。庄园经理是他的亲戚。"

过后,伊利亚斯说:"我从来没回过我们以前住过的村子。我不知道家里人过得怎么样。来到这里后,我才意识到我离老家并不远。其实,来这儿前我就知道,我离老家很近,但尽量不去想它。"

"该回去看看!"哈利法说,"你离开家多久了?"

"十年。"伊利亚斯说,"回去干什么呢?"

"应该回去!"回想起自己因为疏于照顾父母,过后心里深感内疚,哈利法说道,"去看看家里人。搭个车的话,只要一两天就到了。躲着不见是不对的。你应该去告诉家人你很好。要是你愿意,我可以陪你一起去。"

"那可不行!"伊利亚斯连忙百般辩解,"你不知道那地方有多差,有多糟。"

"这么说,正好可以让他们看看你已经取得不小的成绩了呀。那是你的家,不管你怎么想,家人就是家人。"看着伊利亚斯的态度软了下来,哈利法更坚定地说。

伊利亚斯坐在那里皱了一会儿眉,眼睛随后逐渐亮了起来。"我去看看。"说完,这个想法让他兴奋起来。哈利法以后会发现,伊利亚斯就是这个样子,脑子一旦有了什么想法,就会全力以赴去付诸行动。"没错,你说的很有道理。我自己一个人去。以前我想过好多次,但都拖下来了。就得有你这种大嘴巴才能让我下定决心,回去看看。"

一个赶车夫正好往那个村子的方向走,于是哈利法便安排他捎带伊利亚斯一程。他还把生意上一个熟人的名字告诉了伊利亚斯,这个熟人住在去往伊利亚斯老家方向的大路旁,离伊利亚斯老家不远。必要的话,他可以在那里住一晚。几天后,伊利亚斯坐上了驴车,沿着沿海公路一路颠簸着向南走去。车夫是个俾路支①老人,是给沿线乡村的商铺送货的。这次,他要送的货并不多。他先是在两家店铺停了一下,随后驴车便转向一条通往内陆的好路,驴车一路小跑,下午三四点钟就到达哈利法说起的那个熟人家。原来这个熟人是做新鲜农产品生意的印度商人,名叫卡里姆。他从当地人手里收购农产品,然后送到城里的市场去:香蕉、木薯、南瓜、红薯、秋葵——都是些能经得起路上颠簸一两天的蔬菜。赶车的俾路支老人给自己的驴子喂了料,饮了水,随后似乎在跟驴子低声说话。他说,现在天还早,他可以动身返回,在早先他送过货的一家店铺住一夜,还说,驴子也愿意。卡里姆指挥着把农产品装上俾路支人的驴车,在账本上记下数目,还把数目抄到一张粗糙的纸上,交给车夫,让他带给城里市场上的买家。

车夫走后,伊利亚斯说明了来意,卡里姆有些半信半疑。他环顾四周,看了看天色,从马甲口袋里掏出怀表,显摆地"啪"一下打开表盖,难过地摇了摇头。

"明天早上吧,"他说,"今天是不行了。昏礼前只剩一个半小时了,等我给你安排好车夫,天也快要黑了。你不想走夜路吧。走夜路等于自找麻烦。你很容易迷路或碰上坏人。明天一早就让你走。今天晚上我跟车夫说好,不过现在嘛,你就好好休息,也让我们尽一尽地主之谊。我家里有间备用房。来吧。"说完,他把伊利亚斯带到一个小房间,房

---

① 俾路支人(Baluchi):亚洲的民族之一,主要分布在巴基斯坦、伊朗和阿富汗等国。

间连着店铺，地面是泥地。店铺和这个房间的门是用锈迹斑斑、皱皱巴巴的铁皮做成的，看上去都快要散架了，用铁挂锁锁着，不过，这样的锁看上去更像是摆样子，而不是保安全。小房间里面有一张绳床，上面铺着垫子，伊利亚斯心想，床上肯定爬满了臭虫。他立刻注意到床上没有蚊帐，只好无奈地叹了口气。这就是给那些含辛茹苦到处跑生意的人准备的客房，但别无选择。他不能指望卡里姆请一个陌生男人住到自己家里去。

伊利亚斯把自己的帆布包挂在门框上，走出去四处看一看。卡里姆的房子在同一个院里，而且建得非常牢固，房子正门两边各有一扇装着铁栅栏的窗户。房前有一个高出地面三个台阶的露台。卡里姆正坐在露台的垫子上，看到伊利亚斯，便招手让他过去。两人坐在露台上聊了一会儿，聊起了城里，聊起了桑给巴尔肆虐的霍乱，聊起了生意，随后，一个七八岁的小女孩用木托盘端着两小杯咖啡，从屋子里走出来。临近黄昏时分，卡里姆从口袋里掏出怀表，看了看时间。

"该做昏礼啦！"说完，他吆喝了一声，不一会儿，小女孩又走了出来，这一次是吃力地提着一桶水，卡里姆笑嘻嘻地赶紧接过来。他迈步走下露台，把桶放在一边，然后站到用来洗脚的一块石台上。他示意客人先过来沐浴，但伊利亚斯坚辞不受，于是卡里姆便上前去净了面，准备祷告。随后，轮到伊利亚斯了，他照着卡里姆的样子也净了面。净面后，两人回到露台上，露台是进行祷告的地方。遵照习惯和待客之道，卡里姆请伊利亚斯来主持祷告。伊利亚斯再一次推辞，卡里姆这才迈步向前主持祷告。

伊利亚斯从未进过清真寺，不知道怎么祷告，也不知道祈祷词。他小时候生活的地方没有清真寺，此后住过多年的咖啡农场上也没有清真寺。附近山区的镇上倒是有座清真寺，但农场或学校里没有人告诉他应该去清真寺。后来再去学已经太晚，太没面子了。长大成人后，他在剑麻庄园干活，虽然他住的小城里有许多清真寺，但也没人请他去。他知道，迟早有一天可能会碰上尴尬的事。卡里姆邀请他参加祷告是他第一次被人发现露了馅，所以他只好尽量装模作样，去模仿卡里姆的一举一动，嘴里念念有词，就像在念叨经文似的。

卡里姆如约安排了一个车夫把伊利亚斯送回离这儿不远的老家。一夜未眠之后，他听到院子里有动静，便马上走了出来。在等车夫的空当，主人给他上了一根香蕉和一杯用马口铁茶缸盛的红茶，权当作早餐。他看见小女孩在打扫露台，但没看到她母亲的影子。这一次，车夫是个十几岁的孩子，能出趟门让他很开心，一路上没完没了地给伊利亚斯讲述自己和伙伴们最近干过的恶作剧。伊利亚斯客客气气地听他讲，男孩子问七问八的时候，他便哈哈大笑，但心里在说：乡巴佬。

大约用了一个小时，他们来到村庄。车夫说他会在大路上等着，因为去村子的小路太窄，车过不去。他沿着小路走了没多远，便停下脚步。伊利亚斯说，对，我没搞错。他走上一条通往他们家老房子所在位置的小路，周围的一切显得那么杂乱，那么熟悉，就像是他几个月前刚离开似的。说实话，这里根本算不上村庄，而是一片草屋，草屋后面便是一小块儿一小块儿的耕地。没等走到他们家的老房子，他看到一个妇人，名字记不起来了，但面孔还熟悉。她坐在看似弱不禁风的土坯房外面的空地上，在用椰子叶编织垫子。妇人的脚边是用三块石头支起来的锅灶，上面烧着一个水壶，两只鸡在房子周围的地上啄食。看到他走过来，她拉了拉肯加巾，盖住自己的头。

"您好。"他说道。

她回了一句，然后一边等他的下文，一边上下打量着他身上城里人的打扮。他猜不出她有多大年纪，但如果他没猜错，她的孩子应该和他的岁数差不多。他突然想起来，过去经常跟他一起玩的孩子中有一个叫哈桑。伊利亚斯的父亲也叫哈桑，所以他这才轻而易举地想起这个名字。妇人坐在一个矮凳上，也没有要站起身来或微笑的意思。

"我叫伊利亚斯。我以前就住在那边，"说完，他说出了父母的名字，"他们还住在那边吗？"

妇人没有回答，他不知道她是不是听见或者听懂了他的话。他正准备继续往前走，亲自去一探究竟，这时从屋子里走出一个人来。他比妇人岁数大，蹒跚着走到伊利亚斯跟前，仔细看了看他，那样子就像是眼神不好似的。他满脸皱纹，胡子邋遢，一副体弱多病的样子。伊利亚斯又报了一遍自己和父母的名字。男人和妇人交换了一下眼神，妇人开口说话了。

"我还记得伊利亚斯这个名字。你就是走丢的那个伊利亚斯？"她说着，双手往头上捂了捂，以示同情，"当年出过许多可怕的事,我们都认为你遭了不幸。我们以为你是给路卡路卡①或是曼加人②掳走了。我们以为你让德国鬼子给杀了。我知道当时我们想什么的都有。没错,我记得伊利亚斯。是你吗?你穿得像个当官儿的。你母亲早就走了。现在那边已经没人住了,房子都塌了。她的命这么不好,就没人愿意住在那边了。她给你父亲留下一个一岁多的孩子,他把她舍给了别人。"

伊利亚斯想了想,说道:"把她舍给了别人。这话怎么说?"

"他把她送人了。"男人拼命用微弱、嘶哑的声音开口说道,"他太穷了。病得很厉害。跟我们大家伙儿一样。他把她送人了。"他已经累得再也说不出话来,便抬手指了指路的方向。

"阿菲娅,她叫阿菲娅。"女人接着说道,"你从哪里来?你妈妈死了。你父亲死了。你妹妹也给了别人。你上哪儿去了?"

不知为何,他早就料想到他们可能死了。伊利亚斯小时候,他父亲一直有糖尿病,他母亲也经常被各种莫名的妇女病折腾得病病殃殃。她不但背部疼痛,呼吸困难,胸部积水,而且没完没了的怀孕还经常让她干呕。他虽然料到了这样的结果,但猛然间听到他们的死讯还是让他感到震惊。

---

① 路卡路卡(ruga-ruga):当时为坦噶尼喀地区的非正规部队,主要成员大部分是战争期间从部落战士中雇来的,经常与正规军阿斯卡利一起行动,起辅助作用。
② 曼加人(wamanga):坦桑尼亚的一个部落民族。

"我妹妹在村子里吗?"他最后问道。

男人再一次开口说话,用他那嘶哑的声音告诉他,把阿菲娅带走的那家人家住在哪里。他陪着伊利亚斯走到大路上,告诉小车夫该怎么走。

*

她是在马路边的小村庄长大的,村庄就在一座长满灌木的黑乎乎圆锥形小山脚下。她一跨出家门就能看到小山矗立在马路对面,俯视着一座座房子和院落,但她很小的时候并没有意识到小山的存在,直到后来她逐渐学会了给习以为常的景物赋予意义,才意识到它的存在。家里人告诉她,千万不要上山,但没有告诉她为什么,所以她逐渐学会了想象山上住着各种可怕的东西。告诉她千万不要上山的是她阿姨,她阿姨还给她讲过好多故事:一条吞吃小孩的蛇;在月圆夜一个高个子男人的黑影会从村民屋顶上掠过;一个蓬头垢面的老妪在通往海边的路上游荡,有时还会扮成豹子的模样到村里来偷村民们的山羊或婴儿。她阿姨虽然没有这样说,但小女孩相信,那条蛇、那个高个子男人,还有那个蓬头垢面的老妪,都住在山上,而且会从山上下来,搅得全世界人心惶惶。

一座座房子和院落的后面是农田,再后面就是小山。等她长大一些,小山似乎也长大了,赫然耸立在那里,尤其到了黄昏时分,小山就像充满怨气的幽灵矗立在他们头顶上。如果晚上万不得已出门,她也学会了把视线移向别处,不敢去看小山。夜深人静时,她会听到山上传来嘶嘶的低语声,有时低语声还会从房子的周围或后面传来。阿姨告诉她,这些都是只有女人才能听得见的幽灵,但不管幽灵的低语声多么悲戚,乞求多么恳切,她都不能开门。后来过了很久,她才知道,上过山的男孩子们都平安回来了,谁都没提过有什么蛇、高个子男人或蓬头垢面的老妪,也从来没提过什么低语声。他们说,他们去山上打猎,不管抓到什么,就生堆火,在火上烤着吃。他们回来的时候总是两手空空,所以她也不知道他们是不是在拿她寻开心。

途经村子的这条路,一个方向通往海边,另一个方向通往内陆更远的地方。路上的人大都是步行,有些还背着重物,有时候也有人骑着驴或赶着牛车。路的宽度虽然足够赶车,但路面坎坷不平。远方的地平线是隐约可见的连绵山脉。那些山脉的名字都很怪,光听名字就让她觉得很危险。

她跟阿姨、叔叔和哥哥姐姐一起生活。哥哥叫伊萨,姐姐叫扎瓦迪。她每天都是和阿姨同时起床,阿姨把她摇醒,在她屁股上轻轻拍一巴掌,让她起床。醒醒,淘气鬼。她阿姨名叫玛拉伊卡,但他们都管她叫"妈妈"。小女孩起床后的第一件事就是去打水,阿姨则给头天晚上清理后再填满木炭的火盆生火。村子里倒是不缺水,但必须去打。厕所门外放着一只水桶和一个长柄勺,供厕所里取水用。连接外面排水沟的水槽旁还有一只水桶,一家人就在排水沟边刷锅洗碗,衣服洗完后,水也倒进排水沟。但为了给叔叔泡澡和泡茶,她必须从那口大土缸里取水,土缸上面搭了个雨篷,为的是让土缸里的水保持清凉。叔叔泡澡和泡茶必须用干净的水,而水桶里的水只能用来干脏活。有时候,水会让人染病,正因如此,她才必须烧干净的水给叔叔泡澡和泡茶。

水缸很高,她个子又小,所以只能站在一个倒扣过来的板条箱上才能够到水。如果水缸里水位低,或者卖水的还没来给水缸添水,她就得使劲儿往里探身子才能够到水,这时候她的身子一半都要下探到湿滑的水缸里。如果她把脑袋下探到水缸里说话,她的声音听上去就像魔鬼似的,这时候,她会觉得自己非常强大。有时候,即便不打水,她也会把头伸进水缸,得意地发出怪叫,仿佛自己就是巨人。她用长柄勺把水舀进两口锅里,但每口锅只盛一半,不然的话,锅太重,她端不动。她把两口锅分别端到阿姨已经生起火来的两个火盆前,把锅放到火盆上,然后往返去水缸里舀水往锅里倒,直到锅里的水达到合适的量为止。一口锅的水用来给叔叔泡澡,另一口锅的水用来泡茶。

在这个世界上,她懂的第一件事就是跟阿姨和叔叔一起生活。哥哥伊萨和姐姐扎瓦迪大概比她大五六岁。当然,他们不是她的亲哥哥、亲姐姐,在一起玩的时候虽然总是捉弄她,伤害她,但她仍然把他们当成亲哥哥、亲姐姐看。有时候,他们故意打她,不是因为她做了什么事惹恼了他们,而是因为他们喜欢打她,而她只能挨着。只要大人不在家,没有人听到她的哭喊声,或者只要他们觉得无聊,他们就打她,这已经成了家常便饭。他们让她干她不想干的事,如果她哭或是拒绝,他们就扇她巴掌,朝她吐口水。除了干家务活,她没有多少事可做,但他们出去和朋友玩或从邻居的树上偷果子的时候,无论他们还是他们的朋友不总是喜欢让她跟着。女孩子们骂她脏话,引男孩子们发笑,有时她们会把她轰走。哥哥姐姐每天总是找理由打她,掐她,偷她的吃的。他们打她、掐她、偷她的吃的,并没有让她感到难过,也没有给她造成太大的伤害。不过,让她感到更难过,让她感到很渺小,让她感到自己在这个世界上就是个陌路人的是其他东西。其他的孩子每天也都挨打。

从很小的时候,家里就让她干杂活。她已经不记得她什么时候开始干杂活的了,但家里人总是叫她干活——扫地、打水、跑商店帮阿姨买东西。再后来,阿姨就让她洗衣服、切菜,削蔬菜水果皮,烧开水给叔叔泡澡,给全家人泡茶。村里的其他孩子也都在家里和田里帮自己家里的叔叔和阿姨干杂活。她的阿姨和叔叔没有田,连菜园子都没有,所以她要干的杂活都在家里或后院里。阿姨虽然有时跟她说话很刺耳,但大多数时候很和蔼,还给她讲故事。有些故事很吓人,比如,一个故事讲的是:一个留着又长又脏的指甲、衣衫褴褛、身体臃肿的家伙,到了晚上会在大路上走,身后拖着铁链,到处去抓小女孩,抓到后就把小女孩带到他的洞里去。因为铁链拖在地上,所以他一来你就能听到。她阿姨讲的许多故事都是那些浑身脏兮兮的老人偷小女孩的。如果看到伊萨或扎瓦迪欺负阿菲娅,她就会训斥甚至惩罚他们。她对他们说,对她要像对待妹妹一样,苦命的孩子。

她知道自己的母亲死了,但她不知道为什么是阿姨和叔叔收养了她。六岁那年,有一天,阿姨告诉她:"我们收留了你,是因为你已经没人养了,你父亲还病着。你父母就住在这条路的那头,我们认识他们。你苦命的母亲一直病病歪歪的,你很小的时候,大概两岁吧,她就死了。你父亲把你抱了来交给我们，让我们把你带到他身体好起来为止，可他没有好起来，真主也把他带走了。这种事都逃不出真主的手心。从那以后，我们就背上了你这么个累赘。"

阿姨每周都给她洗头，为了不让她头上招虱子，洗过头后给她的头发上油和扎辫子，也就是在这个时候，阿姨才把她的身世告诉了她。当时，她坐在阿姨的两腿膝盖之间，所以看不到她的脸，但她的声音非常徐缓，甚至可以说非常温柔。听到自己的身世之后，她才知道，他们并不是她的亲姨娘、亲叔叔，而且她的父亲也死了。她虽然记不得自己的母亲，但一想起她，还是很难过。每次她试图想象母亲长得什么样，但她只能想象出一个村妇的形象。

叔叔不常跟她说话，她也不常跟他说话。每次她跟他说话，即便是帮阿姨传话，他都皱着眉头。他每次要把她叫到自己跟前来，都会打个响指，或干脆叫一声：你！他叫马卡梅。他长得块头很大，圆脸、圆鼻、圆圆的大肚子。什么事如果能如他的愿，他便心满意足。他每次冲着自己的孩子大吼大叫，整个房子都震得直瑟瑟发抖，家里人全都不敢吭声。她总是躲开他的那双眼睛，因为在他阴沉的脸上，那双眼睛经常冒着怒火，着实吓人。她知道他不喜欢她，但她不知道自己究竟做错了什么讨了他的嫌。他的那双手很大，手臂跟她的脖子一样粗。每次他拿巴掌扇她的后脑勺，她都会打趔趄，感到头晕目眩。

阿姨有一个习惯，每次一定要说什么，就会点几次头。因为她的脸又窄又长，鼻子又尖，所以她每次点头时的样子就像鸟在空气中啄什么东西。"你叔叔身板很壮，"阿姨对她说,"因为长得壮,他才被政府仓库雇去当保安。他负责开门和关门,把流浪汉挡在门外。是政府挑选他去的。他们都怕他。他们说,马卡梅的拳头就像棒槌。如果不是他,他们就会像地痞一样去偷东西。"

自从她记事起,她就睡在房子前门里面的地上。早上一开门就能看到山,晚上即便关了门,她也知道山还在那里,赫然立在那里,盯着他们所有人。到了夜里,村里的狗不停地叫,蚊子围着她的脸嗡嗡直叫,在那扇弱不禁风、破破烂烂的屋门外,各种各样的昆虫噼里啪啦地到处乱飞乱撞。随后,传来低语声,从山上一路传到屋子后面,这时,一切都安静下来。她紧闭双眼,免得看到心怀不满的眼睛从门缝里偷偷看她。

这是一座用土坯盖成的小房子,里外都刷成了白色。房子有两个小房间,房子的前门和通向后院的后门把两个房间隔开。后院周边用藤篱围了起来,茅厕和厨房就在院子里。家里的其他四个人都睡在那间较大的房间里,母亲和女儿睡一张床,父亲和儿子睡一张床。有时候,两个孩子睡在那个小房间。小房间白天当客厅使,要么用来存放东西和吃饭,要么用来招待串门的邻居。村子地处偏远的乡下,没有自来水,所以她才不得不从大土缸里打水给叔叔泡澡和泡茶,水缸的水快用完时,卖水的就会来把水缸加满。卖水的从不远处村里的水井里打水,然后自己拉着车,挨家挨户去把村民家的水缸灌满,主人家便付钱给他。许多人是自己去井里打水,或是派孩子去打水,但她的叔叔阿姨花得起钱让卖水的送水。

一天，她正在院子里帮阿姨洗衣服，突然听到前门有人高声叫门。去看看是谁，阿姨说。结果，她发现，门口站着一个人，身穿白色长袖衬衫，卡其色长裤，脚蹬一双厚底的软皮鞋。他刚从路边走过来，右手拿着一个帆布袋，站在台阶上。很显然，他是从城里来的，从海边来的。

"您好。"她很有礼貌地说。

"你好。"他笑着说。片刻后，他问道："你叫什么名字呀？"

"阿菲娅。"她说。

他笑得更开心了，同时叹了口气。接着，他蹲下身去，这样两人可以脸对着脸说话了。"我是你哥哥，"他说，"我找你好久了。我不知道你是不是还活着，也不知道妈和爸是不是还活着。谢天谢地！现在总算找到你了。房子的主人在家吗？"

她点了点头，去叫她阿姨。阿姨一边用肯加巾擦着手，一边走了出来。这时，男子已经站起身来，先道了自己的名字。"我叫伊利亚斯，是她哥哥，"他说，"我先去了我们老家，发现我父母都过世了。邻居们告诉我，我妹妹在这里。我原来不知道。"

听他这么说，阿姨似乎不安起来，让她感到不安的也许是他的穿着打扮。他穿得像个当官儿的。"你好。我们原来不知道你在哪儿。你稍等一下，让阿菲娅去叫她叔叔来，"她说，"快！去！"

她跑到仓库，对她叔叔说，阿姨说让他回家一趟；他问是什么事。我哥哥来了，她说。从哪儿来？他问道；但她只管在他前面先跑了。他们赶到家里后，虽然有点儿气喘吁吁，但他还是客客气气，满脸堆笑。他平时在家可不是这个样子。她哥哥正在那间像往常一样拥挤、凌乱的小房间里，她叔叔走进房间，眉开眼笑地与她哥哥握了握手。"欢迎你，我们的兄弟。感谢真主不但让你安然无恙，还把你带到我家，让你见到妹妹。你父亲告诉我们，你走丢了。我们不知道怎么才能找到你，就只好尽力照顾她了。她现在就跟我们的家人一样。"说着，他把左手放在心口上，张开右手做了个表示欢迎的手势。

"我不知道您是不是记得我，但我可以向您保证，我就是伊利亚斯。"她哥哥说。

"看得出你跟家里人长得很像，"她叔叔说，"用不着下保证。"

几分钟后，阿菲娅用托盘端着两杯水回来时，发现两人正在深入交谈。她听哥哥说："谢谢您照顾她这么久。我感激不尽，不过，既然找到她，我想把她带走，跟我一起生活。"

"她走了，我们会难过的，"她叔叔说，脸上因为汗腺干了而荧荧发亮，"现在她已经是我们的女儿了，她跟我们一起生活，这笔生活费我们还是乐意负担的。不过，当然了，她应该跟哥哥一起生活。血浓于水嘛。"

两人又聊了一会儿，才把她叫进来。她哥哥示意她坐下，跟她解释说，她要到城里与他一起住。她要收拾一下自己的东西，准备马上跟他走。就这样，她收拾了一个小包裹，没用几分钟就准备好了。阿姨目不转睛地看着她。就这样，连声谢谢和再见都不说，阿姨带着责备的口气说道。阿菲娅为自己一时的仓促感到惭愧，于是赶紧说道：谢谢你们，再见。

她甚至不知道自己有个亲哥哥。她不敢相信，哥哥就站在眼前，而且刚从大路上走进来，等着把她带走。他浑身收拾得这么干净、这么漂亮，笑起来这么自如。后来，哥哥告诉她，他虽然生她阿姨和叔叔的气，但没有表现出来，因为人家跟他们非亲非故，还是收留了她。如果他把怒气表现出来，那就真是忘恩负义了。人家收留她，这可不是小事。他给了他们一些钱权当见面礼，对他们的恩情表示感谢，但他真的没有必要给，因为他看到妹妹时，她穿着一身破衣烂衫，就像他们家的奴隶一样。"总之，他们让你就这样干了这么久，应该给你工钱才对。"他说。当时她没有这种想法，只是到后来开始与哥哥一起生活后，才有了这种想法。

伊利亚斯找到阿菲娅的当天上午，便搭驴车把她带到卡里姆的店铺。她以前出门从没有坐过驴车。兄妹俩在店铺等着搭车回城，第二天，便上了另一辆驴车。阿菲娅坐在一篮篮芒果、木薯和一袋袋粮食的中间，伊利亚斯则跟车夫一起坐在长凳上。就这样，伊利亚斯把阿菲娅带到他生活的滨海小城。伊利亚斯在城里的一户人家里租了一间楼下的房间，兄妹俩到了以后，哥哥带她上楼去见了住在楼上的房东家。房东太太和两个十几岁的女儿都在家，她们都说，她可以随时上楼来。在阿菲娅与哥哥一起生活期间，她有生以来第一次睡在了床上。房间的一边是她自己的床，还挂了蚊帐，另一边是哥哥的床。房间中间有一张桌子，每天下午他下班回来后都让她做功课。

伊利亚斯把阿菲娅带到城里几天后的一天早上,他把她带到靠海边不远的政府医院。她以前从没见过大海。一个穿白大褂的男人划伤她的胳膊,然后让她把小便尿到一个小容器里。伊利亚斯解释说,划胳膊是为了防止她发烧生病,检查尿是看看她是不是有血吸虫病。这是德国医学,他说。

伊利亚斯上午上班去了,她便上楼和房东家待在一起,房东一家二话不说为她腾个地方。她们问她什么,她就把自己知道的那一点儿全告诉她们。她要么在厨房帮忙(因为她对这种活很熟悉),要么跟房东家的姐妹俩坐在一起,一边聊天,一边做针线活儿。有时候,她们还派她到街上的商店买东西,跑跑腿。姐妹俩一个叫贾米拉,一个叫萨阿达,两人一开始就和她成了好朋友。再后来,房东父亲回家后,她便跟他们一起吃饭。姐妹俩告诉她,她可以管她们的父亲叫奥马尔叔叔,这让她觉得自己已经与她们成了一家人。下午,哥哥下班回来洗完澡后,她会把他的午餐拿到楼下,坐在那里看着哥哥吃。

"你要学读书写字。"他说。她没见过什么人读书和写字,不过她知道写字是什么,因为村里店铺里的罐头上和包装盒上都有字,她也见过店掌柜坐的凳子上方的货架上有一本书。店掌柜告诉她,那是一本神圣的书,你必须像准备祷告一样先洗手,才能去碰它。她当时觉得,自己不可能学会那么神圣的书,可她哥哥笑话她,让她坐在他身边,他写出字母,让她跟着他说。后来,她便自己练习写这些字母。

一天下午,楼上房东家都出门了,他便带她去看望他的一个朋友。他叫哈利法,伊利亚斯说,是他在城里最要好的朋友。两人互相调侃和取笑,不一会儿,她哥哥说他们准备继续走走,但答应他会再带她来。大多数上午,她都会上楼与贾米拉和萨阿达坐在一起,陪她们做饭、聊天、做针线。有时候,伊利亚斯晚上会去咖啡馆或出去会朋友,她便上楼练习读写字母,这让姐妹俩好生羡慕。姐妹俩都不识字,房东太太也不识字。

不过,晚上她哥哥并不一定出门,有时候他会待在家里,教她打牌,教她唱歌,把自己的经历讲给她听。他告诉她:"妈怀你的时候,我离家出走了。我不知道当时我是不是真的想离家出走。我觉得不是。当时我才十一岁。咱爸妈太穷了。大家都穷。我不知道他们是怎么生活的,怎么活下来的。爸有糖尿病,身体不好,干不了活儿。也许是邻居们都帮衬吧。我知道,当时我穿的都是些破烂衣服,还总是饿肚子。妈又生了两个妹妹,可出生后就夭折了。现在想起来,可能是疟疾,可当时我只是个孩子,不可能知道这些事。我还记得两个妹妹出生后的事。生下来几个月,她们就病了,不停地哭闹,没过几天死了。有时候,我晚上睡不着,一是因为肚子太饿了,还有就是爸不停地呻吟,声音太吵了。他的两条腿都肿了,闻上去臭烘烘的,就像肉在腐烂。那不是他的错,都怪糖尿病。别哭,我看到你的眼睛都湿了。我说这些并不是刻薄,而是想告诉你,也许是这些原因,我才想离家出走的。

"我觉得,我当时并不是真心离家出走,可我一旦上了路,就一个劲儿往前走。根本没什么人理会我。饿了,我讨吃的，或偷水果吃。到了夜里，我总是能找个地方爬进去睡觉。有时候，我非常害怕，但有时候，只顾着看景儿，就忘乎所以了。几天后，我走到一个很大的沿海城镇，就是这个小城。我看到士兵们奏着乐在街上行军，沉重的靴子踩在路上"哐哐"直响，一群孩子也假装自己是士兵，跟着往前走。看着军服、行进的队伍和乐队，我心里兴奋不已，便加入了孩子的行列。行军队伍到了火车站就停了下来，我站在那里，看着一节节像房子那么大的铁皮车厢。火车头就像是活的一样，轰鸣着，喷着烟。我以前从没见过火车。一队阿斯卡利正在站台上等着上车，我围着他们转来转去，就是想看一看、听一听。当时，正在跟马及马及打仗。你知道马及马及起义吗？我当时也不知道。过后我再给你讲马及马及的事。火车准备就绪后，阿斯卡利开始上车。一个尚加纳族的阿斯卡利把我推上火车，抓住我的手腕，还哈哈大笑，我拼命挣脱，但他就是不撒手。他对我说，往后我就给他当枪童，行军的时候帮他背枪。你会喜欢的，他说。他把我带上火车，一直把我带到铁路的尽头，或者说带到他们当时修建的那条铁路的尽头，然后我们又连续走了好几天，一路走到山里的那个镇上。

"到了以后，我们接到命令，让我们在院子里等一会儿。现在想起来，我觉得，尚加纳人当时认为我不会再想从他身边逃走，所以也就放开了我的手。也许他觉得，我已经无处可逃。我看到一个印度人站在一堆货物上，一边对搬运工吆五喝六，一边在一块板子上做记号。我跑到他跟前，告诉他我是那个阿斯卡利从家里拐来的。印度人对我说，走开,你这个脏兮兮的小偷!我的样子当时肯定很脏。衣服全是破破烂烂,短裤是粗麻布的,旧衬衫已经破得不成样子,我也懒得洗。我告诉印度人,我叫伊利亚斯,是站在那边盯着我们的那个尚加纳阿斯卡利把我从家里拐来的。印度人起初不愿意正眼看我,可随后便让我把名字再说一遍。他让我又说了两遍,然后微笑着自己也说了一遍。伊利亚斯。他点了点头,拉起我的手,"——说着,伊利亚斯拉起阿菲娅的手,像印度人一样微笑着站了起来——"朝院子里身穿白色军装的德国军官走去。他是阿斯卡利的头儿,正忙着处理军务。他长着沙色的头发,眉毛也是沙色的。这是我第一次站在德国人跟前,但这就是我看到的。他皱着眉看了我一眼,对印度人说了些什么。印度人告诉我,我可以走了。我说我没地方可去,阿斯卡利的头儿听我这么说,又皱了皱眉,便叫来另一个德国人。"

两人又坐了下来,阿菲娅仍然面带微笑,高兴地眨巴着眼睛,还想继续听下去。伊利亚斯换了一副愁眉苦脸的表情,继续说道:

"这个德国人不是军官,没有穿漂亮的白色制服,长得相貌粗陋。当时,他正在指挥工人们装货,那个印度人在点货。军官跟他说完话,他把我叫到跟前,厉声说道:你怎么回事?我告诉他,我叫伊利亚斯,是一个阿斯卡利把我从家里拐来的。他重复了一遍我的名字,笑了起来。伊利亚斯,他说,好名字嘛!站这儿等着,等我把活儿干完。我并没有站那儿等着,而是跟着他,免得尚加纳人再来找我。那个德国人在不远处的山上一家咖啡农场里干活。农场是另一个德国人的。他把我带回农场,安排我在牲口圈干活。农场养了几头驴,还有一匹马,马单独养在马厩里。没错,是一匹母马,在一个小孩子看来,很大,很吓人。那是个新开的农场,有很多活儿要干。正因为这样,相貌粗陋的德国人才把我带到那儿,因为农场需要人手。

"我现在记不清了,农场主看见我在牲口圈里大概是清理驴粪之类的东西,便问把我从车站带回来的那个人我是谁。他发现我是被阿斯卡利拐来的之后,非常生气。我们做事不能像野蛮人一样,他说。我们到这里来,不是这么干的。我知道,他当时就是这么说的,他后来告诉了我。他对自己的所作所为感到很高兴,也喜欢跟我和其他人谈起这事。他说,我年龄太小,不能干活儿,我应该先去上学。德国人到这里来,不是把人当奴隶使唤的,他说。后来,他便让我进了教会学校,学校是为信基督教的人开的。我在那家农场一待就是好多年。"

"那时候我出生了吗?"阿菲娅问道。

"哦,是的,你肯定是在我离家出走几个月后生的,"伊利亚斯说,"我在农场待了九年,这么说,你应该十来岁了。我真的喜欢住在农场。我在农场干活儿,上学,学读书写字,学唱歌,学德语。"

说到这里,他突然停下来,唱了几句肯定是德语的歌。她觉得他的声音很美,等他唱完后,她站起来为他鼓掌。他高兴得咧着嘴笑。他喜欢唱歌。

"不久前,有一天,"他接着说道,"农场主把我叫去,跟我谈了谈。农场主对我就像父亲一样。他关心所有的工人，有谁病了，就送他到布道院的诊所去开药。他问我是不是想留在农场。他说，我现在有能耐了，待在农场太委屈了，在沿海机会更多，我就不想回去？他的一个亲戚在这里开了一家剑麻厂，于是，他给了我一封信，让我带给他的这个亲戚。他在信中写道：我为人可靠，待人很有礼貌，还会德语。在把信封起来之前，他先把信的内容读给我听了。我这才在一家德国人开的剑麻厂当了文书，所以你也要学读书写字，这样有一天你才会了解这个世界，学会照顾自己。"

"好的！"话虽这么说，不过阿菲娅眼下还没准备想将来的事，"农场主也跟那个穿白军装的德国人一样头发是沙色的吗？"

"不，不是，"伊利亚斯说，"他的头发是黑的。他身材苗条，处事缜密，从来不对工人大呼小叫，指责谩骂。他长得像个……学者，一个有学问的人，一个很内敛的人。"

阿菲娅想了想，在脑海中想象了一下农场主的模样，然后问道："咱爸的头发是黑的吗？"

"呃，可能吧。我离开家的时候，他的头发都灰白了，不过我想，他早年，年轻的时候，应该是黑的吧。"伊利亚斯说。

"农场主长得像咱爸吗？"阿菲娅问。

伊利亚斯哈哈大笑起来。"不像，他长得就是个德国人。"他说，"咱爸……"伊利亚斯突然停下来，摇了摇头，有一会儿没说话。"咱爸身体不好。"他说。

*

"他刚过世没多久,我不想说他的坏话,"哈利法对伊利亚斯说,"但老头子就是个强盗。至于小款爷①,呃,我认识他很多年了。我想,我刚跟阿穆尔老板打工时,他才九岁。现在他已经长大成人,可吓得魂儿都没了——再说,父亲凡事都瞒着他,换了谁不这样?可突然间,他变成这个样子,就在债主们找上门来的时候,他居然带头抢。他父亲死后,一切都乱糟糟的,让他损失了不少。他对生意根本不了解,所以其他的强盗就打劫他。他真正感兴趣的是木头。他甚至说服他父亲让他开木材场和家具坊。他就喜欢整天围着木材场转,闻木头的味道。其他的就见鬼去吧。

"我给你讲过房子的事。唉!我们原认为,他不像他父亲那么坏,也许他会更宽容地听一听阿莎太太对房子的诉求,可他跟他父亲一样贪婪。他无权霸占房子,他本该把房子还给它的主人。他发现房子居然不归阿莎,也很惊讶,但就是不放手。他大概会让我们搬出去,但我觉得他很怕我妻子。你知道,他们是姑表亲,差不多跟亲姐弟一样,可他就是不归还理应属于她家的房子。他也是个贪得无厌的无赖。"

就这样,两人养成了习惯,下午晚些时候或傍晚早些时候在咖啡馆见面,一聊就是一两个小时。两人还和大家一起漫无边际地聊,这正是大家都往咖啡馆聚的主要目的。哈利

---

① 款爷(tajiri):斯瓦希里语,意为"有钱人",文中含贬义。

法认识很多人，于是便把伊利亚斯介绍给其他人，还一再撺掇伊利亚斯讲讲自己的事，一般都是他在山区小镇上的德国学校度过的那段岁月，还有他的那位恩人德国农场主的事。其他人也讲故事，有些故事虽然未必可信，但在咖啡馆里聊天就是这个味儿：话题越广越好。说起讲故事和说长道短，哈利法可是响当当的鉴赏家，有时候，咖啡馆的聊友们会请他就某个故事或小道消息的不同版本做出公断。在咖啡馆里聊够了，两人便沿着海边散步，或者回到哈利法的门廊上。到了晚上，哈利法的一些朋友会聚到他的门廊上，来一次巴拉扎。当时，有传言说，要跟英国打仗了，大家都忐忑不安。人们都说，会有一场大战，而不像以前与阿拉伯人、斯瓦希里人、赫赫人、尼扬韦齐人、梅鲁人或其他什么人打仗一样小打小闹。小打小闹已经够可怕了，但这次将是一场大战！他们的炮舰像小山一样大，还有可以在水下航行的船，大炮可以从几英里外炮轰城镇。有人甚至说，还有一种可以飞的机器，不过谁也没见过。

"英国人，他们根本打不赢。"伊利亚斯说；在场的都低声表示赞同。"德国人天资聪明。他们知道怎么组织，他们知道怎么打仗。他们考虑得非常周全……最重要的是，他们要比英国人善良得多。"

在场的人哄堂大笑起来。

"我不懂得什么是善良，"咖啡馆里一个名叫曼贡古的聊天高手说，"依我看，德国人的严厉苛刻与努比族和尼扬韦齐族阿斯卡利的穷凶极恶足够对付英国人了。谁也比不上德国人严苛。"

"你根本不知道自己在说些什么，"伊利亚斯说，"从德国人身上，我看到的只有善良。"

"听着，只因为一个德国人对你好，说明不了这些年来这里发生的一切，"一个名叫马哈茂德的对他说道，"德国人在这里已经占了三十来年了，杀了这么多人，搞得这个国家血流成河，尸骨遍野。这我可没夸大吧。"

"不，你就是在夸大。"伊利亚斯说。

"你们这些人不知道南方发生了什么，"马哈茂德继续说，"没错，英国人是赢不了。如果在陆地上打，英国人赢不了，但他们赢不了可不是因为德国人善良。"

"这我赞成。德国人的那些阿斯卡利穷凶极恶，简直就是野蛮人。只有天知道他们是怎么变成这副德行的。"一个名叫马赫福兹的人说。

"都怪他们的军官。他们从军官身上学会了残忍。"曼贡古说道。他平时总是喜欢用权威的口气去了结这种争论。

"他们是在用残忍回击同样凶残的敌人。"伊利亚斯仍固执己见，"你们根本没听说过那些人对德国人都做了些什么。德国人必须用残酷手段去反击，只有这样，才能让野蛮人明白什么是秩序，什么是服从。德国人是值得敬佩的文明人，自从来到这里，他们做了很多好事。"

听到他话里火药味儿这么冲，在场的人都不吭声了。"朋友，德国人已经把你吃了。"曼贡古最后说道。往常最后一个说话的总是他。

虽然遭到这么多人的反对，但当伊利亚斯宣布他准备自愿参加德国驻防军时，哈利法还是大为震惊。"你疯了？这跟你有什么关系?"哈利法说道,"这是两伙残暴和邪恶的侵略者之间的战争,一伙在我们这儿,一伙在北方。他们打仗是为了争夺谁该把我们全吞掉。这跟你有什么关系?你还要参加以残忍和野蛮出名的雇佣军。你没听大家在说什么吗?你可能会受重伤……甚至更糟。朋友,你想清楚了吗?"

伊利亚斯不愿意听从他的劝告,也不愿意为自己的决定辩解。他说,他唯一关心的是把自己的小妹妹安排好。

*

转眼一年过去了。对阿菲娅来说,自从哥哥回老家找到她以后,这是她这辈子最快乐的时光,让她的生活充满了欢声笑语。他确实如此,他总是在笑,他笑的时候,她也忍不住笑。后来,突然间,或者在她看来是突然间,他说:"我已经参加了驻防军。你知道驻防军是什么吗?就是防卫部队,政府的军队。我将成为一名阿斯卡利。我将成为德国人的一名士兵。就要打仗了。"

"你必须走吗?会很久吗?"她问道。虽然他的话让她很震惊,但她说话的语气还是很平静。

"不会很久,"他笑着安慰她说,"驻防军是一支战无不胜的强大军队。人们都怕他们。几个月后我就回来。"

"我待在这里等你回来吗?"她问。

他摇了摇头。"你还太小。我不能把你一个人丢在这里。我问过奥马尔叔叔,你能不能住在他们家。他不想担这个责,万一……我们毕竟不是亲戚,"说完,伊利亚斯耸了耸肩,"你不能待在这儿,也不能跟我去打仗。我不想把你送回他们家,乡下你叔叔阿姨家,可没别的法子。不过,这回他们知道我会回来接你,会对你好一些。"

在他跟她说了这么多,还教她看清了她跟他们住一起所受的虐待之后,她不知道他怎么能把她再送回去。她忍不住哭了很久。伊利亚斯把她搂在怀里,抚摸着她的头发,低声安慰她。那天夜里,他让她睡到他的床上,给她讲他在山区小镇上学的岁月,讲着讲着她就睡着了。她知道他急着要离开,她不想让他讨厌她,不回来找她,所以他让她别哭,她就不再哭了。房东姐妹俩为她做了一件衣服,作为临别礼物,房东太太给了她一件旧肯加巾。姐妹俩说,我相信你在乡下会开心的。阿菲娅说,会的。乡下她叔叔和阿姨的事,她从来没有告诉过她们(伊利亚斯说不要告诉她们),也没有告诉她们她多么害怕回去。兄妹俩还去跟哈利法和阿莎太太道了别。伊利亚斯知道,自己将被送到达累斯萨拉姆接受训练。

她哥哥的朋友哈利法对阿菲娅说:"我不知道你哥哥为什么非要去打仗,不留下来照顾你。这仗跟他没有一点儿关系。再说,他是在和双手早已沾满鲜血、杀人成性的阿斯卡利一起打仗。听我说,阿菲娅,在他回来前,你有什么需要,一定要告诉我们。给我上班的地方送个信儿,让商人比亚沙拉转告我。你能记住吗?"

"她会写字。"伊利亚斯说。

"既然这样,那就给我送个纸条。"哈利法说完,两位朋友开心地笑着道了别。

所有的事几天就处理完了,她很快回到乡下,住在她叔叔阿姨家里。她的几件东西装在一个小布包里：房东姐妹为她做的衣服,房东太太送给她的旧肯加巾,一块小石板,还有她哥哥下班后带回来给她写字用的一包废纸。她又回到小山笼罩下睡在门口地上的处境。阿姨对待她就好像她刚离开几天似的,巴不得她回来还像以前一样帮她做家务。叔叔根本不理她。女儿扎瓦迪冷笑着说,我们的奴隶又回来了。她人不好,配不上城里的大哥哥。儿子伊萨就像他父亲使唤她时那样,冲着她的鼻子打响指。一切都比以前更糟糕,她的处境更艰难了。她告诫自己一定要忍,因为她哥哥说一定要忍到他回来不再走了。阿姨对她比以前更是牢骚满腹,抱怨她家务活干得太慢,抱怨她哥哥虽然给他们钱当她的生活费,但把她接回来真是亏本了。这家的儿子现在已经十六岁了,有时会趁人不在、她躲闪不及的时候,把身体往她身上靠,挤压她的乳房。

她搬回阿姨家几天后,一个炎热、死寂的下午,三四点钟,阿姨看见她坐在后院里在石板上练习写字。阿姨刚睡完午觉起来,正要去厕所。起初她一言不发地看了一会儿,随后走近去看。看到她在石板上并不是乱涂乱画后,阿姨便指着石板厉声问道："这是什么？你在写字？写的是什么？"

"昨天、今天、明天。"阿菲娅依次指着每个词念道。

阿姨虽然有些忐忑,一脸的不高兴,但也没说什么,随后便去了厕所。阿菲娅急忙把小石板收起来,提醒自己以后要偷偷练字。阿姨再也没提过写字板的事,但她肯定是告诉了丈夫。第二天吃午饭时,阿菲娅便感到家里的气氛异常紧张,吃过午饭后,他冲阿菲娅打了个响指,然后指了指小房间。就在她乖乖地转身朝小房间走去时,她看到儿子脸上露出不怀好意的笑。她走进房间,面对着门,这时,叔叔右手拿着竹杖走了进来。他闩上门,一脸嫌恶地盯着她看了一会儿。"我听说你已经学会写字了。我不用问是谁教你的。我知道是谁——一个没有责任感的人。不对,一个什么感都没有的人。女孩子为啥要会写字?会写字,就可以给拉皮条的写信?"

他走上前去,抡起左手,一巴掌扇到她的太阳穴上,然后右手挥起竹杖,劈头盖脸地打她,打得她直趔趄。他一边冲她叫喊、咆哮,她一边跟跟跄跄地往后躲。随后,长时间的沉默之后,他用竹杖狠狠地打她,起初是故意打不着她,但距离她越来越近。她吓得直叫,拼命躲闪,但这是个小房间,他还把门闩上了。她无处可藏,所以她就跑、躲闪,结果还是挨了很多杖。竹杖大部分都落在她的后背和肩膀上,她疼得直打哆嗦,大声呼喊,可最后一个跟跄,摔倒在地上。于是,她抬起左手护着自己的脸,结果竹杖便死命地打在手上。她疼得上气不接下气,吓得六神无主,于是扯着嗓子叫了起来。她躺在他脚下,尖叫着,抽噎着,他冲她怒吼,却没人来阻止他。心满意足之后,他便打开门,离开了房间。

后来,在抽噎流泪过程中,她知道阿姨来到她身边,脱下她的脏衣服,把她擦干,然后给她裹上床单,悄悄跟她说话,最后她昏死过去。她昏迷的时间可能不长,因为当她苏醒过来时,强烈的阳光仍透过窗户照射进来,房间里也热得要命。整个下午她都躺在小房间里，泪流满面，胡言乱语，神志清醒的时候，意识到阿姨就在旁边靠墙坐着。到了晚上，阿姨把阿菲娅带到草药医生那里去给她包扎手，姆甘尕对阿姨说："你们真是丢人现眼。整个村子都听到他大吼大叫地打这孩子，像疯了似的。"

"他没想把她打成这样。这是个意外。"阿姨说。

"你们觉得没有人跟你们记这笔账吗？"姆甘尕说。

草药医生使出了浑身解数，但那只手还是没能完全治愈。不过，阿菲娅还有另一只手，在挨打过去几天后，她用一张废纸片给她哥哥在城里当成朋友的那个人写了一个纸条。按照他的吩咐，如果需要帮助，就给他写个纸条，上面写上"比亚沙拉先生转交"。她写道：他打了我。帮帮我。阿菲娅。她把纸条交给店掌柜，店掌柜看过后，把纸条对折起来，交给一个往海边方向去的车夫。她哥哥的朋友跟着送纸条的车夫回来了。他付了钱给车夫，让他第二天再来。此时，她仍然遍体鳞伤，左手骨折，浑身酸痛，当驴车在屋外停下时，她正坐在门阶上，凝视着小山。店掌柜告诉了他们该怎么走。她叔叔上班去了，但没有回来。他肯定知道是谁来了。这只是个小村庄。看到她哥哥的朋友，她站起身来。

"阿菲娅。"说着，他走到她跟前，查看她的伤势。他牵起她的那只好手，二话不说拽着她就往驴车走。

"等一下。"说着，她跑进屋，捡起放在她睡觉的门口的包裹。

有很长一段时间，阿菲娅哪里都不愿意去，免得他们来找她。除了来接她的她哥哥的朋友，她害怕见所有人。现在,她管他叫哈利法阿爸;阿莎太太给她喂麦片粥和鱼汤,帮助她增强体力,她现在管阿莎太太叫夫人。她相信,如果她阿爸没有来,她叔叔迟早会杀了她,即便不是他,他儿子也会杀了她。但是,哈利法阿爸来了。

第二部

三

在第一天早上的检阅中,他一眼就挑中了他。长官。地点是博马军营,他们被带到这里与早先在军营集合的其他新兵会合。从车站到博马的行军途中,护卫队走在队伍前面和后面,有时候走在队伍的两边,威吓他们,戏弄他们,催他们快走。你们就是一帮野蛮人,护卫兵说。给野兽塞牙缝的料儿。别像娘们儿似的,屁股扭来扭去的。我们不是带你们去逛窑子的。挺起胸膛,你们这帮混球!部队会教你们怎样挺直腰杆的。

行军队伍中的这些新兵参军的原因各不相同:有的是自愿参军的;有的是在长辈的劝说下自愿参军的,而这些长辈自己却是被逼无奈才参军的;有的是环境所迫参军的;有的则是路上拉来的。驻防军正在扩军,急需打仗的士兵。有些新兵谈笑自如,在熟悉了军旅这档子事之后,走起路来已经满怀期盼地大摇大摆起来,嘲笑护卫队欺凌他们的那些话,巴望着自己的脏话能够得到护卫队的认可。有些新兵则沉默寡言,焦虑不安,甚至惶恐不已,不知道前面等着他们的是什么。哈姆扎属于后一类,心里默默地为自己的选择感到难过。没有人强迫他,他是自愿的。

天一亮,新兵们便从征兵站出发。他不认识任何人,但首先,这种陌生的环境给他壮了胆,于是与其他人一起昂首阔步地往前走，拂晓时分，向训练营地出发，开始了他的军旅生涯。身材魁梧的壮汉走在队伍的最前头，充满自信地大步前进，把其他士兵远远甩在后面。一个士兵突然唱起歌来，声音浑厚而低沉，其他一些懂他的语言的士兵也和着他唱了起来。哈姆扎认为是尼扬韦齐语，因为在他看来，那些人长得就像尼扬韦齐人。看到这一幕，护卫队——有些长得也像尼扬韦齐人——笑了起来，甚至时不时也跟着唱两句。歌声停歇下来后，不知谁用斯瓦希里语唱起了另一首歌。其实并不是歌，更像是被唱出来的一段对话，每句话的结尾都有爆发性的和声，用来充当欢快的行军号子：

Tumefanya fungo na Mjarumani, *tayari*.
Tayari!
Askari wa balozi wa Mdachi, *tayari*.
Tayari!
Tutampigania bila hofu.
Bila hofu!
Tutawatisha adui wajue hofu.
Wajue hofu!

士兵们一边欢快地唱，一边捶着胸脯，做半自嘲的动作：

我们参加了德军，心甘情愿，
心甘情愿！

我们是鬼子总督的战士，心甘情愿，
心甘情愿！
为他而战，我们毫不畏惧，
毫不畏惧！
我们震慑敌人，让敌人闻风丧胆，
闻风丧胆！

就在新兵们激昂地说唱过程中，护卫队也跟着哈哈笑了起来，还在歌词里添加了自己的污言秽语。

接下来，随着队伍行进到乡间，热气升了起来，毒毒的日头照在他的脖子和肩膀上，汗水从他的脸上淌下来，顺着背往下流，哈姆扎又焦虑起来。为了逃离貌似无法忍受的环境，他一时冲动，自愿参了军，但他不知道他现在出卖自己是为了什么，也不知道自己能不能得偿所愿。但对他下决心与之为伍的这帮人，他不是不知道。大家都知道阿斯卡利军队，驻防军，还有他们对人民犯下的暴行。大家都知道他们铁石般心肠的德国军官。但，他还是选择了与他们为伍，选择了逃走。就在他汗流浃背，疲惫不堪，在炎热的白天在土路行军时，他的所作所为给他带来的焦虑越来越强烈，强烈得有时让他喘不过气来。

队伍停下来喝口水，吃些无花果干和枣干。在他们一路走来的这条大路上，他们路过了许多与大路相连的小道，这些小路通往植被屏障后面近在咫尺的各个村庄，可他们一个人都没有看到。看样子村民们全躲起来了。在大路的一侧，在一棵酸豆大树下的一小块空地上，有几串香蕉、一小堆木薯、一篮子黄瓜，还有一篮子西红柿。村民们是匆忙逃离这个小集市的。看到他们来了，人们肯定很慌张，没来得及收拾完东西，就赶紧躲了起来。所有人都知道征兵队下乡来了。

护卫队止住行军队伍后，便大声叫嚷，让这些东西的主人出来，但没人出来。与此同时，护卫队把香蕉分发给行军队伍，只发了香蕉，还向藏起来的小贩们喊话，说他们应该向德皇的总督去讨账。护卫队根本就不许行军队伍离开他们的视线。他们要求新兵，不管需不需要，一次六个人，当着所有人的面，就在路边方便。这是在教你守纪律，护卫队哈哈笑着说。在我们把你们赶进军营前，把你们肚子里的垃圾全拉出来，然后用土埋上。

队伍走了一整天，大部分人都赤着脚，有的穿着皮凉鞋。护卫队说，德国人修这条路就是为了让你们不用艰难地穿越丛林，就是为了让我们把你们这些狗娘养的舒舒服服地带到营地。到了下午三四点，哈姆扎的双腿和后背疼得要命，只能凭着惯性和本能往前走了，但他别无选择，只能继续往前走。后来，他已经记不得那次行军是怎么走完的了，但就像快到畜栏的牲畜一样，当护卫队告诉他们军营快到了时，他们才又来了精神。

黄昏时分，队伍到达军营，路过一个大村庄附近时，一群人聚拢在一起看他们步履艰难地走过。人们友好地叫着、笑着，看着他们穿过大门，走进带围墙的博马。军营右侧是一长排粉刷成白色的建筑。楼上有些房间还亮着灯，所有房间都有阳台，面向开阔的操场。一楼是一排紧闭的房门。在

...... 064

练兵场的另一侧还有一排规模较小的建筑，正对着军营的大门。这排建筑也有二楼，在夜幕下灯火通明，格外显眼。一楼只有一扇门和两扇窗，所有的门窗也都关着。开阔的练兵场左边是两个半敞的棚屋和一些畜栏。在距离大门最近的角落里，有一栋两层的小楼，原来这里是监狱。新兵们被带到这所监狱小楼楼下的一个大房间，房间的房梁上挂着灯。通往楼上的门关着，但他们的房门和楼门都开着。经过一路行军，新兵们都已经筋疲力尽，但护送他们的阿斯卡利并没有离去，仍在盯着他们。这些阿斯卡利太累了，已经没有了嘲笑怒骂新兵的心情，一个个都坐在门口，等着队伍解散。

他们一帮人共有十八名新兵，现在全挤在拥挤的牢房里，一个个疲惫不堪，汗流浃背，默不作声。饥饿和疲惫已经让哈姆扎麻木了，但他心里仍有一种克制不住的沮丧。村子里的三个老妇人送来一陶锅香蕉炖牛肚，新兵们便围拢在一起，轮流着你抓一把、我抓一把地大吃起来，直到锅里的东西全吃完为止。负责上厕所的看守走来，把新兵们带到黑乎乎的室外，来到营地监狱那一侧的一个户外厕所，让他们一个个轮流使用马桶茅厕。之后，看守挑了两个人把马桶抬到军营大门外的化粪池，倒掉桶里的垃圾。

"这是白人长官的军营，"一个看守说，"这里到处都干净。他不想让你们把屎拉到博马里。不许侬着你们野性子来。"

随后，博马军营的大门关闭了。此时已是黑夜，但哈姆扎仍能听到军营外村子里隐约传来的声音，接着，令他惊讶的是，穆安津①召唤人们做宵礼的声音。后来，透过监狱敞开的大门，哈姆扎看到一盏盏油灯在黑夜中穿过阅兵场，但没有一盏灯是朝监狱这边来的。在夜里醒来时，他看到刷成白色的建筑在黑暗中微微发亮。周围没有一个看守。看样子没有人监视他们。也许看守们就在门外监视着，看看他们会不会胡闹；也许看守们知道，外面深更半夜的，初来乍到的人根本没有安全的地方可去。

早上，新兵们面对那栋白色的长排建筑，排好队接受检阅。在白天，哈姆扎才发现，这排建筑的屋顶是刷成灰色的铁皮屋顶，整栋大楼前面还有一溜用木板搭起来的露台。他还发现，他在垂暮时看到的那些紧闭的房门要么是办公室，要么是仓库。他数了数，共有七扇门，八扇装着百叶窗的窗户。大楼中间的门和窗都敞开着。在靠近开阔场地中央的地方竖着一根旗杆，后来他才得知这块开阔的场地叫做"练兵场"。

努比人翁巴沙②把新兵们叫醒，带到练兵场，他一会儿大步走到队伍的前面，一会儿又走到队伍的后面，手里拿着一根粗藤杖，默不作声地比划着，让队伍站成直线。新兵们，就连那些原本穿着凉鞋来的新兵，都赤着脚，穿着平常的衣服；而翁巴沙身穿卡其色军装，腰系挂着弹药袋的皮

---

① 穆安津（Muadhin）：亦称"宣礼师"，是清真寺每天按时在宣礼塔上号召穆斯林信众作祷告的人。穆斯林每天要做五次祷告，分别是：晨礼、晌礼、晡礼、昏礼、宵礼。因地理位置不同，季节不同，世界各地穆斯林五次礼拜的时间也不尽相同。
② 翁巴沙（ombasha）：对驻防军中类似"班长"的人的称呼，下文中的肖什（shaush）也是类似的称呼。

带，脚蹬铆钉靴，头戴塔布什帽①，帽子前面有鹰徽，后面还有护颈帘。他是个成熟的年轻人，胡子刮得干干净净，虽然肚子很大，但身板又瘦又结实。他的牙齿脏成了像食尸鬼一样的红棕色。他的脸容光焕发，可毫无表情，让人心生畏惧，两边鬓角上都有疤——这是努比族阿斯卡利故作严肃、令人恐惧的脸。

　　新兵们是在那栋长排大楼前集合的，这时，长官已经从大楼中间的办公室敞开的房门里走了出来。看着队伍站成直线，一动不动了，翁巴沙才心满意足，朝长官转过身去。翁巴沙绷直腰杆，大声喊道：猪猡们准备了。这位长官也穿着卡其色军服，戴着头盔，但他没有立刻走上前去，而是抬了抬手里的轻便手杖，算是跟翁巴沙打了个招呼。为了显示自己的尊严，他磨蹭了一会儿，才从露台上走下来，朝新兵队伍走过去。他从队伍的一端开始，沿着队列慢慢往前走，中途停下来看了看几个士兵，但没有说话。他用手杖在队伍中轻轻点了四个人。翁巴沙命令士兵们站着别动，眼睛直视前方，任何情况下都不能——绝不能——与德国军官有眼神的交流。哈姆扎知道，他一眼就挑中了他。他发现，长官——身材苗条、脸刮得干干净净——没等走出门口，就一眼挑中了他。所以，当长官在他面前停下时，他不禁打了一个寒战。长官看上去虽然没有站在露台上那么高，但比哈姆扎

----

① 塔布什帽（tarbush）与下文中的"菲斯帽"（fez）均为驻防军的平顶锥形军帽。前者有护颈帘，颜色为卡其色；后者为红色，顶上饰有黑色流苏，与伊斯兰国家男子戴的帽子大体相同。

高。他只在哈姆扎面前站了几秒钟，又继续往前走，但哈姆扎不用看就知道，他的那双眼睛凶狠，而且近乎是透明的。长官走过去之后，身后留下了一股微苦却清新的药味。

长官走过队列时用手杖轻轻点过的那四个新兵被派到运输队，充当担架手或搬运工去了。也许他们岁数太大了，或者看上去动作迟缓，或者干脆就没入长官的法眼。他让剩下的新兵听从翁巴沙的指挥。哈姆扎感到困惑和恐惧，同时也在纳闷，虽然运输队地位不高，没准儿他会更喜欢。他知道，这是他心里的怯懦在说话。当搬运工也躲不过阿斯卡利生活的艰辛，再说，他们都是穿着破衣烂衫，有时候光着脚到处跑，所有人都嘲笑他们。随后，翁巴沙把新兵们带到几英尺远的地方，让他们在那座较小建筑前的地上坐下。这座建筑楼下中间的门此刻敞开着。大楼一端的另一扇门上下都用挂锁锁着。

军营围墙附近根本没有树，所以操场上没有树荫。此刻虽然是清晨，但由于哈姆扎坐着一动不动，日头照在他的脖子和脑袋上，已经热得他快无法忍受了。过了好长时间，另一个德国军官从大楼里走了出来，一个身穿军装的男子跟在距离他身后一两步远的地方。这个德国军官体态微胖，身穿及膝的短裤和有几个口袋的紧身上衣，左臂上戴着印有红十字的白箍。他面色红润，蓄着浓密的黄铜色八字胡，头发斑白稀疏，短裤、白箍和浓密的八字胡让他略显得有些滑稽。盯着新兵们看了一阵子后，他命令他们站起来，然后又叫他们坐下，然后再命令他们站起来。他笑了笑，对站在身后的人说了些什么，便折回楼里去了。这个助手胳膊上也戴着印有红十字的白箍,他冲翁巴沙点了点头,便返回了医务室。随后,他们便一个接着一个地被派到医务室接受体检。

轮到哈姆扎了。他走进一个通风良好、光线充足的房间,发现里面有六张干净整洁的空床。房间的一头是分割出来权当诊室的一个小隔间,隔间一侧支着一张折叠桌,另一侧是一张检查床。助手又瘦又矮,一副历尽沧桑、见多识广而又愤世嫉俗的样子。他朝哈姆扎笑一笑,便用斯瓦希里语问他的名字、年龄、家庭和宗教信仰。他用德语与军官交谈,语气中透出他对自己传达的信息多少有些怀疑。听完详细的汇报,军官也仔细思考了一下,瞥了哈姆扎一眼,那样子就像是要核实一下才能把这些细节填在卡片上似的。哈姆扎谎报了自己的年龄,多报了自己的岁数。

"脱裤子。"助手指了指哈姆扎的裤子说,可哈姆扎不愿意脱裤子。"快点。"见哈姆扎动作太拖拉,军官说道。他费力俯下身,盯着哈姆扎的生殖器看了好一阵子,然后突然用手自下而上轻轻拍了一下睾丸。看到哈姆扎吓了一跳,他咯咯笑了起来,又冲助手微微一笑。然后,他又伸出手,轻轻地反复挤捏哈姆扎的阴茎,直到阴茎开始坚挺起来。"很好使!"他对助手说,但话说得很笨,就好像他的舌头很笨或者有语言障碍似的。他有些不太情愿地放开了阴茎。随后,军官检查了哈姆扎的眼睛,让他张开嘴,又抓住他的一只手腕握了片刻。然后,他从一个金属托盘中取出一根针,打开一个小安瓿,将针在黏稠的液体中蘸了蘸。他麻利地用针扎破哈姆扎的上臂,然后把针放在另一个盛着清澈透明液体的盘子里。随后,助手给了哈姆扎一粒药片和一杯水，让他就着水把药服下。看到哈姆扎因药片很苦而缩了缩脑袋，他微微一笑。与此同时，军官又在卡片上写了些什么，看着哈姆扎沉吟了良久，然后淡淡一笑，挥了挥手，让他出去了。这是他第一次见到军医。

新兵们每人领到了一套军装、一条腰带、一双靴子和一顶菲斯帽。努比族翁巴沙告诉他们："我是豁免兵海德尔·哈马德，是负责训练你们这些阿斯卡利新兵的翁巴沙。你们必须始终守规矩，你们必须服从我的命令。我曾在北方、南方、东部和西部打过仗，为英国人打过仗，为赫迪夫[①]打过仗，现在又为德皇打仗。我是正人君子，而且见得多了。在我没有把你们训练成阿斯卡利之前，你们就是一群猪。在我没有把你们训练成阿斯卡利之前，你们就是一群野蛮人，跟普通老百姓没什么两样。每天都要牢记，做一名阿斯卡利是你的运气。尊重和服从，不然，真主为证——走着瞧。明白吗？大家异口同声地说：是，长官。现在，军装、靴子、腰带、菲斯帽……这些都非常重要。你们要好好地穿，要保持整洁。每天都要保持整洁，这是你们这些阿斯卡利新兵的首要任务。每天都必须检查军装、靴子、皮带，其他的也要检查。如果不整洁，就会当众受罚，鞭笞二十五。知道是什么意思吗？就是在你肥肥的屁股上抽二十五藤杖。你们达到阿斯卡利的要求之后，就会像我一样戴塔布什帽。我会教你们，你们要保持整洁，不然，真主为证——你们懂的。装备

[①] 赫迪夫（Khedive）：对1867—1914年间土耳其治下的埃及总督的称呼。

也要整洁。明白吗？"

"是，长官。"

接着，他详细说明了每样东西该如何穿戴、如何打理。他说话时使用不同的语言，斯瓦希里语、阿拉伯语，还夹杂着一些德语，说起话来尖厉刺耳，说的话也支离破碎。说话的时候，他还借助新兵们不可能看不懂的动作和手势来补充自己的意思，而且一遍又一遍地重复，直到新兵们都点头表示明白为止。是，长官。"很好。这是军营语言，要弄明白，"翁巴沙冲着新兵们挥着藤杖说，"如果还有什么不明白，这个会解释。"

新兵们被安置到紧靠博马围墙外那个村子的一个营房里。在第一个早上过后，每天从黎明军号吹响开始，一直到中午，新兵的生活就是艰苦训练。训练项目均在博马军营里进行，先是由努比族翁巴沙豁免兵海德尔·哈马德带领训练，随后由肖什下士阿里·恩古鲁·哈桑接班，肖什也是努比人，整天愁眉苦脸，一副苦行僧的样子，让人一看就知道是个难伺候的主儿。直到后来，训练了几天后，他们才见到德国士官长瓦尔特。

士官长个子很高，身材魁梧，说起话来声音震耳欲聋。他头发乌黑，蓄着浓密的八字胡，棕色的眼睛在生气或不高兴时会鼓胀起来。他只要一张口，差不多都会轻蔑地撇一撇嘴。他的训练项目强度很大，要求也严格，他发现新兵们的很多表现都让他非常恼火。他负责训练时，对新兵一直很严格，训斥他们的时候，总是双手叉腰，满嘴的污言秽语犹如下水道里的污水倾泻而出。即便是不说话的时候，他也在极力压制自己的怒火。从他身上，哈姆扎看到了他心目中德国军官的所有德性。他手里始终拿着一根漂亮的手杖，失去耐心的时候，会用手杖轻轻抽打自己的右腿，有时也会使劲地抽；火气上来，实在压不住的时候，他也只是用手杖指指戳戳，或者在空中抽得手杖"嗖嗖"直响。在德国军官眼里，鞭打阿斯卡利是有失尊严的，所以，如果他的话需要着重强调，他都希望始终陪着他训练的翁巴沙出面去执行鞭刑。

新兵们每天先服用一剂奎宁，接着便是连续几个小时的队列行进训练。士官长向他们吼道，驻防军要有出色的表现，这很重要，准确无误的队列行进是必不可少的。他们学会了如何保持军姿，后来又学会了如何伴随着翁巴沙或肖什或士官长喊着口令和大声辱骂，在其他新兵面前单人行进，然后集体队列行进。再后来，他们学会了如何持枪和使用武器，如何趴在地上瞄准，如何射击和打靶，如何快速行进和重新装弹。除非接到命令，驻防军阿斯卡利绝不后退，受到袭击也不慌乱，最重要的一点，要毫不动摇。明白吗？所有的命令都是伴随着辱骂大声吼出来的。是，长官。新兵犯了任何错误都会根据严重程度受到暴力惩罚或被罚苦役。惩罚既是家常便饭，也是公开的，每隔几天，整个队伍，不管是新兵还是阿斯卡利老兵，都会被带到博马军营，现场观看"鞭笞二十五"，对这样那样不守规矩的行为公开施以鞭刑，而有些行为往往并不值得遭受这样的羞辱。翁巴沙对他们说，鞭刑是为了让他们服从命令，英勇无畏。执行鞭刑的总是某个非洲裔阿斯卡利，绝不会是德国人。

到了下午，他们打扫博马和营房，还会遵照命令执行其他任务。他们擦拭武器和鞋子,清洗绑腿和军服。检查的内容名目繁多,而且每错必罚,有时候是单兵受罚,有时候整个班组受罚。为了增强体质,他们进行体育锻炼——跑步、强行军和体能训练。在哈姆扎的班组,大多数新兵都是当地人,彼此都能听懂对方的话,但部队里也讲其他语言,大部分是阿拉伯语、尼扬韦齐语和德语。这些语言中的语汇与斯瓦希里语搅和在一起,便形成了军营里的主要语言:某种形式的斯瓦希里语。

哈姆扎全身心地投入到令人疲惫不堪的日常训练之中。参军后,刚开始他曾担心,那些动辄使用暴力、只看重实力和拳头的人会小看他,欺负他。没多久,他们班组的等级便显露出来,部分原因当然是实力和机敏。孔巴和富拉尼的积极性和影响力就让两人脱颖而出,自然而然成了班组的老大,而且没人敢去争这种权力。富拉尼虽然没有达到驻防军的水准,但毕竟有过军旅经历。他是尼扬韦齐人,曾在一个商人的私人武装中干过警卫,因为他老不记得自己在尼扬韦齐语中的名字,商人便给他起了富拉尼这个名字,意思是"讨厌鬼"。富拉尼喜欢这个名字的冲劲儿,便欣然接受了。孔巴长得很强壮,很自信,天生是运动员的料儿。不管是什么训练项目,两人都带头,与前来送饭的女人搭讪,充满暗示地跟她们打情骂俏,答应她们夜深人静的时候去看望她们。饭来了,两人总是第一个去打,而且盛的量很足。翁巴沙总是表扬他们,士官长也总是讨他们的好,当然最恶毒的辱骂也非他们莫属。孔巴总在背后嘲笑士官长,称他为好斗的公鸡。有女人在场时,他总是像公鸡一样昂首挺胸,搔首弄姿。大家都明白，士官长对两人的恶语相加，特别是对孔巴的恶语相加，是对两人在班组中老大地位的认可。为了树立自己的权威，他必须镇住他们，而又不是贬低他们。对这种等级，哈姆扎虽心有不甘，但只能听命，跟其他人一样从中去寻找自己的位置。

对哈姆扎来说，富拉尼和孔巴的这种老大地位似乎无关紧要，也不是什么问题，因为整个班组最关心的还是训练的强度，担心集体受罚。对豁免兵和下士的蔑视和暴力，尤其是士官长瓦尔特的蔑视和暴力，所有人都束手无策。任何人不得对教官直呼其名，甚至不能直接跟教官说话，只有尽可能欣然地去服从。只有孔巴成功躲过了任何惩罚，因为他总是嬉皮笑脸，让人觉得他并不是有意去冒犯教官，或者根本没想不尊重教官。

但是，军营的制度虽然非常严苛，但体能的不断增强和技能的不断提高还是让哈姆扎出乎意料地找到了满足感，所以，没过多久，对教官动辄大声呵斥他们，管他们叫"猪"和"野蛮人"或是别的什么他听不懂的德语字眼儿，他已经不再皱眉头了。意想不到的是，他开始为自己融入班组感到自豪，不再像他曾经担心的那样被人拒之门外和嘲笑戏弄，而是和其他人一起去分享例行的惩罚、训练后的精疲力竭和满腹牢骚，去感受自己的身体越来越强壮，越来越熟练地去响应命令，按照教官的要求准确无误地列队行进。不过，他花了很长时间才逐渐习惯了筋疲力尽后睡觉时身上发出的那种恶臭味和士兵们放出来的屁味。士兵间的相互打趣虽然非常粗野，但大家都被打趣过，所以哈姆扎被人打趣时学会了去包容。在他们开始走出军营进行演习时,他看到村民们发现阿斯卡利到来时脸上的那种恐惧表情,看到村民们这么害怕,他实在掩饰不住内心里的那股子兴奋劲儿。

第一天早晨过后,长官一直是远远站在一旁的身影而已。他们上午的训练通常在博马练兵场上进行,长官有时会从大楼里走出来看他们训练,但从没有从木露台上走下来过,也从没有站在露台上长时间观看他们训练。他更多的是经常离开博马,率领正规部队去执行实兵演习。他们从另一个阿斯卡利嘴里得知,这样的演习叫做"协商任务",即解释政府政策、对争端做出裁决、对违法的村庄和酋长进行惩处的协商会议。当他们班组作为训练参与"协商任务"时,哈姆扎才意识到,说是协商,其实并没有太多协商的余地。这样的演习就是约束和恐吓愚蠢而又野蛮的村民,让他们服从政府的命令,而不是对命令提出质疑。

新兵们连续训练了几个星期以后,一天早上,长官走下木露台,走到他们跟前。这一刻似乎是预先安排好的,因为三位教官——豁免兵海德尔·哈马德、下士阿里·恩古鲁·哈桑和士官长瓦尔特——都到场了。长官身穿熠熠生辉的驻防军白色军装,其他几位教官也都是盛装打扮。翁巴沙解释说,这次检阅将在他们班组中挑选一部分人去信号队或军乐队专门受训。其中一个队员说他会吹小号(不过大家都没听他吹过),想申请加入军乐队。他请求翁巴沙允许他自告奋勇报名。选择加入信号队的,必须识字才行,不过,哈姆扎虽然识字,但并没有主动报名加入信号队。他担心加入信号队会埋没自己,所以决定不去,但翁巴沙海德尔曾见他在一次休息期间给其他人大声读过殖民政府的斯瓦希里语报纸《领导者》。翁巴沙是在检阅过程中向新兵们解释选拔程序的，所以提到信号队时，朝哈姆扎瞥了一眼。

长官还像第一天早上一样，从队伍的这头走到那头，只是这一次他在每个人面前都停下脚步仔细查看。沿着立正的队伍走完后，他站到队伍前几英尺远的地方。士官长大声点了那个名叫阿卜杜的小号手的名字，小号手遵照命令向前迈了两步，站了出来。然后，他又点了哈姆扎的名字，哈姆扎也向前迈了两步，站出队列。长官行了个礼，便走回办公室。队伍把阿卜杜和哈姆扎丢在操场上，迈着整齐的步伐走了。虽然傍午的毒日头直直照在他们身上，但他们还是遵照命令立正站好。两人都知道，这是另一种惩戒式的考验，如果他们动一下或者说话，等待他们的将是毫不客气的惩罚，那么接下来的受训也就告吹了。对哈姆扎来说，这就像是一场无缘无故的残酷变故，不过，这样的聪明睿智来得太晚了，除了忍受，他别无选择。

现在很难说在傍午的毒日头下两人在操场上要立正站多长时间，也许一刻钟，但过了一会儿，翁巴沙海德尔回来了，命令阿卜杜跟他走，而哈姆扎仍然站在操场上。接下来轮到他了，他遵照命令昂首阔步地走在翁巴沙的前面，来到办公室敞开的门口，里面非常昏暗，他的眼睛一时间什么也看不见了。就在这时，办公室里传来一个声音。这是他第一次听到长官的声音，哈姆扎通过自己的脚筋都能感受到这种声音的严厉程度。他迈着正步走了进去，办公室很大，前面有两扇窗，正对着房门的一侧放着一张办公桌。桌子前有一把椅子，靠墙的地方还有一张小桌子，桌上放着一块绘图板。军官坐在桌子后面，身体靠在椅背上。没戴头盔，长官的脸显得更清瘦，脸颊左上方、发际线下面太阳穴上的皮肤有一块褶疤。眼睛是洞悉一切的蓝色。

长官故意沉吟良久之后，开始用德语说话，由翁巴沙翻译。"中尉问你想不想当信号员。"

"是，长官。"哈姆扎冲着长官的头顶、尽可能毅然地大声说道。他不知道当信号员是不是比当阿斯卡利更安全，但现在不是较真儿的时候。

军官又简单说了句什么。"为什么？"翁巴沙翻译道。

哈姆扎本应想过这个问题该如何回答，但他没有。思索片刻之后，他说："学习新本领，尽自己所能为驻防军效力。"

他飞快地瞅了长官一眼，看到长官在笑。这是哈姆扎第一次看到长官冷笑，这种冷笑他以后会经常看到。"你识字吗？"翁巴沙又翻译道。

"稍微识几个字。"

长官做了个疑惑的表情，要求他说详细一点儿。哈姆扎不知道该如何详细说明。如果是斯瓦希里语，所有字母他都认识，仔细读也能认出是什么字。他不知道这是不是长官想知道的，所以他只盯着长官脑袋的上方，什么也没说。长官一边看着翁巴沙，一边缓慢地用德语说话，翁巴沙一直等他把话说完才开始翻译。就这样，长官的话用努比人通常支离破碎的话翻译了出来。因为哈姆扎是面对军官站着，他借着眼睛的余光看到，长官对翁巴沙添油加醋的翻译时不时微微皱眉。据说,在所有的德国军官中,长官的斯瓦希里语说得最好。

"中尉说,你为什么不多学点读呢?你为什么不像他那样什么都能读呢?他摆在你面前的所有东西,野蛮狗,你都不学。你没有文明,所以你野蛮。他说你必须学。他说的什么词儿来着……速习……大概是吧。你不懂这个。"

"数学。"军官说。

"对,速学,你不懂这个,你这个野蛮狗。"翁巴沙说。

"'数学'这个词用你们的语言怎么说?"军官干脆把翁巴沙撇在一边,直接用斯瓦希里语问道,"你知道什么是数学吗?不学数学,你就不懂世界上的任何知识,不懂音乐和哲学,更别说发信号的原理了。明白吗?"

"是,长官。"哈姆扎大声说道。

"你连数学是什么都不知道吧?我们来到这里,给你们带来了数学和其他许多聪明的东西。没有我们,你们就不会有这些东西。这就是我们的'文明使命',"说着,长官左臂一挥,指了指外面的博马军营,他那张清瘦的脸上和薄薄的嘴唇上泛起一丝冷笑。"这就是我们巧妙的谋划,只有孩子才看不懂。我们到这里来就是教化你们的。明白吗?"

"是,长官。"

长官小心谨慎地讲斯瓦希里语,寻找合适的词语,但他说话的样子就好像他在操用一种他没有掌握的语言,就好像他知道这些词,却不知道这些词要传达的感情色彩,所以这些词从他嘴里说出来总是言不由衷。他那双眼睛闪烁着机警的光芒，这种目光既透着一丝好奇，同时也透着一丝轻蔑，而且始终在观察哈姆扎听了他的话会有什么反应。反过来，哈姆扎也在没有眼神交流的情况下，努力去琢磨长官。以后他会了解到，即便是闪烁着那种目光的人，换了别的时候也会动粗。

"不过，我觉得你学不了数学。数学需要智力训练，你们这些人不可能做得到。今天就说这些吧！"说到这儿，军官突然挥了挥手，示意他们离开办公室。

当天晚些时候，哈姆扎发现，他被指派为长官的专职侍从，他的勤务兵，而且要求他早晨一起床就到长官的寓所报到，由即将离任的勤务兵教他该怎么做。他要求分到信号队的请求遭到拒绝，但没人告诉他为什么。大家知道了他被指派的任务之后，孔巴带头嘲笑起他来。

"你就是个娘们儿，"他说，"所以他才挑中了你。他要找个又可人又漂亮的人儿帮他按摩背，伺候他吃饭。到了山区，天气冷了，他需要有人像小巧可爱的老婆一样帮他夜里暖被窝。你到这里来干什么？大家都看得出，你长得太帅了，不是当兵的料儿。"

"这些德国人，他们就喜欢玩帅小伙儿，尤其是你这种好模好样的人。正中你的下怀呀！"富拉尼挥了挥手，压低了声音说道。

"没错，你真是让人想入非非的小美人啊！"说着，孔巴伸出手，就好像要摸一把哈姆扎的脸似的。

其他人也来凑热闹，扮作他的模样，迈着放浪的款步，装出一副给长官上菜和按摩后背的样子。"哪一天德国人把你玩腻了，你可以回来帮我按摩背。"不知是谁说了一句。过了很长时间，他们才厌倦这种调侃，丢开他一哄而散。到这时，哈姆扎一直在默默承受大家的羞辱，同时也担心大家对他将来要面对的种种预测最终会变成现实。他曾觉得自己已经与大家融为一体，与大家一同吃苦，一同受罚，以前从没有人这么轻蔑地跟他说过话。看样子他们这是要把他给轰出去了。

四

他们没有伊利亚斯的消息,不过没什么好担心的,哈利法说:"达累斯萨拉姆离这儿远着呢。我们别指望很快就听到消息。如果有人从达累斯萨拉姆来,我们会听到消息的,没准儿他会给我们捎封信来。我们迟早会听到他的消息。"

在最初与夫人和哈利法阿爸共同生活的那段日子里,阿菲娅和他们睡在同一个房间里地上的一张木棉薄垫上。后院有间房,平时当作仓库,里面存放着一筐木炭,还有一些旧坛坛罐罐,几件说不定哪天能派上用场的旧家具木条。哈利法说,他会把这间库房腾出来,收拾一下让她住。把房子用石灰水刷一下,杀一杀臭虫,应该很舒适。屋子前面还有一个独门的储物间。"我们可以把这些杂物挪到那个储物间去,"哈利法说,"不用着急。先让她住在我们这里习惯一下。她还是小孩子。让她先克服克服心里的恐惧吧。"

"她不是吃奶的孩子了。"话虽这么说,阿莎太太再没有坚持。

阿菲娅仍在发低烧,她的手虽然日渐好转,但还是疼。阿莎太太带她去看跌打医生,跌打医生先是给她的手做了按摩,然后打上用草药、面粉和鸡蛋制成的石膏。"这会帮助骨骼愈合。"他说。几天后,跌打医生拆下石膏,还教她如何锻炼,增强那只手的活动能力。他对阿莎太太说:"我不知道她这只手还能不能像以前一样用。手的纤维可能会留下永久的损伤。"

阿莎太太为她祈祷,还教她读《古兰经》。如果我们一起读《古兰经》,你就不会总想着自己的疼了,真主就会保佑你,犒赏你,她说。阿菲娅每天努力坚持学习,几个星期后,终于能够读懂《古兰经》的短小章节了。阿莎太太的一个邻居哈比巴太太每天上午在家里给其他四个女孩上课;看到阿菲娅有了进步,阿莎太太便把她送到哈比巴太太家里。阿莎太太认为,有其他孩子陪伴,阿菲娅会学得更快。她悄悄地对哈利法说,她怀疑哈比巴太太十有八九是个老师。女孩子们都知道该如何利用哈比巴太太的慈悲心肠,都撺掇她给她们讲故事,来逃避上课。

"讲什么故事?"哈利法问道。他喜欢讲故事。

"我不知道,"看到他没听懂自己的意思,阿莎太太顿时气呼呼地说,"大概是先知和同伴们的故事吧,可孩子们应该学习阅读。不然,我为什么掏钱给她。"

"哦,故事不错。"哈利法说完,顿时惹恼了阿莎太太,因为她认为,听他说话的口气,压根儿就是在敷衍她。他故意不把正儿八经的虔诚放在眼里,这常常让她很恼火。

"是的,我希望故事不错,"她说,"你以为我掏钱是让她去听瞎掰的吗?"

"要听瞎掰你掏的钱可能还不够。"说完,他觉得自己这么机智应对,于是非常得意。

早上第一件事就是到哈比巴太太家上两个来小时的课。几周过去了,阿菲娅已经能更流利地阅读,手也渐渐痊愈,可以在下课后帮着做些家务了。她每天从哈比巴太太家回来后，都要跟夫人讲她上午读了些什么，有时还要示范给夫人看。过后，阿菲娅陪她去市场买蔬菜和水果，在允许吃肉的时候，或许也会买点儿肉。阿莎太太教她如何了解农产品的价钱，如何付钱，如何管钱。等你再长大一点，就可以帮我买东西了，她说。有时，她们路过商人纳瑟尔·比亚沙拉家，看到哈利法在办公室里，面对着敞开的房门，坐在办公桌旁。办公室是商人家楼下的一个房间，商人和家人住在楼上。每天傍午时分，她们从市场回来后，都会看到一个人拎着篮子，挨家挨户地卖鲜鱼。他从海边渔民手里买鱼，省去了顾客跑到海边和渔民就短斤缺两去讨价还价的工夫。阿菲娅学会了如何准备做鱼：先在磨石上把大蒜、生姜和辣椒碾成糊，再把碾碎的糊抹在鱼肉上和鱼腔里。她可以用一只手把住磨石，一只手去碾糊，不过她的左手还是把不稳磨石。就这样一来二去，她学会了应对自己的伤。

她去看望她与伊利亚斯曾经租住过的那家人家，贾米拉和萨阿达姐妹，还有她们的母亲。见到她，她们都很高兴，还像以前一样热情招待她。她们注意到她那只手动作不利索，便问她是怎么回事。她告诉她们，因为她学会了写字，她叔叔打了她，房东太太说，这种愚昧无知真是作孽。姐妹俩中的姐姐贾米拉现在已经定了亲，但她父亲说，她年纪还小，必须等到十八岁才能出嫁。要不然，还没等自己享受过青春就生孩子，自己的生活就给毁了。贾米拉说，她在家里生活得很开心，不在乎等，她的未婚夫也不在乎等。他住在桑给巴尔，两人只见过一面，彼此的了解还没到让贾米拉对他念念不忘的程度。她们问起伊利亚斯,阿菲娅说她也没有消息。愿真主保佑他平安!房东太太说。我每次走过楼下你们兄妹俩住过的房间,都会想起你们。

哈利法每天都回家吃午饭,阿莎太太做完晌礼后,马上就开始吃饭。阿莎太太要求阿菲娅陪她一起做祷告,不过哈利法一般是在她们刚做完祷告时才到家。起初祷告时,阿莎太太都是大声诵读祷告经文,让阿菲娅听了后跟着说。她跟她解释说,祷告的时候一个人是在直接与真主说话,不能停下来跟别人说话或干别的事。所以,在祷告过程中,她不能停下来,跟她解释和教她怎么做,阿菲娅必须通过模仿她和重复她的话来学习。午饭后,哈利法穿着衬衫和基科伊①先在卧室里溜达一会儿,然后躺在垫子上睡午觉。阿莎太太也会躺在床上睡午觉,留下阿菲娅一个人去自得其乐。她喜欢中午这段恬静的时光,这时候,外面的大街似乎都耐不住酷热,安静了下来。她洗碗刷锅,清理火盆,打扫后院,然后坐在院子角落里,要么用石板或废纸练习写字,要么读阿莎太太给她买的《古兰经》。她说,每个人都应该有一本《古兰经》。说这话的时候,甚至连看都不看哈利法一眼,因为他的那本早就不知道丢到哪里去了。

穆安津召唤人们做晡礼的时候就是大人们睡午觉起床的信号,哈利法匆忙洗把脸,然后再回办公室上两个来小时的班,阿莎太太先是做些家务,然后出去到邻居家串门,或是

---

① 基科伊(kikoi):一种长方形编织布,主要为肯尼亚和坦桑尼亚男性穿的一种围裙。

邻居来串门。一天，哈利法问阿菲娅，她是想跟他去办公室，还是愿意去邻居家玩。就这样，她跟着他去了办公室。办公室是个大房间，房门正对着她跟阿莎太太去市场时走的那条路。办公室里有三张桌子，中间那张正对着门口的桌子是哈利法阿爸的，门右边的那张是商人纳瑟尔·比亚沙拉的。阿菲娅今天虽是第一次见到他，但他的事她听过很多，说他是贪得无厌的无赖，或者用挖苦的口气说他是我们这一片有钱的商人。她原以为自己见到的应该是一个更年长的人，一副小气、吝啬的德性。

哈利法阿爸给她找了一支铅笔和一张废纸，让她坐到门左边的那张桌子上练写字。有时候，男人们来办公室聊天或谈正事，但大部分时候是来打听有没有最新的新闻和小道消息的。对大多数人来说，小道消息是及时了解世界上正在发生什么的唯一途径。访客们还经常聊起她。我看到你招了个新文书嘛！我看到办公室里有人干起活来挺像那么回事儿嘛！她一边听他们谈论政治和殖民政府面临的种种危机，一边假装专心涂涂写写。他们经常谈起即将爆发的战争和驻防军的暴行，谈起驻防军时，言语中总是夹杂着既反感又羡慕的复杂心情。她听他们说，阿斯卡利就是一帮畜生。她问哈利法，伊利亚斯去参加的是一样的阿斯卡利，还是不一样的。

"他们属于一支军队，但又不一样，"哈利法说，"并不是所有的阿斯卡利都是穷凶极恶的畜生，有的阿斯卡利是警察、文官或医务兵，有的甚至在军乐队里演奏音乐。我觉得，伊利亚斯可能是其中的一种。我们相信很快就会有他的消息。现在他一定结束了训练,肯定会回来住几天。等见到他,我们可以问问他。"

商人纳瑟尔·比亚沙拉平常不怎么跟她说话。他经常是忙着处理账目和信件,或者接待客人,但总的来说,他不很健谈。聊天的时候,客人们和阿爸总是滔滔不绝,而他往往都是听着。他写字的时候总是戴着金属丝框眼镜,以前阿菲娅没见过有人戴眼镜。有一次,她居然不知不觉地站在那里,目不转睛地看他工作。她很纳闷,眼镜腿的钩子挂在耳朵后面,戴眼镜会不会疼。最后,纳瑟尔·比亚沙拉抬起头,把眼镜推到脑门儿上。他揉了揉眼睛,然后将身体靠在椅背上,盯着她看了起来。

"你在盯着看什么?"他问。

她指了指他的眼镜,哈利法立马厉声说道:"不要那样指着别人的脸。"

商人也同样厉声说道:"别管她。"就这样,她明白了,他不喜欢哈利法阿爸,阿爸也不喜欢他。

有一天,她在办公室里咳嗽了几声,纳瑟尔·比亚沙拉关切地皱着眉,看了看她。看到她咳嗽不止,他说,跟我来。通往楼上私人住所的门紧挨着办公室,他站在楼梯脚下冲上面喊了一声:"哈立达,阿菲娅要上来喝口水。"就这样,她见到了商人的妻子。自那以后,只要她跟着哈利法阿爸去办公室(当然不是每天都去),她都到楼上去喝口水,有时还吃块米糕。哈立达有个小宝宝,很少外出,所以她的朋友和邻居、其他商人的妻子和亲戚,还有给他们打工的,经常来她家串门。她们披着香喷喷的肯加巾,身穿轻柔婆娑的雪纺裙,与她坐在一起聊天,聊的话题都是些结婚、生子、遗传之类的。阿菲娅听她们兴高采烈、不怀好意地取笑别人:某某人走起路来大摇大摆,一副自以为了不起的样子;某某女人动不动就摆臭架子;大家都说某某达官显贵是伪君子;某某人还活着;某某人过世了;听得她目瞪口呆。她们从来不聊自己的丈夫和家人,但对被她们当成茶余饭后笑谈的别的什么人却是毫无慈悲心肠。她懒得假装自己没在听她们聊天。她们都笑话她听得这么入迷,相互间都挤眉弄眼,或是用暗语提醒对方,别当着小女孩的面口无遮拦。她知道她们什么时候在聊不想让她知道的事——房间里有人耳朵可长着呢!——因为她们不是哼哈、干咳,就是绕着弯子说话,或是用手比划,一边玩着这种把戏,一边会心地开怀大笑。虽然她假装听不懂,但她大抵还是能明白她们在对她掩饰什么。过了很久,她才意识到,她们聊别人的那些话并不全都是真的。

阿菲娅是这样打发时间的:在哈比巴太太的小房子的门厅里上课,听她给她们讲真主的先知亲历过的种种奇遇,从先知穆萨,到先知易卜拉欣,再到先知伊萨,首先是真主的使者①,凡此等等。她去看望贾米拉、萨阿达和房东太太;坐在商人办公室里,一边听男人们聊天,一边在废纸上写写画画;然后上楼去看商人的妻子哈立达和她的朋友,一

---

① 伊斯兰教认为,先知(prophet)是直接领受真主启示、能做出预言的人;使者(messenger)是有明证和教律、负有真主委以专门使命的人。先知和使者都是人,不是崇拜的对象。先知与使者没有区别,只是品级不同。

边吃米糕,一边听她们造谣中伤别人。当时,她并没去多想,可后来发现,对她来说,与夫人和哈利法阿爸一起生活的头几个月是她很知足的一段岁月。

*

后院仓库里的杂物终于搬到了房前的储物间。之后,墙壁用石灰水刷过,地板打扫干净后,又用肥皂水清洗过,窗框和栏杆也刷了漆。

"从前我父亲都是在房子前面的那个储物间存放货物,"阿莎太太说,"我们那位款爷纳瑟尔曾经想把他的那些垃圾存放在那里,但让我给拒绝了。他是想把它锁起来,把钥匙拿走。这只是开始——先是储物间,然后是后院,再然后是整个房子——然后,我们就只能睡大街了。没有什么是这个无赖不敢干的。我父亲在里面存放什么货?有什么就存什么。当时人们碰到什么生意就做什么生意:降价的大米过后可以卖出去,丰收后的玉米或小米可以运出去,金属盘、玫瑰花露水、枣子。有些货物是本地产的,有些货是从海外运来的。有一年,他从印度买了几十个陶罐,没人知道他为什么要买这么多。那些陶罐在储物间存了好多年,不知道最后是怎么处理掉的。我父亲不太会做生意,不知怎么搞的,他的决定总是错的,总是在错误的时间,或者用错误的价钱买进或卖出。不管怎么说,我那苦命的父亲,他没赚到钱,后来,他让阿穆尔舅舅从他手里把房子给偷偷弄走了。"

纳瑟尔·比亚沙拉的家具作坊给阿菲娅送来一张新床,作为商人送给她的礼物,床上还装了挂蚊帐的木架。做床垫的来了后,先把她睡在地上铺的那张旧棉垫拆开,然后重新填上新木棉。还从裁缝那里定做了新蚊帐,挂在蚊帐架上泛着熠熠白光。阿菲娅在十二岁的时候,有生以来第一次意外奢侈地有了自己的房间。刚开始,她独自一人住在后院小屋里还觉得有些害怕,但她没有说出来。她遵照吩咐闩上门,把其中一扇窗的铰链稍微打开一点儿。然后,她蜷曲在蚊帐的角落里睡觉,后来渐渐学会了不去理会夜里听到的那种瘆人的窸窣声。

"你不知道自己的命有多好,"阿莎太太对她说道,不过她在微笑,没有责怪的意思,"我真希望我们没有用这么舒适的生活把你宠坏吧。"

哈利法开始说起他在她这个年龄时与其他几个男孩是如何睡在私塾先生家楼梯下面的垫子上,还有这段经历到头来是多么值得珍惜,但阿莎太太打断了他的话。他又要讲他的印度往事了,她说。哈利法大咧咧地笑一笑,吃完午饭就躺下睡午觉去了。

一天早上,阿菲娅正准备去哈比巴太太家上《古兰经》课,阿莎太太给了她一块肯加巾,还教给她如何穿戴。她说,你现在长大了。要保持庄重,出门时就要把自己裹起来。

她知道,自己的乳房发疼,发胀,还注意到她走在大街上时,男人们的眼睛都盯着她的胸脯看。她还意识到,办公室一有男人来,纳瑟尔·比亚沙拉更希望她上楼去。她觉得,男人们看她的眼神让他难堪。不用别人解释,她就明白是怎么回事儿。于是,她心怀感激地接过肯加巾,按照阿莎太太的吩咐,把自己裹了起来。

五

在博马军营右边那栋大楼二楼的一头，长官有一套两居室的寓所，其中一间是小卧室，另一间放着两把舒适的椅子和一张小办公桌，长官有时会坐在小桌前写东西。这栋大楼的二楼一共有七个房间，与一楼的布局一模一样，房间的安排是根据军衔高低来分配的。最头上的两个房间供指挥官使用，紧挨着的就是楼中间一个当作食堂的大房间，然后另外四名军官每人一间，先是军医的房间，最后是士官长的房间。士官长的军衔最低，他的小房间也离得最远。博马里的其他三名军官住在面对军营大门的那栋较小建筑中，一楼是医务室和大门紧闭的仓库。仓库里存放着给军官食堂备的各种食品：一罐罐欧洲美味佳肴，一瓶瓶啤酒、葡萄酒、杜松子酒和白兰地。两栋楼的安排井然有序，卫生间都在楼下的独立建筑中。军官们的勤务兵睡觉的地方位于两栋楼后面一个有两间房的偏屋，偏屋自带卫生间，供勤务兵共用。尤利乌斯是住在那栋大楼上的另外四名军官的勤务兵，所以哈姆扎和他住一个房间；另外两个勤务兵负责伺候小楼上的军官，住在另一间。

尤利乌斯比哈姆扎大很多，快四十岁了。他是高级勤务兵，在驻防军已经服役了十多年。他会讲一点德语，而且懂得更多。他是唯一获准进入食品仓库的勤务兵，仓库的钥匙由负责后勤保障的军官保管。尤利乌斯跟其他几个勤务兵解释说，他之所以被委以重任，是因为他会写字。每次从仓库里取东西，他必须在仓库的登记簿上作记录。他告诉哈姆扎，他在巴加莫约的教会学校上过学，但对在学校里待了多长时间却含糊其词。他为自己所受的教育和信奉的宗教感到自豪。他时不时说：如果你像我一样受过教育，而且信奉基督，不管碰到什么事，你都会有不同的看法。有一次在对一个村庄突击收税时，尤利乌斯受了点儿轻伤，在他养伤期间，他的指挥官便派他去做了勤务兵。"我做勤务兵已经两年多了，到现在还没人想把我弄走，所以我一定得好好干。"他说。

　　楼上没有自来水，虽然曾计划把水引到楼上，但现在还没有通，所以每天早上，哈姆扎先给长官的脸盆倒上水，然后再到厨棚去取咖啡。军官们的三餐都是由村子里的妇女在博马的厨棚里做，这些做饭的妇女都是阿斯卡利们的妻子。等哈姆扎取咖啡回来时，长官已经走出内室，穿着衬衫和裤子，等着咖啡送来。接着，哈姆扎便走进内室收拾床铺，熨烫长官的衣服，这时候他经常觉得军官的眼睛透过敞开的房门一直在盯着他。之后，他便去食堂帮尤利乌斯摆桌子，准备让军官们用早餐。两栋楼的军官都在食堂里吃早餐，每天晚上的正餐也是在食堂里吃。尤利乌斯向他解释需要摆哪些刀叉和餐具，以及何候军官们用餐的常识。然后，两人便下楼去，等伺候小楼上的军官用餐的勤务兵从厨棚里把早餐送过来。哈姆扎和尤利乌斯把早餐在食堂里摆好后，便去叫军官们来用餐。

早饭后，两人便开始收拾和清洗军官们的专用餐盘，把餐盘放进碗柜后便打扫食堂，然后去收拾军官们个人的房间。哈姆扎负责整理和打扫长官的套房，给房间通风，把脸盆和夜壶里的脏水倒掉，再刷干净，然后再清扫前后阳台，把脏内衣裤装进写有名字的专用袋子里拿到楼下，让洗衣女工收走。这一切都是有序的常规工作，而且要在早上七点前全部做完。

在被派去专职伺候长官的最初几个星期里，由于他还没有完成基础的训练课目，所以早上七点刚过，他便回到自己的连队参加训练。在七点之前，他打扫阳台或熨烫长官的衣服时，看到练兵场上翁巴沙或肖什带领士兵们进行步伐训练，真巴不得加入他们的行列。归队后，他便全身心投入到训练之中，努力去甩掉给长官服私人劳役带给他的那种毫无价值感。有时候，他们到野外练习打靶或演习，但如果走得太远，他就不能参加。接近响午的时候，他必须赶紧离开队伍去收拾食堂，不管当天哪些军官在食堂用餐，他都得准备去服侍。用午餐的时间，天气往往很热，军官们不愿意在食堂里磨蹭，都是狼吞虎咽地匆匆吃完，赶紧回自己房中休息，一直等到凉快下来。对哈姆扎来说，这是一天中最快乐的时刻，这时候，博马和移民定居点周围的所有建筑都趋于平静，安静下来。就连村子里的山羊和狗也都找个阴凉的角落趴下，喘着粗气熬过一天中最炎热的几个小时。他都是在食堂和后阳台上打发时间，因为后阳台是一天中的这段时间最凉爽的地方，每次他回到楼下自己的寝室时，常常发现尤利乌斯已经睡着了。

下午四点左右,穆安津开始召唤人们到博马外的移民定居点清真寺去做晡礼祷告,这时,长官已经冲了澡,来到办公室,哈姆扎便端着咖啡送过去。中尉命他不要走远,他的岗位在办公室外的木露台上耳朵能听到的地方,坐在凳子上随时听候召唤。这是每天下午的常规工作。中尉会派他到其他军官那里跑跑腿,或是要求他去满足中尉的任何额外要求:端杯水、上杯咖啡、拿条干净的毛巾,等等。从一开始,长官就会在下午找个时间把哈姆扎叫进来,教他学德语,最初可能是为了自娱自乐,同时也是因为他发现哈姆扎非常好学。学德语是从学表示物品名称的单词开始的。

"窗。跟着说。"长官指着窗户说。"门,跟着说。椅子、眼睛、心、头。"他一边指着自己或摸着自己,一边说。

后来,哈姆扎就不得不跟着重复整句话了:"我叫西格弗里德。不,不,你说你的名字。我叫哈姆扎。欢迎你来到我们国家。跟着说,不过,说的时候看上去要像是发自内心里才行。欢迎你来到我们国家。很好。你说得很好!"长官冷笑着说道。

再后来,他让哈姆扎走到绘图桌前,桌上放着一本野外作业说明书,旁边还放着一张白纸。他让他抄几行,以便熟悉写德语单词。他每天都写几行,然后大声朗读,但最初并不知道这些话是什么意思。长官有时觉得很有趣,便利用一切机会跟他讲德语;为了逗长官发笑,哈姆扎也故意做出学德语很难的样子。哈姆扎如果有什么不懂的,长官就给他翻译过来,但下一次长官便希望他能够懂,而且能够回答。有时，长官会故意捉弄他，让他重复说一些自嘲的话，然后再笑着跟他解释这些话是什么意思。在长官眼里，这无异于一种游戏，看到哈姆扎学得这么快，他很高兴。我很快就会让你读席勒的书，他眼睛里透着恶作剧的光芒说道。

他那双眼睛。有时候，哈姆扎在整理床铺、打扫前阳台或熨衬衣时，偷偷环顾四周，发现那双透明的蓝眼睛一动不动地盯着他。第一次的时候，他以为长官说了些什么，正等着他回答，但那双眼睛一动不动，嘴唇也没有张开。随后，哈姆扎困惑地走开了，但那双死死盯着他的眼睛还是让他不安。每当在长官身边时，他有时会有一种静悄悄的感觉。他知道，如果他敢去看，就会发现那双眼睛肯定在死死盯着他。这种审视既傲慢无礼又令人生厌，但他别无选择，只能任由自己被人长时间去端详，去观察，而他自己却不能回应那种目光。于是，他学会了不去看。

他已经会说一些德语，读一些德语，这让长官很高兴。在食堂里，尤其是在晚饭间和晚饭后军官们喝着啤酒和杜松子酒的时候，长官向其他军官炫耀哈姆扎取得的进步。他请其他军官用德语与哈姆扎说话，考一考他的德语。军医和颜悦色地笑着上下打量着他，好像要在他身上寻找能证明他有说德语的天分的证据似的。他那栋楼的另外两名军官则更主动地加入上司的游戏，友好地问了一些成年人跟小孩子说话时才会问到的简单问题。你多大了？其他军官都哈哈笑了起来，还对他评头论足，可哈姆扎听不懂，这更让他们开心了。对军官们的这种新玩法，士官长瓦尔特一点儿都不觉得好笑，他不屑地哼了一声，随后气哼哼地用嘲弄的口气小声说了些什么。哈姆扎虽然没有听懂，但从他说话的口气猜得出，这些话要么是些脏话，要么是不屑一顾的什么话。在这种练习说德语的过程中，尤利乌斯先是自以为高人一等地冲他笑，可过后告诉他，军官们刚才在拿他当猴耍。听他这么说，哈姆扎便赶紧离开，摆脱军官们的这种纡尊降贵，免得狂饮和欢闹搞得丑态百出。

"别理睬士官长，"尤利乌斯对他说，"他就是个下三滥，他压根儿就不该和这些体面的军官们住在同一个楼里。他拼命抽大麻，然后就跑到外面村子里找女人。他房间里全是大麻的臭味。"

有时候，军官们喝酒会喝到很晚，原因也许是其中某个军官要去执行任务，要么是去教训一下某个村子或某个酋长，要么是野外演习拖延了。这时候，军官们的说笑声在整个博马都能听得到。第二天早上，中尉会头痛得厉害，伸开手指去抓挠太阳穴，眼睛痛苦地眯成一条线。每次熬到深夜之后，他总是这副痛苦不堪的样子。

一天下午，哈姆扎端着咖啡走进办公室，按要求用德语向指挥官打招呼，但长官在专心致志地读着什么，并没有回应。他手里拿着的看样子像是一份官方文件，因为哈姆扎看到文件的抬头上盖有官印。最后，长官注意到了哈姆扎，便挥手示意他离开办公室，而且再没把他叫回来上例行半小时的会话课。他进来取咖啡杯时，发现长官正往后斜躺在椅背上，目光茫然，陷入沉思。哈姆扎等着看长官有没有进一步的指示。他没有得到指示，便走上前去取咖啡盘。他只顾着留心观察长官，动作上就大意了。他的脚不小心地踢到桌子，弄得托盘上的咖啡杯"叽里咔嚓"直响。长官猛地转过头来，一脸的怒气。"滚出去。"他说。

当天晚上，食堂里充满了火药味，肯定与长官下午早些时候看的文件有关。长官肯定接到了新命令。军官们说起话来都群情激昂，有时虽然有短暂的沉闷，但总体上说话都非常流畅，语速很快，哈姆扎根本跟不上。他觉得，军官们并不是故意说这么快，让他和尤利乌斯听不懂。有一段时间，军官们似乎没有意识到勤务兵还在场，但话说到某个地方时，他们会交换一下眼神，肯定是觉得他们的话不该让勤务兵听了去。指挥官冲士官长点了点头，士官长命令尤利乌斯和哈姆扎离开食堂。哈姆扎听到许多只言片语，后来他才对这些只言片语的意思有了更充分的理解，但其中有一个词他听懂了，那就是：战争。

回到房间后，他问尤利乌斯，"我们要跟谁打仗？"

"你认为是谁？你没听他们说这将是一场大战吗？我还以为你是学德语的奇才呢！"他拉着脸不屑地说，"可能是比利时人或葡萄牙人，但英国人是不会答应的，所以一定是他们所有人。我们要跟他们所有人打仗。如果是打查加人或哈迪姆人①，德国人就不会说这是一场大战了。"

第二天早上，哈姆扎给长官送咖啡时，长官像往常一样朝他冷笑一声。"今天还没给你练德语呢。昨天你已经缺了一次课。做完杂务，马上到我办公室来。我们不能让统帅部的信耽误了你的功课。"

---

① 哈迪姆人（Wahadimu）：坦桑尼亚桑给巴尔岛的部落民族。

＊

随着时间的推移，学德语的例行安排变了。长官越来越频繁地想让哈姆扎待在自己身边。教自己的侍从说德语、读德语的游戏深深迷住了他，而且变得严肃认真起来。几杯酒下肚后，他甚至向其他军官们提出挑战，跟他们打赌说，他会在季风到来前让他们的年轻学生读上席勒的作品。哪个季风？其他军官哈哈大笑起来。说不定是十年后的事了。

每天早上，哈姆扎会照例给长官的脸盆倒上温水，然后去取咖啡。每天冲咖啡用的咖啡豆必须是头一天晚上炒好，早上第一时间捣碎的才行。他不知道厨棚里的女人们是不是严格按照吩咐去做的，但长官从来没有抱怨过。如果他端着咖啡回来，而长官还没有起床，长官就会在内室里喝咖啡，然后再起床穿衣。长官洗漱的时候，哈姆扎会在后阳台上等长官招呼他进去帮他穿靴子、打绑腿。有一次，哈姆扎断定长官已经洗漱完，进去得太早了，结果看到长官光着上身站在内室里。他身上到处都是烧伤的疤痕。哈姆扎急忙退了出去，等候召唤。他原以为自己会受到训斥，但在这个钟点，长官只是像往常一样跟他讲话，让他回答。他管这叫做当天的第一节会话课。也许他刚才没有看到哈姆扎进来。随后，哈姆扎走进内室去整理床铺，长官则一边刮胡子一边继续与他讲话。有时，中尉会沉默不语，哈姆扎不用看就知道，他正用他那异样的目光盯着他。

早饭后，哈姆扎先是与尤利乌斯一起收拾食堂，整理军官们的房间，处理其他杂务。然后，他便到中尉办公室报到，整理完办公室里需要整理的东西之后，便坐在办公室外待命。他向其他军官传达命令，有时也向驻扎在博马外面村子里的部队传令。如果没有什么急事儿，他就会在村子里逛一逛，如果赶上合适的钟点，他就会去清真寺，做一做祷告，同时也是为了找个陪伴。他每天都去找军医取病情报告，因为军医不让自己的助手给中尉送报告。他说，他的助手是卫生员，不是跑腿的。许多军官和阿斯卡利虽然每天服用奎宁，睡在蚊帐里，但仍时不时会染上疟疾。有些士兵在参军前就已经染上了，但也有时候，士兵们外出执行任务，没有做好防护，被蚊子叮咬后染上了疟疾。有的人得的是痢疾，有的人得的是花柳病，有的人脚趾遭了恙螨。有时还会爆发小规模的伤寒，这时就必须严格实施隔离，把病情控制在医务室里。哈姆扎正是通过偷看病情报告得知了一个被严守的秘密：努比族士兵中有人染上了鸦片瘾。

他每天去医务室，军医都会意地冲他微笑。哈姆扎已经厌恶了他的这种笑，但只能装着看不见。一天早上，军医把报告递给他时，当着哈姆扎的面煞有其事地对助手说，"小伙子已经成了我们中尉的心头肉。他准备把他培养成一个学者。他还向我们打包票说，小伙子很快就能给他在睡前念书听呢。"

两人会心一笑之后，助手便不怀好意地发出一阵淫笑。有时候，哈姆扎在食堂做勤务，从军医的椅子旁走过，就觉得有人在摸自己的大腿。是军医趁人不注意干的，随后他看到哈姆扎的眼睛时，都报以同样的淫笑。哈姆扎问尤利乌斯，军医是不是也这样对他，他咧嘴笑着说没有。

"他追的就是你。他喜欢你。你不知道？大家都知道军医是个同性恋。大家都说他的助手就是他的老婆。即便是在德国本土士兵们都可以彼此发生性关系。德属东非的一个总督就是同性恋。几年前，法庭就判过一个案子，指控他养着一个男宠，就是为了供他发泄性欲。"

"总督本人也能被告上法庭？谁能把总督告上法庭呢？"哈姆扎问道，"难道法庭不是总督的吗？"

"这是信奉基督教的政府，"尤利乌斯有点得意地笑了笑说，"法庭不是哪一个人的。"

"可是，总督，因为是同性恋，就被告上法庭！"说完，哈姆扎仍满心狐疑。

"没错，总督本人，还有他的几个官员。你没听说过？"

"没有。"哈姆扎说。

尤利乌斯同情地看着他。他觉得哈姆扎真是命运多舛，他之所以把自己的心里话告诉他，就是因为他缺乏教会的教育，宗教信仰落后。哈姆扎猜想，尤利乌斯认为自己更适合去伺候指挥官，而不是伺候那些军衔低的军官，尤其是那个尤利乌斯常称之为下三滥、脾气暴躁的士官长。此刻，他压低声音继续说道："我还听过德皇本人的讲话呢！"小声说完，他意味深长地点了点头。

"别，你话说得太大了吧，"哈姆扎故作怀疑地说，"德皇本人。"

"别这么大声！没错，只是这种事他们不敢张扬出去，他们害怕我们会笑话他们。"

如果哈姆扎没有去跑腿而是坐在办公室外的凳子上听候

命令，如果指挥官没有忙于博马里或野外的军务，他便一时兴起把哈姆扎叫进办公室，让他坐在绘图桌前练写字。写字练习常常是抄写战地参考便览，便览中有一些从德语翻译到斯瓦希里语的简单短语的译文，以及哈姆扎必须抄写和翻译的各种德语说明。碰到哪个词不认识，他就大声说出来，长官便告诉他这个词的意思。有时候，师生的身份会颠倒过来，长官会问哈姆扎某某东西用斯瓦希里语怎么说。"乳香精油"怎么说？Ubani。"麻木"你们怎么说呀？Ganzi。"泡沫"用哪个词呀？泡沫？气泡。Mapovu。

有时，长官会放下手头的工作，与哈姆扎交谈几分钟。如果哈姆扎表现出色，长官会赞许地点点头，但这种赞许几乎觉察不出来；只有哈姆扎取得意想不到的成绩时，他才勉强高兴地笑了笑。他对他说，你学得不错，不过现在还读不了席勒的东西。有时候，下午也会继续上课，这让哈姆扎觉得自己就像在上学的学生，以前他从来没有过这种感觉。下午的课结束时通常正好是博马外的村子里穆安津召唤信众做昏礼的时候，这也是长官开始为自己倒上晚上第一杯杜松子酒的信号。

明眼人都看得出，此时的中尉处处在护着哈姆扎。虽然哈姆扎没能躲过博马里经常发生的欺凌和虐待，但至少躲过了许多士兵根本躲不过去的鞭笞和苦役。不过，他没能躲过士官长的蔑视。他管哈姆扎叫做躲在指挥官背后的玩具兵。

"你是谁的玩具？你是他的漂亮玩具，同性恋小玩意儿，对不对？"说着，他轻蔑地晃动一根手指以示警告，有一次居然伸出手指去挤压哈姆扎的乳头，"你让我恶心。"

有时候，中尉心情不好，长时间沉默不语，即便是说话，也含糊其词，听上去像是在自嘲。这时，如果哈姆扎抬起头去一探究竟，他就会恶语相加。你这个笨头笨脑的狒狒，你想知道我到底说了些什么吗？于是，每当哈姆扎感觉长官情绪不对时，便学会了不去抬头，而且尽量与长官保持距离。从一开始他就知道长官是会动粗的。从那双不由自主闪烁的目光中，从他因压抑躁动的欲望导致太阳穴上皮肤紧绷的样子，他看到了这种暴力倾向。每当他全神贯注地思考问题，或神情沮丧时，他都心不在焉地揉搓太阳穴上的那块皱疤。这种至暗时刻让哈姆扎担惊受怕，因为这时候长官动不动就对他恶语相加。面对羞辱，他有自己的应对策略，要么轻蔑地盯着长官，要么有时把东西碰到办公桌上，故意弄出点儿动静，随之而来的当然是一顿臭骂。这时，哈姆扎只好站在那里一动不动，任凭长官大发一阵雷霆，然后突然命令他滚出去。每当他觉得这种情绪要爆发时，都尽量远远躲开，但如果长官召唤他而他又不在，或者过了很长时间才来到跟前，也可能被长官当成挑衅。

随着哈姆扎对德语理解能力的提高，他更多地听懂了长官的话。长官经常是一边写东西，一边不断重复着同一句话：为什么会搞成这个样子？为什么会搞成这个样子？他会冲着炎热的天气，或是冲着他正在与之写信的收信人，大发雷霆。同一句话一遍又一遍地讲毫无意义——可我现在就是在做这种毫无意义的事。有时候，他会像他们在上会话课一样，直接对哈姆扎说话：为自己辩解、解释我们正在做什么真是愚不可及。不管说什么，根本没人信。我们只是在一遍又一遍地讲同一句话。这种时候,哈姆扎便装聋作哑,也许在长官眼里,他就是一个看不见的影子罢了。

有一天,中尉宣布两天后举行大规模演习,让所有部队做好战斗准备。准备工作一直在紧锣密鼓地进行,战地的通讯和电报也越来越频繁。他们都在等行动的命令。军官们频繁召开气氛压抑而又漫长的会议,然后把部队带出去进行常规训练。战争要来了。有一次,忙乱了一天后,一个安静的时刻,哈姆扎正在收拾长官的寓所,他突然感觉到一种不祥的沉默,这种死气沉沉的沉默让他心生恐惧。

"你来这里干什么?你这样的人为什么要掺和这种野蛮勾当呢?"说完,长官沉默下来。

"来为驻防军和德皇效命!"哈姆扎立正站好,目视前方,说道。

"对,那是当然。还有什么使命能比这更神圣的呢!"长官转过身看着他,嘲讽地说,"我以为你会问我同样的问题呢。一个美丽小城马尔巴赫①的人跑到这个鬼地方来干什么?我出生在军人世家,这是我的职责。正因如此,我才来到这里——夺取理应属于我们的东西,因为我们比你们强大。我们在与落后、野蛮的民族打交道,统治他们的唯一办法是让他们还有他们那些爱慕虚荣、小人国心态的统治者苏丹心惊胆战,用拳头迫使他们屈服。驻防军就是我们的工具。你也是我们的工具。我们要让你们守规矩,要让你们惟

---

① 马尔巴赫(Marbach):位于巴登-符腾堡州路德维希堡县的内卡河畔,距斯图加特以北二十公里,为德国启蒙文学作家席勒的故乡。

命是从，要让你们比我们想象的残忍。我们要让你们成为厚颜无耻、没心没肺的吹牛大王，毫不犹豫地听命于我们，然后不管是奴隶、士兵，还是流浪汉，再给你们丰厚的报酬，给你们应得的尊重。除非——你跟他们不一样。你战战兢兢地看，认认真真地去听每一次心跳，好像每一次心跳都在折磨你似的。从一开始他们把你带来时，我就观察你。你有自己的梦想。"

哈姆扎目视前方，站在那里一动不动。

"我把你从队伍里拉出来，就是因为我喜欢你的模样，"长官站在他前面两步远的地方说道，"你怕我吗？我喜欢别人怕我。它能让我变得强大。"

长官上前一步，在哈姆扎的左脸上扇了一巴掌，然后又用手背在他的右脸上扇了一巴掌。哈姆扎顿时吓得岔了气，刹那间他感到自己的脸火辣辣地痛。长官现在距离他只有几寸之遥，哈姆扎再一次闻到他在第一天早上中尉检阅新兵时闻到过的那股浓烈的药味，只是到现在他才知道那种味道原来是杜松子酒的酒味。

"打疼你了？我才不管你疼不疼呢！"长官站在他跟前说道。哈姆扎避开长官的目光，看到长官太阳穴上的那块皱疤在不停地颤动，"回答我。你怕我吗？"

"是，长官。"哈姆扎用斯瓦希里语大声回答道。

长官哈哈笑了起来。"我教你说德语、读德语，就是为了让你能读懂席勒，可你却用这种幼稚的语言回答我。现在正儿八经地回答我。"

"是，中尉。"哈姆扎用德语回答道，随后心想：

狗屁!

长官板着脸看了哈姆扎一会儿,说:"在这个世界上,你们已经失去了自己的地位。我不知道自己为什么要担心这个,但我确实担心。哦,也许我现在明白了。你大概不知道我在说什么。你大概不知道自己身处险境。好了,干自己的事去吧。"就在他转身朝内室走去时,头也不回地说了句:"出去,把我演习用的东西都备好。"

*

两天后,战争爆发了。演习回来后的第二天,他们就收到通过电报发来的一道道命令,命令他们先乘火车到莫希①,再把部队开到边境附近的阵地,增援防线。经过严格的训练之后,命令得到一丝不苟的贯彻执行。部队唱着军歌,呈密集队形从博马往镇上进发,军官们有的骑着骡子走在队伍前面,有的大步走在队伍旁边。运输队、老婆孩子和牲畜紧随其后,等所有人都上了火车,车上已经挤满了人,运输兵和扛枪的只好坐在车顶上。到达莫希后,部队继续向北,开往英属东非边界。这就是当时东部非洲的样子。这里的每一寸土地都属于欧洲人,至少在地图上是这样: 英属东非、德属东非、葡属东非、比属刚果。

他们一行一百五十个阿斯卡利,再加上所有的随行人员,队伍绵延一英里多长。军官们骑着骡子带领阿斯卡利走在队伍的最前头,军医和卫生员紧随其后。无论是行军,还

---

① 莫希(Moshi): 坦桑尼亚东北部城市,位于乞力马扎罗山南麓。

是打仗,总是这种队形。然后是运输队,负责运送装备、弹药、补给和军官们的私人物品。之后是随军流动的平民,最后是由一个德国军官率领的一小队阿斯卡利断后,用来对付逃兵和偷盗行为。

驻防军的这些妻子和伴侣不仅仅是随军流动的平民。驻防军行军时,整个博马定居点的移民都跟着队伍一起行动。一方面,如果没有这些伴侣,阿斯卡利就不愿意上战场。另一方面,驻防军都是靠山吃山,给部队找粮草、搜情报的,给部队做饭、有生意就做生意、满足老公性需求的,都是这些女人。这是维斯曼在组建驻防军时不得不做出的妥协;如果不冒大规模兵变和开小差的风险,就不可能摆脱困局。

在哈姆扎所在的部队,许多阿斯卡利都是经验老到的老兵,其中有些人对这一带非常熟悉。到了晚上,队伍在阿斯卡利的防线露营时,这些老兵就讲述他们早先在这一带的种种壮举:他们如何镇压了不听话的查加族酋长闰地和他的儿子梅利,绞死了他们的其他十三个酋长;他们如何以藏匿粮食和蓄意捣乱为由把村子夷为了平地;他们如何解决了在梅鲁和阿鲁沙①杀害德国传教士的那帮叛民。在阿斯卡利眼里,这些人都是野蛮人,必须予以镇压,必须予以严惩,必须予以管教,必须予以恐吓。他们越是造反,惩罚就越重。这就是驻防军采用的手段。只要有一丁点儿反抗,这帮蠢猪就会被镇压,他们的牲畜就会被屠杀,他们的村子就会被烧

---

① 梅鲁(Meru)和阿鲁沙(Arusha):前者为肯尼亚中部城市;后者为坦桑尼亚北部城市。

光。这就是他们接受的命令，他们满腔热情、行之有效地去执行这些命令，让敌人胆战心惊的同时，也为他们赢得了其他阿斯卡利和整个地区的尊重。他们嗜血残暴、冷酷无情。真主为证！

就在他们神气活现地一边讲述自己的英雄壮举，一边穿越大山里烟雨朦胧的平川时，他们并不知道，在今后的几年里，他们即将冒着暴雨，顶着干旱，穿越沼泽、山脉、森林和草地去打仗，去屠戮他们一无所知的军队，或被他们一无所知的军队屠戮：旁遮普人和锡克人①、芳蒂人和阿肯人和豪萨人和约鲁巴人②、刚果人和卢巴人③。所有的雇佣兵都在为他们——德国人的驻防军；英国人的国王陛下的非洲步枪营、皇家西非前线部队，还有他们的印度部队；比利时人的公安军——打欧洲人之间的战争。此外，还有南非人、比利时人和其他许多视杀戮为冒险游戏且乐于为伟大的征战机器和帝国效命的欧洲志愿兵。看到这么多他们甚至都没有听说过的各色人种，阿斯卡利感到非常震惊。在战争初期，就在德国军官骑着骡子带领部队走在前面，老婆孩子欢天喜地、零零散散地跟在后面奔赴边境时，他们并不知道即将到来的这场战争规模有多大，可不知道为什么，所有的人一路上又是唱又是笑，居然高兴地手舞足蹈起来。

---

① 旁遮普人（Punjabi）和锡克人（Sikh）均为南亚印、巴旁遮普地区民族；后者为信奉锡克教的旁遮普人。
② 芳蒂人（Fanti）和阿肯人（Akan）和豪萨人（Hausa）和约鲁巴人（Yoruba）均为西部非洲加纳、科特迪瓦、多哥、尼日尔、尼日利亚等国的民族。
③ 刚果人（Kongo）和卢巴人（Luba）均属中部非洲的民族。

边境上的战事源于德军指挥官企图攻占几百英里外的蒙巴萨。结果证明，攻占目标太远，战线补给根本跟不上，驻防军只好撤退。在接下来的几个月里，对哈姆扎和他所在的部队来说，战争就是不停地巡逻和突袭，切断英属东非的铁路运输。在沿海地区，英国人正在坦噶①实施登陆。1914年11月，英国皇家海军及其运兵船抵达坦噶港，要求坦噶投降。小股驻防军部队准备抵抗到底，但由于害怕皇家海军的军舰实施炮击，便撤出了坦噶城。城里的其他居民从来没有见识过战争，要么担惊受怕地蜷曲和畏缩在城里，要么尽可能逃往乡下。英军努力夺取坦噶的目的就是因为这里是通往北部城市莫希的铁路始发站。

英军的登陆以惨败告终。几个营——大部分是印度军队——在距离港口不远的海岸下了船。指挥官不知道会遭到何种程度的抵抗，便采取了这种谨慎的登陆方式。登陆是在夜幕下进行的，士兵们在齐腰深的海水中蹚水上了岸。到了早晨，登陆部队突然发现身处于茂密的灌木丛和高高的草丛之中，根本搞不清坦噶城在什么方向。德国人用火车从莫希调动部队南下紧急增援驻守坦噶的驻防军，就这样，在英军向他们自认为是坦噶城方向进军途中，遭到驻防军和增援部队的不断袭扰和伏击。驻防军擅长打了就跑的游击战术，这种战术让英国的军队惶恐不安，运输队更是吓得作鸟兽散。随着伤亡人数的持续攀升，更多的士兵开了小差，就这样，几次恐慌之后，人都跑光了，那些仍准备登陆的士兵干脆直

---

① 坦噶（Tanga）：坦桑尼亚东北部沿海城市，坦噶地区的首府。

接跑回了海里。

与此同时,英国皇家海军开始炮轰坦噶城,摧毁建筑,炸死平民无数。究竟死了多少人,后来根本没有人去数过。皇家海军炮轰的一个目标是德军正在治疗伤员的医院,可这不过是战争随机带来的不幸罢了。等到炮轰结束时,英国人已经丢弃了大部分装备,在行军路上和坦噶城的街道上躺着数百名士兵的尸体,于是要求休战。同时,无数运输兵要么被打死,要么被淹死。无论是当时,还是整个战争期间,也根本没有人去统计死了多少运输兵。这场战事一结束,哈姆扎的部队便被拉上开往莫希的火车,返回原来的阵地。对驻防军来说,下一步的战术就是:疯狂的快速袭扰和快速撤退。

尽管登陆失败,大英帝国的战车还是挂上了前进挡,英国军队开始从世界各地赶来。英国人认为,只需要几个月的功夫就能解决这场冲突,但德军指挥官却不这样认为。每次大英帝国的军队都认为他们已经把驻防军团团包围,可他们最后还是溜了,把病员和重伤员留给英国人照顾。虽然驻防军经常人困马乏,许多士兵病倒,但让驻防军为之振奋的是,快速袭扰与快速撤退的战术还是在智慧上战胜了敌人。他们所到之处抢掠、抄没,在村庄里和农场上找到什么就吃什么。

迫于四面八方的压力,驻防军开始兵分两路撤退,一路沿着湖区[①]向西撤退,另一路从莫希向南撤退。哈姆扎在向

---

① 此处指非洲中东部大湖区北段的埃亚西湖和曼雅拉湖附近的地区。

正南方撤退的这路队伍中。他们拖着大炮和装备，还有妻子、仆人和行李，穿越乌卢古鲁山脉撤退。他们的排长孔巴就是在从莫罗戈罗穿越乌卢古鲁山脉撤退途中阵亡的。一大块炮弹壳击中了他的胸膛，把他撕成了碎片。在那次行动中，他们排还有几个人要么阵亡，要么再没回来。在接下来的几个月里，哈姆扎的部队向南朝鲁菲吉河方向缓慢撤退，沿途战斗不断，其中有些战斗异常激烈，比如，在基巴蒂①的那次战斗中，就死了数千人。

那年，鲁菲吉河洪水泛滥，导致蚊虫肆虐。死于黑水热②的阿斯卡利要比死于其他原因的都多。运输队在穿越沼泽地时遭到鳄鱼的攻击，鬣狗又把尸体从泥淖中掏了出来。简直是一场噩梦。最后，他们越过鲁菲吉河，参加了马希瓦战役③。对哈姆扎所在的部队和驻防军来说，这场战役是最惨烈的一场战役。虽然他们以高昂的代价取得了胜利，但还是撤退了，先是撤到南部的山区，然后又撤到鲁伍马河和葡属东非的边境地区。驻防军一路上丢盔卸甲，抛妻弃子，把他们丢给英国人，成了俘虏。即便有地图，他们有时也搞不清自己所处的位置，只好抓当地人来问路。阿斯卡利中总会有人多少懂当地的语言，有时候对当地人要多少施点压，让

---

① 基巴蒂（Kibati）：坦桑尼亚东北部小城。
② 黑水热（blackwater fever）：疟疾的一种，由雌性疟蚊传播，在撒哈拉以南地区尤为严重，所以成为当时最致命的一种传染病。
③ 马希瓦战役（the Battle of Mahiwa）：1917年10月15至18日，德军和英军在德属东非马希瓦进行的一场战役，德军给英军造成重大伤亡，迫使英军撤退。但德军也伤亡惨重，最终被迫撤离阵地，继续打游击战。

他们感觉到疼，才能得到想要的答案。没有人需要命令阿斯卡利对当地人实施野蛮暴行，根本用不着对他们发号施令，他们就知道该干什么。在战争的这一阶段，大部分参战的士兵都是非洲人和印度人：来自尼亚萨兰①和乌干达的部队、来自尼日利亚和黄金海岸的部队、来自刚果和印度的部队，而另一方则是由非洲雇佣兵组成的驻防军。

虽然作战、疾病和开小差让驻防军损失了士兵和运输队，但他们的指挥官们仍在孤注一掷地战斗。阿斯卡利把这片土地夷为了焦土，致使几十万人挨饿和丧命，但他们仍在为自己盲目而又残暴地信奉的事业做垂死挣扎。这项事业的渊源他们并不清楚，这项事业的最终目的是统治他们，但这项事业的野心也是徒劳的。疟疾、痢疾和疲惫导致运输队大批死亡，可没有人愿意去统计究竟死了多少人。在极度恐惧中，他们纷纷当了逃兵，结果惨死在被阿斯卡利蹂躏过的乡村。后来，这些事件居然被若无其事地编成了荒唐的英雄故事，这在欧洲充满大悲剧的历史上也算是个小插曲吧。但对那些亲历者来说，这是一个血染他们的大地、尸横遍野的年代。

与此同时，军官们仍在尽量保持欧洲人的尊严。每逢扎营，德国人总是与阿斯卡利分开，他们睡觉的帐篷里都有蚊帐。如果是在小河边扎营，德国人总是把营地扎在河的上游，阿斯卡利扎在河的下游，而运输队和牲畜则扎在下游更

---

① 尼亚萨兰（Nyasaland）：英属东非联邦的一部分，1963年独立后更名为马拉维。

远的地方。军官们尽可能每天晚上聚在一起吃晚餐，而且吃饭时也尽可能恪守礼节。他们从不与阿斯卡利或运输兵一起干体力活：运输设备、找东西吃、扎营、做饭、洗餐盘。军官们彼此间也都保持社交距离，饭也是分开吃，尽可能相互尊重。现在，驻防军所有官兵穿的衣服都是从倒下的战友和敌人身上能扒下来就扒下来的，有些阿斯卡利甚至把从敌人身上扒下来的衣服当作炫耀军功的资本，不过军官们走起路来仍然像穿着带银扣和金肩章的军装一样趾高气扬。阿斯卡利也有自己的尊严。他们坚持认为，自己与运输队不同，运输队只不过是运货的，地位与士兵根本没法比。

在博马军营的其他军官中，军医和"公鸡"士官长瓦尔特一直跟着连队。从鲁菲吉河撤退时，有两名军官阵亡，取而代之的是从军乐队调来的一个军官和定居点移民中的一个志愿者。有三个军官调到了其他连队。跟哈姆扎同时参军的所有阿斯卡利不是阵亡，就是失踪、被俘。经过数月饱受艰辛的军事演习和数年损失惨重的战争，剩下的人都已经衣衫褴褛，疲惫不堪。军医瘦了，也长出了浓密的黄铜色络腮胡。他一直忙于医治伤病，只要还有储备，每天都给部队发奎宁。他必须尽量保留医药储备，所以不再给运输队发奎宁。他的卫生员还跟他在一起，还跟往常一样那么瘦小，那么冷漠。军医甚至比在博马时更开朗了，即便是处理可怕的伤病也总是乐呵呵的，但他的这种乐观开朗是与他精心呵护药箱里的白兰地和其他东西分不开的。他每隔一天就会犯一次疟疾，每次犯都会晕厥几个小时。疟疾的反复发作最终给他带来了恶果，每次站起来，他的身体似乎更加消瘦，笑容也更加暗淡了。

此时的士官长不管碰到什么令人恼火的事情都气得发疯，但他的疯狂一半是因为吸食了大麻，另一半是因为灌了从村民家里抢来的高粱啤酒。其他军官都偶尔生病，可他似乎从来不生病。他动不动就大发脾气，动不动就抄起身边的东西——手杖、皮鞭或木柴——殴打阿斯卡利和搬运工。虽然他们掠夺了当地人的土地，但他对当地人的仇恨和蔑视较之以往更是变本加厉。在他眼里，当地人都是野蛮人，说起当地人时他表现出来的那种凶残，比他说起英国敌人时表现出来的凶残有过之而无不及。他对哈姆扎深恶痛绝，哈姆扎任何微不足道的过错，有时是子虚乌有的过错，只要让他逮着，肯定会招来他的一顿臭骂。哈姆扎尽可能躲着他，但有时士官长似乎在专门找他的茬儿。

应指挥官的强烈要求，哈姆扎与中尉形影不离。对此，其他军官有的怒目而视，有的讥笑嘲讽，但在士官长眼里更多的则是仇恨。阿斯卡利也都对哈姆扎嘟嘟囔囔地发牢骚，告诉他把他们的话转告给长官。听到这样的话，哈姆扎只是点点头，一言不发。黄昏时分的一两个小时，长官会让他把睡垫铺在自己的行军床边，继续上他所谓的会话课。之后，哈姆扎会卷起睡垫，回到阿斯卡利队伍中。有几个晚上，长官在黑暗中伸手去摸他。你还在啊。你这么安静啊，他说。哈姆扎不知道长官要他做什么。每次长官搂抱他，都让他感到很无助，这种强迫的亲昵行为让他反胃，但在战争期间要比在博马军营的时候更容易摆脱长官的这种纠缠。在战场上，他们忙于偷袭，忙于躲藏，忙于掠食，很多事情让指挥官忙得不可开交，会话课有时也只能敷衍了事。

随着战事日益艰难，长官在很大程度上失去了往日轻蔑和嘲讽的神气。现在他经常表现得既冷漠又孤僻，有时心情不好，便长时间沉默不语。其他德国军官彼此间仍保持正常的同志关系，这让中尉更显得孤僻。困难重重加上德军的游击战术，让他们许多人虚弱不堪，但也让长官变得更加内向，遇事优柔寡断，而在以前他可一直是居高临下、雷厉风行的。对待手下的军官和阿斯卡利，他比以前更暴躁了，对他们劫掠的村民也失去了耐心，有时甚至会严令惩罚他所谓的蓄意破坏行为，在收缴村民的所有家当之后，又烧毁他们的破屋子。在一个村庄，因为一个老人拒绝说出埋藏山药的地点，其他军官便建议把他处死。其实，他们只要殴打一个小男孩，强迫他告诉他们，就能找到埋藏山药的地方。面对军官们的要求，长官双目低垂，然后点了点头，便走开了。士官长一枪打爆了老人的头。

队伍艰难走过了噩梦般的数百英里。在整个行军途中，哈姆扎执行长官自认为在已急剧萎缩的战场上还能下达的任何命令，力所能及地帮他解决生活所需。他尽可能不让别人关注到自己。他与部队一起行军，依照接受的训练俯身跑，需要的时候就开枪射击，但他不知道自己是不是打死打伤过什么人。他像其他阿斯卡利一样，躲闪腾挪，迂回前进，摇旗呐喊，但他都是避开目标，向影子开枪。由于运气奇好，他用不着参加近身肉搏。有时候，由于村民背信弃义、阴险欺诈，长官命令他们对村民实施报复，但他都是避免朝村民开枪。他跟其他人一样偷东西吃，把这片土地夷为平地后就匆忙开溜。从每天清晨睁开眼的那一刻起,他就担惊受怕,但一旦累得精疲力竭,有时也就不害怕了,用不着虚张声势,用不着装模作样,超然于眼下的境遇,对自己将来可能面对的一切也就释然了。但有时候,他会陷入绝望。

六

好多星期以来,从北到南整个沿海地区,人们都在谈论坦噶的战争,但在大多数人眼里,英国人的进攻以惨败收场后,坦噶平静了下来。不出所有人的预料,英国人根本不是驻防军的对手。随着消息从坦噶在沿海地区传开,种种传言把阿斯卡利的残暴和军纪,还有印度军队混乱无序的恐慌说得神乎其神,人们认为引起恐慌的肯定是印度人。哈利法说,既然德军打赢了这一仗,他们肯定会听到伊利亚斯的消息——他会情不自禁地为驻防军唱赞歌——但他们没有听到他的任何消息。

面对惨败,英国人采取的策略是皇家海军封锁海岸。整个沿海地区与桑给巴尔岛、蒙巴萨或奔巴岛的贸易都已经中断,更别说长途跨洋贸易了。一夜之间,物资出现短缺,商人们匆忙囤积商品,既为了保障供应,等着涨价,同时也是为了不让自己的货落入德国殖民当局手里。殖民当局为了自保,也为了保障军队的后勤补给,肯定要把东西全部没收。父亲去世后,为了偿还债务,纳瑟尔·比亚沙拉几近崩溃,濒临破产,后来生意慢慢恢复了元气,可现在突然发现自己陷入更危险的境地。他忙着买了一批货:印度糖、加工面粉用的小麦、高粱和大米,准备批发给内地的客户,这些货都已经付了钱,正等着交货。他原以为,只要有雄心壮志,就可以逐步弥补欠债造成的损失，但封锁让他突然陷入了困境。

感受到封锁影响的不仅是纳瑟尔·比亚沙拉这样的商人。许多东西都比以前短缺：大米、咖啡和茶——虽然这些东西这个国家也产——糖、咸鱼、面粉。只要有可能，驻防军都是靠这片土地养活自己，但现在他们在打仗，所有的粮食都任由他们支配了。虽然受英国皇家海军和德国驻防军的滋扰，但鱼仍然很充足，地里还种着椰子、香蕉和木薯。有一段时间，人们都是通过物物交换来买东西：一件衬衣换一篮芒果，一捆棉花换一只公羊。没有人太在乎钱，不过这只是暂时的。物物交换行不通，总还有珠宝首饰。大多数人家多少有点儿珠宝首饰，一者珠宝首饰是嫁妆，二者珠宝首饰是代代相传的宝贝。商人们都知道黄金和宝石保值，如果有谁拿出来换东西，他们都会抵不住诱惑。有一段时间，到处弥漫着物资紧缺引发的恐慌。

对内陆的战事，人们几乎听不到什么消息，通过德国殖民当局也得不到什么消息。看来进攻坦噶的惨败让英国人打消了在沿海再次登陆的念头。尽管遭遇了封锁，但由于战事持续沉寂，人们学会了去适应和面对。随着时局越来越混乱，德国殖民当局平时强征的各种赋税，人们也可以不交了。商贸开始逐渐好转起来，但纳瑟尔·比亚沙拉的生意仍然困难重重。

"你那点聪明劲儿只会搞得我们倾家荡产。"哈利法对他说。

纳瑟尔不喜欢哈利法有时用这样的口气跟他说话，就好像他还是生意场上的新手似的。每当哈利法用这样的口气跟他说话，他显然在努力克制自己的怒气。他都是双唇紧绷，怒视对方，然后把头一扭看着别处，才不慌不忙地说话。他还不准备与哈利法发生正面冲突。"这跟聪明劲儿没有半毛钱关系。我只是觉得，我们总得想办法补救一下生意。我怎么能知道会爆发战争，遭遇封锁呢？"

"像你这样把宝都放在一个篮子里，就没有表现出良好的商业头脑。"哈利法说。

"那你想让我干什么，干等到穷困潦倒再说？我并没有把宝放在一个篮子里。我们还有木材生意。"纳瑟尔·比亚沙拉气冲冲地说。接着，他深吸一口气，片刻之后用更克制的口气继续说道："再说了，既然你这么懂得做生意，我父亲在世时债台已经高筑，那时候你干什么去了？现在你只知道抱怨我，当时为什么不对他说？"

"我当时并不了解他所有的生意往来。我告诉过你了。"哈利法说。

"你是他的文书。你应该知道的，"纳瑟尔·比亚沙拉说，"你早就该做好记录。"

"你是在为你父亲的小算盘怪我吗？"哈利法面带不屑的微笑，不疼不痒地回了一句。

两人争吵时，纳瑟尔·比亚沙拉本来是把眼镜架在脑门上的，听哈利法这么说，他重新戴好眼镜，继续翻看账本。原来，纳瑟尔以前认真查看过父亲的账本，但此刻又再翻看父亲的交易记录，免得前几次漏掉了什么。在这天剩下的时间里，他没有再跟哈利法说话，连看都没有看他一眼。就这样，一连好几天他都懒得说话，万不得已才客客气气地跟哈利法说句话。没有多少生意可做。白天越来越多的时间里，纳瑟尔都待在木材场他那间小办公室里。大部分时候，两人都坐在办公室里，不管谁来了，就聊聊天打发日子。两人再没有争吵过，可是有一天，纳瑟尔·比亚沙拉突然宣布，他给楼下的那间办公室找了个租客，租客打算把办公室改成零售店。"我准备把文件全部搬到木材场，把家具全卖了。你不用管账了，从现在起，你去看仓库，账由我自己管吧。你的工资也得少拿点儿。既然目前是这样，我们都得少拿点儿。"

这番话是他在一次两人话不投机、恶语相向时说的。他把要说的说完，便戴上帽子上了楼。

"你为他和他父亲出了这么多力，现在他居然想把你甩了，"阿莎太太说，"这个卑鄙、没良心的混蛋，这个贱骨头，这个贼，这个伪君子。"她就这样气呼呼地骂了很长时间，哈利法听着她发泄心中的怒气，心里真是感激不尽。他知道，除了削减开销，纳瑟尔·比亚沙拉别无选择，但他仍然喜欢听小款爷被骂得体无完肤。他万万没想到，这个他一直把他当成腼腆、甚至怯懦的孩子看的年轻人居然能如此杀伐决断。想到这里，他甚至偷偷地笑了。把办公室租出去虽然是在手忙脚乱下采取的措施，但最终并无关大局，因为办公室总是可以再收回来的。可是，仓库都快空了，他待在仓库又有什么用呢？他担心阿莎太太的话不幸会言中，担心纳瑟尔在逼他走，用不了多久薪水都没了。也许用不了多久连商人都没了。在这种困难时期，谁还需要文书呢？

但纳瑟尔·比亚沙拉并没有把哈利法给甩了。有传言说，战争转移到了内陆，演变成双方的鏖战。纳瑟尔认为，一旦战争结束，肯定需要修缮和重建家园，于是便投资木材生意。现在的时局不可能持续太久。他既没有跟哈利法商量，也没有征求他的意见，就做出了这个决定，不过他自己倒是保留了记录，没等一个不称职的文书去做。与此同时，哈利法清理、布置仓库，准备存放纳瑟尔购买的木材。他自己也做了记录，免得将来不停地遭人埋怨，说他不称职，甚至比这更难听。

一位与阿穆尔·比亚沙拉有生意往来的老主顾拉希德·毛利迪有一艘船闲置在码头上。他跟纳瑟尔·比亚沙拉商量，想做一笔生意，从奔巴岛往这里运大米和糖。虽然不了解详细情况，但纳瑟尔知道，拉希德·毛利迪是他父亲关照过的那个神秘商人圈子中的一分子。他说，不行，那太危险了。如果英国人抓住他，他们会弄沉他的船，还可能会把他关上几年。如果德国人知道他走私大米和糖，他们不但会抢走占为己有，而且还会以囤积奇货的罪名抽他一顿鞭子。于是，拉希德·毛利迪便去找更熟悉这种生意的哈利法，跟哈利法说明了来意。哈利法仔细听完，问拉希德·毛利迪，能不能先赊一批货运过来。能不能？他说，奔巴岛是他的老家，他在奔巴很有人缘，但他吃不准该不该由他一个人承担所有的风险。万一出事，他可搞不定，甚至会把自己的船搭进去。哈利法说，纳瑟尔只是年轻怕事，需要去说服他。他建议拉希德·毛利迪先少赊点儿货运过来，只要证明这个办法可行，两人再找纳瑟尔谈。拉希德·毛利迪按照两人商定的计划，先赊了少量的大米和糖运了过来。等这批货安全存放到仓库后，他们才把纳瑟尔·比亚沙拉带到仓库来看。

"你不知道这里有这批货，"哈利法说，"你给我些钱，让我以我的名义买这批货，然后我把货卖掉。卖掉之后，生意就转起来了。我们用赚来的钱再去买更多的物资。你自己用不着掺和。不管赚多少，分四成给你，四成给拉希德·毛利迪，两成给我。其余的你不用操心。"

几个人还进行了一番讨价还价，但讨论来讨论去，结果就这么定了。在接下来遭遇封锁的几年里，拉希德·毛利迪在奔巴岛不管能买到什么都会少量地运些回来，哈利法便把货藏在仓库里，那些信得过的商人就到仓库来做买卖。虽然发不了大财，却让生意维持了下去，也让哈利法为自己找到了新角色，既是走私商，又是库管员。与纳瑟尔·比亚沙拉打交道，他有时虽然急躁，但表面上还是客客气气，就这样，两人基本上是谁也不招惹谁。

*

1914年那次进攻惨败过去了近两年，1916年7月3日，英军开进坦噶城。一支由几百名印度士兵组成的小股部队不费一枪一弹占领了港口。结果发现，坦噶城仍然可以看到皇家海军炮击过的痕迹，港口、海关大楼和码头已经变成废墟，是德国人撤离前炸毁的。在德军进一步向南撤退之前，其在内陆的指挥官一直在重新集结部队，所以驻守坦噶的德军便跑去与之会合了。虽然八月份双方还会为争夺巴加莫约和达累斯萨拉姆大打出手，但这段海岸线上的战事已经结束。封锁也随之结束，与蒙巴萨、奔巴和桑给巴尔的商业往来也慢慢得以恢复。此时，关于内陆战事的消息，他们听到的也越来越详细。所有人都相信战争很快就会结束。大家都说，战争不会持续到季风过后。

英国人夺取海岸控制权的时候，阿菲娅十三岁。到现在，伊利亚斯离家去达累斯萨拉姆已经两年多了；在这两年多里，他们没有听到他的消息。哈利法阿爸告诉她，从内陆传来的消息说，到处都在打仗，伤亡惨重，德国人、英国人、南非人、印度人，但大部分还是非洲人。他说，为了解决欧洲人之间的这场争吵，驻防军阿斯卡利、步枪营、西非部队，许多非洲人在丧命。阿卜杜拉老师说服了伊利亚斯在剑麻庄园的同事哈比卜，让他去打听一下伊利亚斯的下落。他打听到的情况他们都已经知道了：伊利亚斯被派往达累斯萨拉姆受训，但他们还发现，他接受的训练是当信号员，之后被派到南方的林迪地区。哈比卜再没能打听到其他的消息；再说，剑麻庄园的德国经理现在已被英国人关起来，也没有什么人可以去打听了。

哈利法听说，比利时公安军占领了塔波拉①，战斗异常惨烈。最惨烈的战斗后来转移到了南方，现在正在林迪地区，而这一地区正是伊利亚斯应该被派去的地方。他没有告诉阿菲娅实情，但他开始觉得，她哥哥这么长时间音信全无，多少有些不祥。不过，在告诉她时，他对自己的担忧也尽量避重就轻。"信号员的职责比较安稳，"他对她说，"他

---

① 塔波拉（Tabora）：坦桑尼亚中北部城市。

会没事的。他干的活儿就是站在山上,远离危险,用镜子发发信号而已。别担心,我们很快就会有他的消息。"

*

阿菲娅现在已经不是小姑娘,而是豆蔻少女了,已经懂得了女人心里那种无尽的怨恨。因为女人的生活都与世隔绝,所以这种怨恨是少不了的。她不再像过去那样经常去找哈立达,因为阿莎太太不让她去。那家人全是些无赖,她说,跟哈立达来往的那帮没脑子的女人就喜欢嚼舌头,把别人说得一无是处,真为她们害臊!阿菲娅知道,阿莎太太挂在嘴边的话题就是她的邻居,总喜欢反反复复地罗列邻居们的种种缺点。对阿莎太太的这项新禁令,她没有提出异议,不过,如果去看望哈立达,她不会告诉阿莎太太,也不会把阿莎太太对她说过的关于她和她丈夫的那些话和对她那些朋友的诽谤告诉哈立达。除了去看望哈立达和贾米拉,阿菲娅整日把自己关在家里,出门时总是裹上布依布依①。她感到自己在刻意回避,而且越来越紧张,总觉得自己会挨骂。现在有太多的事都不许她去做,因为那样做是不得体的。就连跟别人寒暄时都不许碰男孩子或男人的手。走在大街上,她不许跟男孩子或男人说话,除非对方先跟她说话,而且是她认识的人。她不许冲陌生人笑,走路时眼睛要微微往下看,避免目光冷不丁跟别人的目光接触。阿莎太太监督或是试图监督她的一举一动,严厉地告诫她注意行为举止,告诫她什

---

① 布依布依(buibui):东非海岸穆斯林妇女穿戴的黑长袍头巾。

么人不许看，什么事不许做。

她的朋友贾米拉还没有结婚，阿莎太太断言这场婚姻可能要散伙。订婚这么长时间了，散伙是常有的事。这说明订婚的一方在重新考虑。贾米拉的未婚夫住在桑给巴尔，原准备结婚后搬过来跟她一起住，这一点阿莎太太一点都不觉得意外。谁不想离开桑给巴尔呢？凡是你能叫得上来的毛病，包括罪恶和失望，在桑给巴尔都能找到。阿菲娅耸耸肩，任凭她让怨恨洗涤自己的灵魂。对推迟结婚，贾米拉一家似乎并没觉得是多大的事，甚至公开谈论，同时继续不慌不忙地筹办婚礼。阿菲娅每次去她们家串门，她们都欢迎她，还把她们的打算告诉她。伊利亚斯租住过的楼下那间房将作贾米拉的婚房，她正准备找人装修。

阿莎太太虽然还没有不让阿菲娅去看她，但阿菲娅感觉到阿莎太太对她这位老朋友越来越不以为然了。"贾米拉今年多大了？肯定快十九了吧。他们最好赶紧把她嫁出去，免得她惹出祸事来。你不知道男人有多精，年轻姑娘有多傻。小姑娘，记住我的话，她们这是在自找麻烦。"

我已经不是小姑娘了，阿菲娅心想，可她尽量不去在意。只要跟阿莎太太在一起，她从来没有违背过她的意愿，即便是略施小计去干自己的事，也都是无关紧要的小事。闭口不谈去看哈立达就是她最大的抗命行为，再不然就是到市场上买东西时藏根香蕉，以便晚上有时肚子饿的时候吃，或者把贾米拉和萨阿达从母亲的首饰盒中找到的、当作礼物送给她的玛瑙贝项链藏起来。对装饰品，夫人很不以为然。这些小动作如果被阿莎太太发现，她会笑一笑，并不太放在心上。你现在越来越猴精了,她对阿菲娅说。虽然阿爸有时会帮她打圆场,但阿爸不在身边时,阿莎太太还是对阿菲娅施以最严厉的令行禁止。

纳瑟尔关掉办公室,把文件搬到木材场的时候,阿爸从文件中拣出来一个几乎没用过的账本,带回家给了她。账本的纸页又厚又亮,封面是灰粉色大理石纹路。让她在这漂亮的本子上歪歪扭扭地写字似乎有些可惜。只要看到过期的《领导者》,他也拿回家来。英国人来了以后,《领导者》就再没有发行过,但旧的市面上倒是还有卖的。哈利法还通过阿卜杜拉老师找到了几份《四海宾朋》。这些报纸就是她的读物,读完之后,便整段整段地抄下来,练习写字。对这些报纸,阿莎太太是持怀疑态度的,她说这些报纸都是异教徒的话,目的就是用谎言来改变人们的信仰。他们作恶的欲望是无止境的。有时候,阿莎太太一边干活一边背诵《古兰经》中的颂歌,心情好的时候,她会口述一段《古兰经》的章句,不无溺爱地看着阿菲娅写出来。写完后,阿菲娅再把写出来的章句念给她听,这时,阿莎太太会说,让我看看,然后会因阿菲娅的聪明开心地微笑起来。阿菲娅也很开心,但让她开心的其实并不是她的聪明,因为她读得还很慢,阿爸的字写得这么漂亮,可她写起字来既吃力又难看。

"你只是需要练习,"他说,"要下真功夫。"

"你用不着写得像他那样,"阿莎太太说,"他是文书。小姑娘,你以后不会当文书的。"

我不是小姑娘了。

*

  阿菲娅十五岁那年，开斋节的第一天，她穿上了她朋友贾米拉和萨阿达当作礼物为她做的连衣裙。这条裙子的紧身胸衣是蓝色缎面，非常贴身。圆领口上镶着白色花边。裙子的下摆是宽松的百褶，浅蓝色府绸面料，上面饰有绿色碎花图案。这些面料是她们的母亲从她们过去做其他裙子时剩下的布料中留下来的。贾米拉天生就擅长用稀奇古怪的面料设计裙子，这条裙子就是她设计的。阿菲娅在她们家里试穿的时候，姐妹俩得意地会心笑着，告诉她这条裙子很合她的身。这是她穿过的最漂亮的裙子。她把裙子带回家，放在她房间的衣柜里，藏在布依布依下面。某种直觉告诫她必须把裙子藏起来，因为她料到阿莎太太肯定会反对。

  为了迎接开斋节，大多数人都会做新衣服：女人们做裙子或肯加巾，男人们做康祖袍①和科菲亚帽②，甚至是短上衣。虽然封锁已经结束，但日子过得仍然很艰难，她知道夫人也会给她一条裙子。这条裙子不是新的，而是夫人几年前为她自己做的，现在把裙子改了，所以大体上适合阿菲娅穿。阿菲娅身材瘦小，还在长个子，裙子穿在身上又宽大又松垮。对此，阿莎太太解释说，没事儿，等你长高了，穿上

---

① 康祖袍（kanzu）：一种齐膝或拖地的白色或奶油色长袍，是坦桑尼亚和科摩罗地区的民族服装，坦桑尼亚和肯尼亚沿海的地区也穿这种长袍。
② 科菲亚帽（kofia）：东非地区斯瓦希里男人戴的无边平顶圆柱形帽。

就合身了。在开斋节的前一天晚上,她穿上裙子在屋子里走来走去,阿爸在阿莎太太身后悄悄做了个鬼脸,扮了个苦相,然后不无同情地笑了笑。

开斋节的第一天早上,阿菲娅做家务,穿着干活的衣服帮着张罗节日早餐。上午十点来钟,一切准备就绪,就在一家人准备坐下来吃早饭前,她回到自己的房间去换衣服。她知道,阿爸和夫人原以为她会穿着阿莎太太为她改过的那条裙子出来,可是,她换上了朋友为她做的那条裙子。这条裙子的事,她既没有告诉阿莎太太,也没有告诉阿爸。几分钟后,当她走出房间时,阿爸点了点头,微微一笑,默默地鼓掌喝彩。

"好漂亮啊!"他说,"你现在这样子不像个孤儿,倒像个公主啦。这件衣服你从哪儿弄来的?"

"贾米拉和萨阿达为我做的。"阿菲娅说。

阿莎太太盯着她看了一会儿,一句话也没说。就在阿菲娅认为她会命令她回房换衣服时,她也挤出一丝微笑,说道:"她现在是大姑娘了。"

在接下来的几个月里,阿莎太太这句话的全部分量慢慢显现出来。阿菲娅每次准备出门,阿莎太太都会问她去哪儿,去干什么。她回来后,阿莎太太会让她讲一讲见到了什么人,说了些什么。渐渐地,阿菲娅最初甚至都没意识到,她突然发现,自己会先征得阿莎太太的同意才敢出门。阿莎太太对她的穿着评头论足,要么夸奖她穿得合适,要么批评她穿得不合适。阿莎太太说,开斋节穿的那条裙子早就该丢掉了,因为她穿着太小,胸口太紧,太不害臊了。如果阿爸在身边，她甚至要求阿菲娅披上肯加巾，只露出脸来。阿莎太太似乎知道阿菲娅什么时候该来月经，而且总是不停地问来了没有。可是阿菲娅还没有完全克服对来月经这种事的厌恶，所以她觉得，非要让她描述那种脏东西的颜色和潮量，简直是一种羞辱。

阿莎太太和她说话的口气往往也是越来越刺耳，就好像她的话背后隐藏着什么说不出的怨气。似乎只有阿菲娅和她一起祈祷，或者下午坐下来和她一起读《古兰经》，才能让她满意。为了去看望朋友，阿菲娅事先长时间装出一副虔诚的样子，有时候，这么做只是为了赢得一丝喘息的机会。她觉得阿莎太太一直在束缚她，监视她，就好像她在悄悄琢磨着要去做坏事似的。阿菲娅知道，自己不在家的时候，阿莎太太肯定搜过她的房间。事到如今，她心里很气愤，同时又感到很内疚，因为她没有忘记，自从小时候她被打伤，担惊受怕，阿莎太太一直都善待她。她想对夫人说，她已经不是孩子了，可是不敢说。她甚至不知道自己的实际年龄，因为没有人记过她的生日。

这事她跟阿爸说了以后，他说："咱们来解决吧。伊利亚斯是在你出生的那年离家出走的，所以你已经知道自己是哪年生的了。这么说，现在只要选个出生日期就行了。可不是每个人都有这份特权啊！我的生日是我父亲记的。阿莎太太的生日记在阿穆尔·比亚沙拉先生的账本里。你可以挑自己的生日。随便你。"

阿菲娅挑了六月初六，因为她喜欢这个日期的节奏感。所以，从现在起，你就知道自己的确切年龄了，阿爸说。在阿菲娅过了十六岁几个月后，头一年开斋节当天阿菲娅穿着朋友为她做的那条裙子时阿莎太太说过的那句话的全部分量，终于落在她的头上。

"你现在是大姑娘了。"第二年开斋节当天，一家人吃完早饭坐在一起时，阿莎太太说，"该给你找个丈夫了。"

阿爸以为阿莎太太只是在拿阿菲娅长大了开玩笑，便呵呵笑了起来。阿菲娅心里也是这么想的，于是也微微一笑。

"我不是在开玩笑。"阿莎太太冷巴巴地说；阿菲娅顿时意识到她本该首先意识到的事。不，她不会的。"我们不能养一个成年妇女，整天坐在家里什么事都不做。她只会招惹是非。她必须找个丈夫了。"

"成年妇女！她还只是个姑娘呢！"阿爸满脸疑惑地说，而且说话的态度让阿莎太太也大吃一惊，"你一直叫她小姑娘，她怎么现在突然变成妇女了？"

"不是突然，"阿莎太太说，"别装作你没看见似的。"

"趁着还没有背上孩子的负担，先让她享受一下青春岁月吧。着什么急呀？有人提亲吗？"

"那倒是还没有，不过我觉得很快就会有。你早就为自己算计好了。她已经十六岁了，"阿莎太太固执地说，"十六岁的姑娘就该嫁出去，这完全正常呀。"

"这是愚昧和狭隘。"阿爸气呼呼地说。阿莎太太噘起嘴巴，暂时不吭声了。

七

一天夜里，包括哈姆扎在内的一支五人小分队在长官的率领下，朝一个名为基伦巴的德国布道院进发，心里巴望着英军还没有占领布道院。英军采取的措施是关掉德国人的所有前哨——农场或布道院，防止驻防军得到后勤补给。英军给予了德国平民与文明交战国公民相称的待遇，把他们带到罗得西亚①或英属东非或尼亚萨兰的布兰太尔②，在那里由其他欧洲人一直关押到战争结束。让无人监督的非洲人去看管和约束欧洲人是不行的。当地非洲人既不是公民，也不是某个国家的子民，也不是文明开化的人，他们生活在交战双方的夹缝里，所以他们被无视，被抢劫，必要时被强征加入运输队。

借助地图，长官知道，在战前布道院离这儿不远，但他不知道，布道院是不是还有人，也不知道英军是不是已经到了布道院。通常情况下，找布道院这种事都是交给擅长侦察和跟踪的阿斯卡利去干，但指挥官之所以对这家布道院很好奇，是因为一位军官曾跟他讲过这个地方。这位军官在马及马及战争期间，曾在这家布道院疗养过几个星期。哈姆扎怀疑，除此以外，布道院对指挥官还有一种诱惑：想办法吃上一顿德国饭和喝上美味的杜松子酒。

小分队没费什么力气就找到了布道院，傍晚时分到达布道院。他们先是穿过一片树林，然后翻越一道石崖，走进远山环绕的辽阔草地。布道院就位于草地中间地带的一座小山丘上。布道院是围墙围起来的大院，院子里的建筑刷成了白色，还有一棵扶疏茂密的无花果。布道院坐落在小山丘上，看上去非常宁谧安详。牧师和他的妻子以及两个金发小女儿还留守在这里。小分队到达时，牧师和家人正站在里面的大门口迎候。很显然，看到德国军队，一家人都很高兴，大人们都笑逐颜开，孩子们也手舞足蹈。

就在布道院大院的大门里边，有两小块用栅栏围起来的梯田，种着南瓜和卷心菜，还有一种哈姆扎叫不上名字的作物。小分队站在那里等着，长官走上前去跟牧师和他的家人寒暄后，跟着他们走了进去。过了一会儿，一个非洲男子走了出来，把他们请进了布道院大院。这人的额头和脸上全都是深深的皱纹，脖子右边有一道锯齿状的伤疤。他的斯瓦希里语说得很流利。他告诉他们，他叫帕斯卡尔，在布道院工作。布道院很大，里面有好几处建筑、一所学校、一个医务室、一个养鸡场，还有一个果蔬园。附近一直在打仗，邻近的村民全逃走了，所以，布道院才这么空荡荡的。往常学校里有学生，医务室也总是忙个不停，帮周边地区的人们治疗各种疾病：蠕虫、昏睡病、疟疾。英国人之所以允许布道院继续开放，是因为牧师一家曾经照顾过一个受伤的罗得西亚军官。这位军官对他们很友好，恳求让他们留下来照顾当

---

① 罗得西亚（Rhodesia）：非洲中南部一广阔地区，后分为北罗得西亚（今赞比亚）和南罗得西亚（今津巴布韦）。
② 布兰太尔（Blantyre）：马拉维南部省首府。

地人，他们这才没被送到布兰太尔关起来。

"人们为什么不躲到布道院来呢？"一个名叫弗朗茨的阿斯卡利问道。

"因为牧师说不行，"帕斯卡尔说，"他不想让英国人回来，说他这里藏着路卡路卡。"

"你们这里有路卡路卡？"弗朗茨充当起代言人的角色，问道。

"我不知道，"帕斯卡尔说，"我没见过。我们真正害怕的人，不是英国人和罗得西亚人，而是路卡路卡。有人说路卡路卡是食人族。"

听他这么说，几个阿斯卡利哈哈大笑起来。"这是谁告诉你的？"一个名叫阿尔贝特的士兵问道。取个德语名字在一些阿斯卡利中已经成了一种时髦。

"大家都这么说，"帕斯卡尔平静地说，"在这里养伤的罗得西亚军官告诉牧师，路卡路卡不关押犯人，他们吃人肉。我不知道是不是真的。"

"路卡路卡只不过是下三滥的乌合之众，不是什么食人族。他们都是些穿着山羊皮和身上插着羽毛的野蛮人，装出一副凶悍的样子罢了，"又一阵狂笑过后，弗朗茨说，"我们用他们，是因为他们臭名远扬，到处搞破坏，把人们吓得半死。你知道他们为什么叫路卡路卡吗？因为他们都是吸大麻的瘾君子，吸完之后总是蹦来跳去。路卡—路卡，你懂了吗？你们真正该怕的是我们，驻防军。我们才是残忍、狂暴的狗杂种，凡事喜欢标新立异，欺负和残害野蛮的老百姓。我们的长官都是专横霸道的恐怖专家。没有我们，就没有德属东非。怕我们才对。"

"确实如此。"帕斯卡尔轻声说道。他彬彬有礼的漠然态度让人觉得他似乎并不真的相信弗朗茨的话,不然就不会像阿斯卡利希望看到的那样肃然了。

后来,帕斯卡尔给他们拿来了吃的——咸鱼炖玉米,还有一些李子和无花果,几个人便在披屋里放下装备,铺开垫子,吃了起来。帕斯卡尔坐在他们身边,看着他们津津有味地吃。简直就是大餐啊,他们说。你不知道我们在外面吃什么。之后,帕斯卡尔找来另外两个在布道院工作的人,威特尼斯和杰里迈亚(他更喜欢别人叫他朱马)。两人都是布道院正式的基督徒。他们负责打理布道院里的各种牲畜和园子,威特尼斯的妻子负责收拾房子。帕斯卡尔告诉他们,此刻她正在里面服侍牧师一家和长官享用美味的德式晚餐。弗朗茨开始讲起他们参加过的战斗,制造过的种种惨案,其他阿斯卡利也都七嘴八舌地插一两句,描述那些可怕的场面。这本来是想吓唬布道院的几个人,可他们坐在那里,目瞪口呆地听得入了迷。几个人凑来的目的就是想听阿斯卡利暴虐的故事。故事讲得越离谱,他们听得就越安静,越肃然。

"战争打到布道院门口,"帕斯卡尔说,"然后就远离了。我们照顾过一个德国军官,还有我告诉过你的那个罗得西亚军官。上帝眷顾他们所有人,也眷顾我们,所以,我们布道院没死一个人。"

天黑后,温度急剧下降。哈姆扎顺着石梯爬到墙顶上,感觉一阵无情的凉风扑面而来。草地上的一片水洼映着月光,泛着诡异的光。小分队准备在布道院过一夜,天一亮就返回。既然在上帝的掌控之下，布道院和传教士们显然是安全的，所以长官的好奇心也就得到了满足。小分队带着布道院送给其他军官们的香肠和一瓶杜松子酒，还有一些烟草（就是梯田里种着、哈姆扎不认识的那种作物），离开了基伦巴。帕斯卡尔带他们看了烘烤烟草的棚子，但他一点儿也没让阿斯卡利拿。烟草由牧师亲自负责，牧师知道数量有多少。如果有人拿了，牧师会知道的。帕斯卡尔可不想让牧师认为他手脚不干净。

他们一早离开，一路上没有碰到任何困难便回到了部队。当天深夜，德国军官们饱餐了一顿之后，中尉躺在行军床上，哈姆扎则坐在旁边的睡垫上。该上会话课了。跑了一趟布道院，喝了杜松子酒，长官心情大好。

"牧师这人很正派，不过也许有些死板。"长官说。

"对，他很正派。"哈姆扎说。

"居然把老婆和年幼的孩子带到这么遥远、偏僻、疾病肆虐的地方，他怎么想的？她长得很迷人，为人也很善良。果园很漂亮，是不是？她负责打理果园和学校。山上很凉爽，这很管用，这种气候完全适合种水果。可是，可怜的女人，她被路卡路卡吃人的谣传吓坏了。我安慰她说，她放心，这只是英国人的宣传。路卡路卡是我们的路卡路卡，我们的帮手，我们不会与食人族打交道。"

"你能安慰她，真是太好了。"哈姆扎说。他须得时不时地说句话，否则长官会气冲冲地告诉他，他是在上会话课，而不是在听牧师布道。哈姆扎如果实在没什么可说的，就会把长官刚说过的话重复一遍。

"噬食同类,还是有可能的,对吧?如果人类都像我们这样失去理智,一切都有可能,更别说那些嗜血的路卡路卡野蛮人了。正因如此,我们才利用路卡路卡——因为他们把野蛮发挥到了极致,让我们的敌人吓破了胆。他们杀了人之后为什么要把尸体吃掉呢?吃人肉,你能想象得到吗?我并不是说这是战争期间的疯狂举动,也不是原始人吃掉敌人的尸体以换取力量的什么仪式,也不是一种习俗,也不是家常菜单上的一道菜,而是一种欲望,一种好奇,一种刺激。你能想象得到吗?"

"不,我想象不到。"哈姆扎说,因为长官在等着他回答。

中尉冷笑了一下。"不,看你的样子就没这个胆量!"他说。

*

战争的最后几周简直就是噩梦;为了躲避敌军的追击,驻防军只能逃跑、躲藏。他们一路向南撤退,引得英军和联军一直追到鲁伍马河。驻防军不只是逃跑和躲藏,还成功地对英军及其联军——主要是南非人、罗得西亚人、非洲步枪营,甚至还有认为现在参战恰逢其时的葡萄牙人——给予了无情的痛击,但驻防军也伤亡惨重,尤其是在马希瓦之后的战斗中。运输队每隔几天就会出现大批逃兵,也许他们是因为又累又饿倒在了路边。当逃兵并不安全。驻防军现在所处的地区是近三十年前驻防军与赫赫人打过仗,又在大约十五年后在马及马及战争中犯下暴行的地方。那些从两次战争中活下来的人，还有那些生活和粮食现在又被进一步掠夺而不堪重负的人，已经被驻防军的暴力折磨得死去活来，是不太可能对开小差的运输队表现出善意的。

阿斯卡利仍然坚定不移、忠心耿耿，倒真是个奇迹。自从达累斯萨拉姆沦陷，德国殖民政府丢了铸币厂之后，他们已经几个月没发军饷，有的甚至几年都没有拿到工资。不过，虽然困难重重，但对阿斯卡利来说，在这样一个到处虎视眈眈的地区，留在队伍里要比当逃兵安全得多。他们缺少武器弹药和粮食，即便偷袭敌人的后勤补给和村庄，也收效甚微。这片土地上现在到处都是忍饥挨饿、空空荡荡的村庄，他们已经把它榨干了，他们的补给也不断遭敌军劫掠。越过鲁伍马河，驻防军转向西，朝着罗得西亚地区转移，沿途故意把村庄烧成焦土，来阻挡敌人的追击，而他们的敌人自己也在想办法获取补给和抵御疾病。哈姆扎所在的队伍在拼命撤退，不间断的行军让他疲惫不堪，有时甚至站着就睡着了。包括德国军官在内，整支部队都穿着杂牌军装，看上去根本不像军队，更像一群乌合之众。此刻，他们正折回今年初曾经待过、距离基伦巴布道院不远的地区。正是在这里，哈姆扎写完了他参战历史的最后一页。

凌晨，天还没有亮，他还没睁开眼睛，就闻到雨的味道。他们醒来后发现，剩下的运输队员在夜里跑了一大半。无论是哈姆扎，还是其他人，都不觉得意外，因为几天来运输队背地里一直在不停地发牢骚。无情的追击、肩上沉重的包袱，还让他们干有辱人格的活，已经把他们搞得筋疲力尽。他们是雇来的搬运工，却拿不到报酬，再说，他们中有许多人还被迫去干他们不想干的活。运输队伤亡率很高。他们吃不好，装备差，大多数人都是光着脚，身上穿的也都是抢来的或偷来的破衣烂衫。他们生了病却得不到医治，只能等死，在驻防军陷入水深火热的危急关头，他们肯定要不顾一切地摆脱这支面临失败命运的军队。运输队每天都有少数人开小差，但这一次是有组织的逃跑，这就等于承认了驻防军再也无法保护他们的生命或健康。中尉大发雷霆，其他德国军官也附和着大骂运输队军纪涣散，就好像他们真的以为这支衣衫褴褛、任他们非打即骂、超负荷劳动的队伍对他们不忠似的。

"没办法，只能让阿斯卡利承担运输任务了。"士官长现在说起话来越来越强势了。他对指挥官说话，要求按他说的办，态度强硬到了近乎目无军纪的程度。中尉摇了摇头，扫了一眼还没有掉队的其他三名军官。军医也摇了摇头。他现在情况很不好。除了疟疾，胃部感染已经把他折磨得精疲力竭，总是不停地往灌木丛里跑。他手里已经没有药物来缓解自己的病痛。另外两名军官是在遭受重创的撤退途中最后几个月才与部队会合的，此时也默不作声。这两名军官一个是每天早上要求部队训练而且在喊命令时总是挥舞着手枪的前军乐队指挥；另一个是后备少尉，说话有气无力，而且身体不好。他是定居点移民中的志愿者，但种种磨难已经把他折腾得筋疲力尽了。他们的沉默虽表示尊重，但意思很清楚。即便他们都理解阿斯卡利不运送物资这个铁定的协议，但万不得已，阿斯卡利只能充当运输队。这可是事关荣誉的问题。就像欧洲人在他们神圣不可侵犯的尊严问题上不可动摇一样，阿斯卡利也是如此。中尉摇了摇头，一是表示无奈和犹豫，二是因为他知道已经别无选择。如果丢弃装备和给养，那还不如直接跑到距离他们最近的敌人前哨缴械投降算了。那样总比在虎视眈眈的当地人中手无寸铁地到处游荡更安全。

经过几分钟无果而终的思考后，他只好答应了军官们无声的强烈要求，下令让阿斯卡利搬运物资。士官长得意地笑了笑，便领了命。他扯着嗓子吆喝士兵们站好队，等士兵们站好队后，他大声发布了新命令。短暂的沉默过后，队伍先是出现了异动，接着便是一阵骚动。过了半晌，愤怒的士官长和下级军官们用手杖，甚至用枪，才让队伍恢复了秩序，强迫阿斯卡利闭上了嘴，然后服从命令。当时已经开始下雨，阿斯卡利怒气冲冲地站成两行，军官们面对面看着他们，而士官长瓦尔特则呵斥他们。下级军官们把物资分配给阿斯卡利之后，队伍开始出发。到这时，雨下个不停，而且下得很大。队伍顶着冰冷的倾盆大雨，踏着泥泞，艰难地穿越草地，朝石崖进军。

尽管军官们吆五喝六，挥舞藤杖，但队伍的行军速度很慢。翁巴沙和肖什似乎也失去了理智，在士官长的怂恿下，更是变本加厉，因此阿斯卡利几乎没有不挨下级军官们的藤杖的。没多久，虽然催命的下级军官使尽浑身解数，行军队伍还是消极地磨蹭起来。整个队伍动不动就停下来，要么休息，要么调整身上的重负，每次停下，嘴里都嘟嘟囔囔，一脸的不高兴。平时行军时遭遇的种种困难——蚊虫叮咬、酷热难当、时断时续的大雨、穿着破靴子走路引起的双脚酸痛，还有疲惫不堪，这次都没能幸免。再加上强迫他们干低贱的粗活，对阿斯卡利来说，所有这一切都比平时更加难以忍受。傍晚时分，队伍终于停下来扎营时，每个人都很紧张，心想麻烦要来了。为了让长官听到他们的话，阿斯卡利大声抱怨，说他们参军时可没有同意干这种只有奴隶才干的粗活。他们知道，英国人在鼓励他们当逃兵。他们偷袭村庄找吃的时见过传单，也听过其他阿斯卡利的谣传。他们埋怨说，英国人不会用这种漠然态度对待士兵。这是在挑衅他们的尊严，令人无法容忍。哈姆扎惊讶地发现，阿斯卡利的不满情绪现在根本无法安抚。有时候这种怨气近乎到了诉诸暴力的程度；他们都知道，说起施暴，阿斯卡利可是行家能手。在哈姆扎看来，最近几个星期，军官们一直担心会发生兵变和屠杀。他听到中尉悄悄对其他德国军官说："大家要提防。可能会有麻烦。"

士官长发现哈姆扎听到了中尉的话。在经历了种种艰难困苦之后，士官长瘦了，但也结实了，他的脸晒得黝黑，目光中透着机警，头发和胡子又长又脏，一言一行都透着对所有人的威胁和蔑视，就连中尉也不例外。在哈姆扎看来，他对长官的仇恨似乎也转嫁到他身上，而且在某种程度上又加了码。在他看到哈姆扎无意中听到长官警告的那一刻，他的目光异常机敏，让人不寒而栗。哈姆扎赶紧把视线移开。

夜幕降临时，阵阵狂风暴雨变成了雷电交加的大暴雨。他们在树林里扎营，这种做法虽然不合常规，但他们需要巡逻队的掩护。这片树林里的一些树长得很大。早先，哈姆扎曾张开双臂搂抱过一棵大树，当时他就感觉到树的心脏在跳动,树液上涌,直达树枝。闪电在树林里霍嚓作响,把他们寻求掩护的树林照得通亮。哈姆扎不知道他们躲在树林里等暴雨过去是不是安全。他躺在地上,浑身已经湿透;大地已经喝饱,地上全是积水,泥泞不堪。雨水从树上滴到他身上,他感到有什么东西在他身上爬,可他已经筋疲力尽,根本不想动。到了深夜,他听到动静,心想可能是什么小动物在鬼鬼祟祟地游走。接着,他猛然意识到是阿斯卡利,于是便一动不动地躺在那里,一言不发,把自己拼命往软泥里塞,就好像这样他就可以凭空消失似的。电光一闪,他不由得闭上眼睛,但就在他闭眼前的一刹那,他看到阿斯卡利三两成群地朝树林里走去。鬼鬼祟祟的声音持续了几分钟后停了下来,接着,他能听到的就是雨点打在已经湿透的地面上的噼啪声。他知道,阿斯卡利在开小差,但他仍然一动不动地躺在倾盆大雨中,等待天亮。

不知怎么的,他肯定是睡着了,因为喊叫声和命令声突然把他吵醒了。天刚亮,一名下级军官,他觉得是肖什,发现阿斯卡利都跑了,便报了警。几个人赶忙站起来,一边叫,一边慌乱地四处张望,还不知道危险在哪里。他们跑了!他们跑了!肖什惊慌失措地喊道。指挥官下令清点人数。士官长手持佩剑,在雨中踱来踱去,命令下级军官清点人数。他一边来回踱步,一边嚷着:叛徒!叛徒!夜里逃走了二十九个阿斯卡利,只剩下十二个,其中两个就是发出警报的翁巴沙和肖什,两人都是在驻防军长期服役的努比人。士官长目露凶光,环视剩下的队伍,最后把目光落在哈姆扎身上。哈姆扎赶紧把视线移开,避免目光接触,但为时已晚。

"过来。"士官长指着距离他跟前两步远的地方,吼道。哈姆扎奉命迈步上前,在距离士官长指的地方有一两步远的地方停了下来。"你告诉我们会有麻烦的时候,让他听到了。"士官长瓦尔特冲着中尉说道。德国人面对着非洲兵,分散着站在一边,军乐队指挥和少尉手里都拿着手枪。"你的这个叛徒婊子背叛了我们。他煽动他们逃跑。他对他们撒了谎,他们就跑了。"士官长瓦尔特怒吼道。说完,他迈步上前,用佩剑猛地朝哈姆扎削去,哈姆扎猛然转身,躲了过去,但剑扫在他的髋部,撕开肌肉,直削到骨头。他听到有人尖叫一声,然后一头栽倒在地上。他听到有几个人在大喊大叫,不知是谁一边疯狂地尖叫一边冲了过来。他胸口一起一伏地拼命呼吸,但怎么也呼吸不了。随后,他肯定是昏死过去了。

他昏沉沉地苏醒了一会儿,看到军医跪在他身边,感觉有双手臂在搂着他。再次苏醒过来时,他听到有人在气冲冲地说话,有人在高声下命令。他恢复知觉后,发现自己由两名阿斯卡利用担架抬着。雨还在下,雨水顺着他的脸往下淌。他醒了一会儿后才弄清楚是怎么回事,但只是把混乱的印象逐渐拼凑在一起,然后又陷入昏迷。此后,他时断时续地一阵清醒,一阵昏迷。在一次清醒的时候,他看到中尉走在担架旁,但很快又看不到他了。到这时,哈姆扎已经产生了幻觉,也许他根本就没有躺在担架上。他再一次看见中尉走在自己身边,便问道,是你吗?他的整个身体一直在颤抖,一直在抽搐,嘴里有股呕吐物的味道。他的左半边身体抽痛得最厉害，但这种疼痛传遍了全身。他根本没有力气移动身体的任何地方，也不想移动身体，就连睁开眼都要费很大的力气。后来，他们把他放在地上，他的整条腿刺骨得疼，他忍不住尖叫起来，可他根本意识不到自己在尖叫。随后，他完全清醒过来，看到翁巴沙海德尔·哈马德单腿跪在担架旁。

"嘘，别叫了！"他说。"嘘，嘘，感谢真主！阿斯卡利，别这么没命地嚎。"他脸上全是道道雨水，嘴唇嚅着，像是在哄孩子。

哈姆扎躺在地上，身体的一侧感到阵阵剧痛，嘴里的呕吐感让他窒息。这时，他看到中尉站在几英尺远的地方，低头看着他趴在担架的毯子上。"没错，是我。别担心！"长官说。

接着，哈姆扎又昏死过去。在夜间，他们停了一段时间。这一点他知道，因为他断断续续地醒了好几次。夜里太冷了。他浑身都湿透了，不由自主地瑟瑟发抖。后来，他听到鬣狗的吠叫声，还有他没有听出来的奇怪咳嗽声。他听到一个动物在撕心裂肺地嚎叫。

天一亮他们就离开时，雨已经停了。阳光照在身上，他暖和了许多，疼痛也缓解了一些。现在他知道，湿漉漉的不仅是雨水，他还在不断流血。苍蝇聚拢在他周围，落在他的脸上、他的身上，可他没有力气把苍蝇赶走。他们找了一块破布盖在他的脸上，来遮挡苍蝇。他的身体仍然不停地发抖，他也是时睡时醒。他醒来的时候已是夜里，他费了很长的时间才弄清楚，自己正躺在一个房间里的床上，旁边桌子上的油灯发出昏暗的亮光。他仍在不停地发抖,阵阵剧痛袭来时,身不由己地呻吟。倍受剧痛的折磨,对其他的一切他都不在乎了。后来,房门打开,他才感觉到天已经亮了,不一会儿就听到有人走进房间,朝他走了过来。

"哦,你醒了。"那人说。说话声很熟悉,可他疲倦得连眼睛都睁不开,"兄弟,你现在安全了。你现在在基伦巴布道院。我是帕斯卡尔——你记得帕斯卡尔。你当然记得。我去叫牧师来。"

"我们竭尽全力才把你的伤口缝好。"牧师的脸晒得黝黑,弓着腰看着哈姆扎说。虽然哈姆扎能听懂牧师的话,但帕斯卡尔还是帮他做了翻译,两人的说话声时断时续地飘进他的耳朵:"在出血……有点渗血。我们不知道……伤着骨头……感染。关键是……退烧……营养。然后就等着,盼望最好的结果了。我会告诉……长官……醒了。"

长官走进来,拉了把椅子坐在床边。哈姆扎还是不能完全睁开眼睛,意识时而清醒,时而模糊,但每次睁开眼睛,都发现长官仍坐在床边。他已经把自己梳洗干净,但身上穿的仍然是野战时穿的破衣服。在哈姆扎竖起耳朵去听他说什么的时候,他的脸上仍一如既往地挂着冷笑。现在他可以更清楚地听懂他的话了。中尉慢条斯理地安慰他说:"看样子你的命保住了。你真麻烦。现在,你只能躺在这里,在这个美丽的布道院养伤了,而……回去……继续我们愚蠢的战争。文明使命……为了这个帝国,我们撒谎,杀人,可我们仍把它叫文明使命。现在我们已经到了这种地步,还在为它杀人。你觉得很疼吗?你能听到我说话吗?如果能,就眨眨眼……你肯定能……很疼，但传教士和他的人……答应我了。他们是好人。他们会扔掉你的军装，这样就没人……你以前是阿斯卡利，他们会让你吃饱，也会不停地为你祈祷，你很快就会好起来。"

他的话听起来不像是真的，而且听上去很遥远。哈姆扎没有张嘴说话。

"告诉我，你究竟多大了？"长官说，他的话突然间变得异常清晰起来，"你的档案上说，你参军的时候二十岁，可我不信。"

哈姆扎想说话，但要想说话需要费太大的力气。

"不，我不信你，"长官说，"对长官撒谎，我可以命令他们打你五十鞭，双倍的'鞭笞二十五'。你参军时不可能超过十七岁。我弟弟死的时候就是十七岁。营房里的一场大火。当时我也在里面。十八岁……一个漂亮的小伙子，我经常想起他。"他抚摸着太阳穴上那块紧绷的皮肤，呆坐了几分钟，好像不愿再说什么似的。他的手朝床伸过来，但随后又抽了回去。"那是一场可怕的大火。他不想参军。他不适合当兵。我父亲让他当兵。这是家族的传统……全都当过兵……我弟弟不想让他失望……他有自己的梦想。你学德语很聪明……学得快，学得很好。他特别喜欢席勒，我弟弟赫尔曼。好了，你现在该休息了。我们也准备走了。"

翁巴沙海德尔·哈马德和另一个阿斯卡利走进来向他道别。"你小子真幸运，"翁巴沙还像平常一样扯着嗓门对他说，然后把嘴凑到哈姆扎的耳边，就好像不想让他漏听一个字似的，"中尉喜欢你，所以你才幸运。不然，我们就把你扔在树林里了。你这个小娘们儿！"

另一个阿斯卡利摸了摸他的胳膊，说："这都是主的旨意。愿主保佑你！我们就要回去找死了。"

所有的人都准备出发了，长官又走了进来；他这次说的话哈姆扎全都听到了。"你知道我为什么把我弟弟的事告诉你吗？"他还是一如既往地冷笑了一下，"不，你当然不知道。你只是个阿斯卡利，是不能揣摸德国军官的私密想法的。你的档案里又积累了好几笔账：张狂、撒谎，还有开小差。"他把一本书放在房间对面的桌子上。"我把这本书留给你，让它陪你养伤吧，它也会帮你练德语。等你养好伤，要离开的时候，把书留在这儿，交给传教士就行了。用不了多久，我们的仗就打完了，没准儿哪天我会回来取呢。我倒是希望英国人把我们跟黑鬼战犯们一起关一段时间，把我们当成黑鬼们的讨厌鬼来羞辱我们，不过之后他们会把我们送回家的。"

*

哈姆扎由帕斯卡尔负责照顾。帕斯卡尔白天会来照看他好几次，给他水喝，给他喂牧师开的汤药，帮他清洗。但对这一切，哈姆扎只是模模糊糊感觉到的。他还在发高烧，浑身疼痛不止。他已经说不上疼痛的根儿在哪里了。伤口在他的左大腿上，他的整个左半边身子随着脉搏的跳动阵阵抽痛。他的右腿没有任何感觉，两只胳膊也动弹不得。有时候，他甚至需要费很大的劲儿才能睁开眼睛。白天，牧师来给他检查，告诉帕斯卡尔怎么帮他清洗，怎么让他舒服一些。两人的面孔在他的视线中进进出出，白昼与黑夜彼此融为了一体。有时候，哈姆扎感到一只冰凉的手放在自己的额头上，但不知道是谁的手。

一天夜里，他在一片漆黑中醒来，发现自己在噩梦中哭泣。地上到处都是血，大地在从他的双脚吸吮他的血，他的身体也被血浸透了。无数四肢和残缺不全的尸体都紧靠在他身上，各种声音在疯狂而又惊恐地尖叫、吼叫。他止住了哭泣，但却止不住四肢的颤抖，也无法擦去眼泪。帕斯卡尔听到他的哭声，便拿着一盏灯走了进来。他一句话也没说，掀起床单看了看伤口上敷的药，把灯放在房间对面的桌子上，然后回到哈姆扎的身边，把手放在他的额头上。他用一块湿布擦去他的眼泪，然后擦去鼻孔和嘴巴上的鼻涕，让他喝了点水。最后，他拉过一把椅子坐在床边，但什么也没有说，直到哈姆扎的呼吸再一次平静下来。

"兄弟，你在这里很安全。瞧！这些欧洲人都是好人。他们都是上帝的子民。"说完，他忍不住笑了笑。"我不是医生，但我觉得你的烧在退。牧师说，什么时候烧退了，你就快康复了。疗伤的事他懂。我跟他很长时间了；他来基伦巴以前，在海边工作，我从那时候就跟着他。我受伤的时候，他的药救了我的命，"说着，帕斯卡尔摸了摸自己脖子上的伤疤，"他也会让你好起来的，不过我们不能全指望他。我们也要祈求上帝的帮助。我会为你祈祷。"帕斯卡尔闭上眼睛，双手扣在一起开始祈祷。哈姆扎就好像眼睛的一层膜给擦掉了，看得他一清二楚。他看着满脸皱纹、饱经沧桑的帕斯卡尔，坐在他身边椅子上，闭着眼睛，嘴里嘟嘟囔嚷地念叨着经文。哈姆扎环视了一下房间，看了看上面放着油灯的桌子，看了看半掩着的房门，就好像他是第一次看到这番景象似的。在祈祷的过程中，帕斯卡尔伸出手来，抓住哈姆扎放在床上的右手，把它举起来。哈姆扎看到自己的手紧紧地攥在帕斯卡尔的手里，可他根本感觉不到自己的右手。帕斯卡尔把另一只手放在他的额头上，然后大声说了上帝保佑之类的话。

"你还记得难熬的时候吗？"祈祷完之后，他问道，"如果你愿意，我会陪着你，不过睡觉也许会好一点儿。你大声叫，我会听到的。门开着，我就睡在隔壁。你想让我留下来陪你吗？我想，明天牧师看到你的眼睛这么有神，肯定会很高兴。"

第二天早上，牧师给他量了体温，满意地冲他点了点头。他拆掉包扎伤口的敷药，虽然表情不那么开心，但还是装出一副勇敢面对的样子。帕斯卡尔给哈姆扎调整枕头的时候，牧师就站在一旁等着。长官说的没错，牧师形容瘦削，干净整洁，腰杆挺得笔直，只是让人觉得有些死板。帕斯卡尔帮他收拾得舒服一些之后，牧师用德语说："你能听懂我的话？还是想让帕斯卡尔帮你翻译？"

"我听得懂。"说完，哈姆扎惊讶地发现自己的声音有些异样。

牧师严肃的脸上露出了笑容。"中尉告诉我们你懂德语。那很好。如果不明白我说什么，你就摇摇头。我觉得你的烧已经退了，但这只是你康复的第一步。你需要很长时间才能康复，"他的话很严肃，就好像哈姆扎可能会误解他的意思，认为自己已经没事了似的，"必须完全止住血，我们才能让你动一动，锻炼锻炼。现在伤口还在渗血。战争期间，什么都难搞。你在医院里才会得到真正的护理，不过在没把你送医院之前，我们会竭尽全力。最重要的是防止感染。现在我们让你开始吃点儿硬的东西，一步一步地来。你的右胳膊能动吗？我们先从右胳膊和右腿开始锻炼。帕斯卡尔会教你的。"

护理工作主要由帕斯卡尔负责。虽然他在大院里有自己的住处，但他还是在隔壁房间过夜。每天早上，他都会为哈姆扎清理伤口，扶他坐起来，按摩他的两只手臂和右腿，同时用略带严肃的口气不慌不忙地跟他聊天，然后闭上眼睛开始祈祷，之后便帮助哈姆扎吃饭：酸奶、高粱和南瓜泥。他告诉哈姆扎，布道院里其他的非洲工人也吃这些。之后，他把哈姆扎尽可能地安顿舒服，才离开去做布道院的其他事。

窗户开着的时候，哈姆扎可以看到无花果树和传教士家的一部分。大多数早晨，他都看到一只浅绿色的小苍鹭长时间一动不动地站在屋脊上，然后又无缘无故地飞走。他不知道为什么，但看到苍鹭一动不动地站在屋脊上，他心里充满了悲伤。这番景象让他感到很孤独。上午十来点钟，牧师来给他检查伤口。每当牧师的身子凑过来时，哈姆扎都会闻到一股肥皂、鲜肉和发酵蔬菜搅在一起的味道。牧师认真查看伤口，活动活动哈姆扎的四肢，又详细问他问题，无论检查的结果怎么样，他都是一脸严肃和认真。

透过窗户，哈姆扎听到有人在弹钢琴和小女孩们在练习

147

唱歌，还听到她们在露台上嬉戏玩耍。白天，有时候她们的母亲，牧师夫人，会过来看他。牧师夫人身材纤细，金发碧眼，虽然看上去已经过惯了苦日子，甚至有些疲倦，可脸上总是挂着笑。她经常用小托盘给他送些吃的：饼干啦，一小杯咖啡啦，一小碗无花果或黄瓜片之类的。她跟他讲他们一家人搬到基伦巴之前在海边住过的那几个月。这里的景色不是很美吗？夜晚的凉气把蚊子都赶走了，这真是离开海边后上帝的恩赐！她和牧师都出身农民家庭，这里的气候非常适合种庄稼。你不喜欢这里吗？你会发现，这种气候对你有好处。她问哈姆扎这样那样的问题，对他的德语惊叹不已。用词非常棒！每次她离开后，哈姆扎都觉得伤痛好多了，其实并非如此。在牧师夫人常来看他的钟点，如果她没有来给他送饼干或水果，威特尼斯的妻子苏碧丽就端着小托盘送来，和蔼地小声说句话，就把托盘放在床头桌上。

　　两个星期过后，他才看到了在露台上玩耍的小女孩。他恢复了一些臂力之后，一天下午，他拄着帕斯卡尔为他做的木拐杖，由帕斯卡尔搀扶着，一瘸一拐地走到窗前。哈姆扎感到全身的血液都涌到了左腿上，浑身出乎意料地刺痛。他向窗外望去，看到在传教士家屋外露台的一角上，两个女孩子正坐在垫子上用洋娃娃玩过家家。他听到她们的母亲在跟她们说话，但看不到她。女孩子们并不知道他在盯着她们看。他把椅子放在窗边，有时候整个上午都坐在那里，看着布道院里忙来忙去。后来，他的行动方便多了，便一瘸一拐地走出医务室，到外面去晒太阳。这时候，他会朝两个女孩子挥挥手，她们也向他挥挥手，她们的母亲则在一旁看着。

他还记得长官说过的话,她很担心自己的两个小女儿,现在他亲眼看到她是如何形影不离地呵护她们的了。有时候,他看到牧师夫人在她家旁边的果园里干活,两个小女孩提着篮子紧随其后。

一天早上,他拿了把椅子坐在医务室外晒太阳,这时,牧师走到他跟前,站在阳光下眯着眼看着他,端详了半晌也没有说话。"我们刚听说战争结束了,德国投降了,"他说,"就在东非这里,我们的指挥官带着残余部队刚刚向英国人投了降。三个星期以来,他似乎不知道已经达成停战协议,不过现在一切都结束了。这么多人丢了性命,可上帝让你活了下来,我们应该感谢上帝。所以,你应该永远心存感激,感谢上帝把布道院当成广布恩泽的地方。"

帕斯卡尔告诉哈姆扎,布道院准备举办一场仪式,为所有死去的人祈祷,还说他应该来参加。"你来参加会让牧师和牧师夫人高兴,也会让上帝高兴。再说,"他说,"如果你不来,牧师就会不开心。你能让他开心,那是最好了。牧师为人谨慎,他希望,趁英国人和罗得西亚人没来,你能离开这里。英国人和罗得西亚人肯定会来,如果他们发现你在这里,他们就会知道你是受了伤的阿斯卡利,甚至可能会关闭布道院。如果牧师对你不满意,他就会让他们把你关起来,但如果你是他的教徒,他肯定不会那么做。"

原来曾是布道院会众的少数村民现在回来了,参加仪式的有十几个人,其中大多数是妇女。这是哈姆扎第一次走进布道院的小教堂,小教堂是一个只经过粉刷但没有装修的房间,墙上挂着一个十字架,前面就是诵经台。哈姆扎认为自己明白了帕斯卡尔的用意，救了他的命，同时还希望为救世主赢得哈姆扎的灵魂。他连一首赞美诗都不会唱，在会众唱歌、牧师为亡灵祈祷的整个仪式中，他都低头坐在那里。

在接下来的几个星期里，虽然损伤的髋关节和腹股沟一动还是疼痛难忍，但哈姆扎的伤情在逐步好转。伤口已经愈合，通过锻炼，他也能四处走动了，但牧师说，损伤的肯定是筋腱或神经，要治疗筋腱和神经，他可不在行。由于腿部力量还不能承受他的体重，哈姆扎要走动还需要拄拐。帕斯卡尔说，看来他还要再待一段时间，所以他们最好让他住得舒服些。在威特尼斯的帮助下，帕斯卡尔用厚厚的泥浆糊在柳条板上，在他与朱马共住的宿舍旁边搭了一间披屋，然后帮哈姆扎搬了进去。你只要提高嗓门，我们俩就能听到，他说。

医务室现在已经恢复了正常使用，当地人也开始陆续前来治病。他们听到传言说，战争结束时到处都是疾病，不过最严重的疾病并没有传到基伦巴。哈姆扎开始帮布道院干一些活，都是他刚开始能坐着干的活：拣烟叶、洗蔬菜、修家具。他发现自己对修家具比较拿手，于是牧师夫人和帕斯卡尔就找了一些破家具来让他修。牧师看着他拣烟叶和修家具，虽然缄默不语，但心里还是很赞赏。牧师天性机警，眼睛一直盯着布道院里的一举一动，但他并不经常出面当众予以纠正或批评。到了晚上，哈姆扎与帕斯卡尔和其他人一起一边吃饭，一边聊布道院外面的混乱局势。

牧师夫人说，哈姆扎能康复简直就是奇迹。他以前肯定是堂堂正正地做人。他知道她是在拿他取笑，故意说他康复得好来增强他的信心,但他还是心存感激。每次他坐在阴凉里乘凉,两个小女孩——大的叫莉泽,小的叫多尔特——就把她们的赞美诗稿拿过来,教他认字,念给他听,然后让他重复,直到他能独自轻而易举地读出来为止。他尽力去学赞美诗,但两个女孩子当老师态度非常认真,每一行都要让他重复好几遍。有一次,姐妹俩对一个单词的发音发生了争执,他不假思索地伸手从莉泽手里拿过赞美诗稿,自己亲自看。她似乎也不假思索地立刻把诗稿一把抢了回去。这是我的,她说。就在他看着赞美诗稿的那一刻,他模模糊糊地想起了长官在离开前说过一本书的事。那是本什么书?是幻觉,还是梦见过的?

"中尉给我留过一本书吗?"他问帕斯卡尔。

"什么书?"他问道,"你认识字?"

稍微认识几个。想到自己的长官,哈姆扎想起来了。"没错,我认识字。"他说。

"我也认识字。如果你想看书,我们教堂的橱柜里倒是有几本小册子。"帕斯卡尔说,"没准儿晚上我们可以一起看书?有时我读给威特尼斯和苏碧丽听。他们两口子对上帝都很虔诚。"

"不……我是说,是的,如果你愿意,我们可以一起看书,不过他给我留过一本书吗?长官。"哈姆扎说。

帕斯卡尔耸了耸肩:"他为什么要给你留本书呢?他是你哥哥?"

牧师夫人微笑着对他说:"莉泽告诉我,她在教你的时候,你从她手里夺她的赞美诗稿。你这么随便,让她很生气。我想知道，你是不是想让我教你认字呢。"

"我认识字。"哈姆扎说。

她轻轻扬了扬眉。"这我以前可不知道。"她说。

"稍微认识几个，"他谦虚地补充道，"我需要多练习阅读。中尉给我留过一本书吗？"

她没有回答，而是把目光移开，然后说："我要问问牧师。你为什么问这个？"

就在她移开目光前的一刹那，他发现她的眼睛突然一亮。由此，他知道，他没有产生幻觉，长官很可能给他留过一本书，他们没有把书给他。哈姆扎摇了摇头，就好像这事他也拿不准或者没有放在心上似的。这可能是他自己的狂热念想在作怪，他不想小题大做。"我原以为这种事我会记得，可我不敢肯定。我的记忆太混乱了。"

这件事他越想，就越确信无疑。长官说过的那些只言片语越来越完整地呈现在他的脑海里：一场大火，他弟弟死了，当时他年纪那么小，诸如此类的。后来他说，这本书是留给哈姆扎继续学德语用的，之后还说了什么黑鬼战犯之类的话。哈姆扎不记得是怎么说起的了。就这样，他锻炼身体，心里默默感激牧师和帕斯卡尔对他的照顾，彻底放弃了心心念念想要一本书的愿望，或努力放弃这样的念想。虽然他仍需要挂拐，但外伤已经完全愈合。康复过程费了很长时间，期间经过了圣诞节和新年。还有，一位英国军官也来过布道院，当时他们把他藏了起来。英国军官对牧师说，一场流感正在横扫这个国家和全世界，已经死了许多人。德国已经陷入内乱，驱逐了皇帝，宣布成为共和国。俄国革命谋杀了沙皇和他的全家，之后，俄国也陷入内乱，爆发了战争。整个世界都动荡不安，他说。布道院有吃的，有用的，所以最好眼下待在这里别动，等候下一步更明确的指示。

再一次提起书的是牧师，但他并没有直接说。在一次给他做定期检查快结束时，牧师提议两人出去走走，也好让他锻炼锻炼。当时已经是傍晚时分，两人先是走到传道所的大门，然后又朝布道院的大门走去。牧师在大门口止住脚步，目光掠过眼前的草地，向远方的石崖望去。

"夕阳给眼前这片田园风光增添了一丝温馨的色彩，对不对？但是，要知道，就是在这样的田园，从来没发生过什么大事，"他说，"在人类取得进步或努力去取得进步的历史上，这是一个微不足道的地方。你可以把这一页从人类历史上撕掉，对什么都没有影响。你可能会明白，为什么人们虽然饱受各种疾病的折磨，但在这样的地方仍能够安居乐业。"他瞅了哈姆扎一眼，然后轻松地笑了笑，自我宽慰地说："至少在我们来到这里，给他们带来进步、罪恶、救赎等泄愤的词语之前是这样。这里的人都有一副德性，什么样的想法都坚持不长。有时候，这听上去是在骗人，但实际上是做什么事都不认真，靠不住，不会学以致用。正因为这样，才要不停地教育他们，监督他们。试想，如果我们明天离开这里，他们又会像牛活在丛林里一样回到老路上去。"

他又瞅了哈姆扎一眼，然后转身往回走。哈姆扎认为，牧师就是一个在命令他去主宰而他内心里又渴望施与之间的夹缝里苦苦挣扎的人。他不知道欧洲的传教士与像他们这样落后的人打交道是不是都这个样子。

"打你的那个军官肯定是疯了,"两人慢慢往回走,牧师接着说道,"中尉给我讲了他的事。他说,身为军官,他能力出众,但又热衷于政治权谋,对德国的贵族和统治阶级心怀不满。让人痛心的是,我们的国家已经四分五裂;现在军事上战败后,那些心怀不满的家伙推翻了皇帝,整个国家现在一片混乱。你可能纳闷,像士官长这样的人跑到德属东非的帝国军队里来干什么。也许吸引他的是暴力,驻防军会给他施展暴力的机会。中尉还告诉我,这个军官很难驾驭——还说,他从骨子里憎恨当地人,所以对当地人,包括对阿斯卡利,经常违反军纪,我行我素。根据驻防军的军纪,他对你的所作所为就是犯罪。中尉告诉我,那个人打你的时候,好像还想攻击他呢。

"你明白我的这些话吗?你当然明白。中尉说你的德语很好,我自己也听你讲过德语。也许在其他德国军官看来,他……把你当朋友,他……对你保护得这么……贴心,是不对的。我只是在猜,我不知道,因为中尉给我讲的是别的事。也许在别人看来,他的所作所为有损德国人的尊严。我能理解人们为什么会这么想。我也理解战争会带来各种意想不到的情缘。"

直到两人回到医务室,牧师一路上再没有说话。随后,他站在窗前,看了看窗外,又回头看了看哈姆扎,但避开了目光的接触。"你问过我太太,没错,中尉是给你留了一本书。他告诉我,你会阅读,但我当时没有告诉她。中尉说,你不该待在驻防军。在这里,我观察了你几个月,我现在也看出来了。我看着你康复,你坦然面对困难的忍耐力,只有充满智慧和信仰的人才会有。我不是指宗教信仰。我知道帕斯卡尔希望让你皈依救世主，但我不知道你是怎么想的。帕斯卡尔这个人很多情，也很明智。

"拿走书的时候，我并不知道你的情况，我当时认为中尉太草率了，认为他受情绪左右，因为他觉得他对你受伤负有责任。这让我觉得，他在过分地保护你，就是这种……牵挂，才刺激了士官长动了粗。中尉说，你让他想起了他年轻时认识的一个人，我当时认为，那只不过是一个德国军官在谈论一个土著兵时表现得过于多愁善感而已。我认为，你只不过是个土著兵，他留给你的礼物太贵重了。我妻子告诉我你在要这本书时，我再次思量自己的行为。我没有告诉她，长官对我说过你会阅读。我告诉她这本书太珍贵了，不能随便乱放，她信了我的话，这一点没骗你。她告诉我你要过书的时候，还说你会阅读。我对她说，我知道你会阅读。于是，她说，你必须把书还给他。书是留给他的。我知道她会这么说，所以才瞒着她。我告诉她，我很怀疑你是不是真能读懂这本书，到现在我仍然这么认为。她对我说，你读不读得懂不关我的事，我理应把书还给它的主人。"

话说到这里，牧师微微一笑。"不管什么事，她都能说动我。也许我该说，她让我觉得，我把书拿走是不对的，所以，我决定把书还给你，向你解释清楚我为什么一开始把书拿走不给你。我以前错了。也许最后你能像中尉希望的那样，带着愉快的心情去读这本书。"

他递给他一本黑色烫金封面的小书：席勒的《1798年缪斯年鉴》。

第三部

八

黄昏时分,他们的船绕过防波堤,小心谨慎地驶进港湾,这时,船长命令放下船帆。退潮了,他搞不清航道,他说。现在正值卡斯卡济①季风刚过,风向和洋流还没有转向东南。每年这个季节,大洋流有时会改变航道。他的船满载着货物,他可不想让船搁浅在沙洲上,或是撞上海底的什么东西。最后,与船员经过一番讨论,船长认为,天色太暗,船无法安全靠近码头。于是,他们在浅水区中抛了锚,等到第二天早上。岸上有几处路灯,码头上有几个人在走动,昏暗中在人的前和后都投下长长的影子。码头仓库的后面,城镇向外蔓延开去,落日的余晖把天空映成琥珀色。右边再往远处,朦胧的沿海公路逶迤而行,伸向远处的海角,继而又往乡野延伸,直至消失在黑暗之中。哈姆扎还记得,这条路从前就从他住的那座房子前经过,随后到了狭口处变窄,过了狭口又变宽起来。

海上繁星满天,一轮巨大的月亮冉冉升起,照亮了防波堤外涌动的海面和远处海浪撞击礁石泛起的白沫。月亮升高一些后,整个世界便都湮没在奇异的月光之中,仓库、码头和泊在码头边的船只也变成了缥缈的剪影。到这时,船长和三个船员,跟哈姆扎一起,已经吃过了可怜兮兮的米饭咸鱼份儿饭,在他们运送的一袋袋小米和扁豆堆上躺下来,老老实实地休息去了。于是,他紧挨着他们躺了下来,听他们聊天,听他们飙脏话,听他们唱忧伤的思乡曲,而船在涨潮的潮水推涌下颠簸摇曳。几个人差不多同时进入了梦乡,虽有几次鼾声大作,但随后又突然安静下来。鼾声过后,经过短暂的平静,由于汹涌的大海不停地拖曳,船又开始痛苦地嘎吱作响起来。虽然哈姆扎用自己没有受伤的那半边身子侧躺着,但他仍然止不住地阵阵疼痛,于是,他从挤在一起的人堆里爬起来,躲到一边去。不一会儿,他再躲得远一点,免得自己睡不着,搅扰得他们也睡不着。他找了个空地方,挤了进去,虽然不舒服,但也分散了他对伤痛的注意力,后来便不知不觉地睡着了。

天一亮,借着淡紫色的晨光,他们悄无声息地用篙把船撑到码头边。这时,海潮已经涨满,船在海面上悠悠前行。哈姆扎主动提出帮他们卸货,但船长拒绝了。他面带和蔼的不屑,开心地咧嘴笑了笑,露出他那脏兮兮的牙齿。

"你认为这种活是闹着玩的吗?"他上下打量着哈姆扎,善意地打趣道,"干这种活既要讲技巧,还要有牛劲儿才行。"

哈姆扎先对船长让他免费搭船表示了感谢,然后跟船员们握手告了别。他小心翼翼地走下跳板,朝码头走去,为了强忍髋部的疼痛,夜里他整个身子都挤在船肋之间,现在疼得更厉害了。他们不可能没有注意到他走路一瘸一拐的,

---

① 卡斯卡济(kaskazi):斯瓦希里语,意为"北风""冬季风";下文中的"库斯"(kusi)为南季风。

但谁也没有问他是怎么回事。他们没有问，倒让他心存感激，因为在这种情况下，别人向你表示同情，是需要你向人家解释原因的。他头也不回，沿着空荡荡的码头往外走，但他想知道，船长和几个船员是不是在盯着他，说不定还在谈论他。

港口的大门敞开着，根本没有人值守，他走出大门，朝城里走去。沿途他遇到人们与他擦肩而过，大步流星地去港口上班。小城的这片区域他不熟悉，他以前住在小城的边上，几乎从未到过市中心。但他不想让人看到他不知道该往哪里走或是迷了路，所以他忍着髋部的疼痛，下意识地也像别人一样一边撂开步子走，一边寻找熟悉的街道或建筑。起初，他走的这条街道很宽，路两边都是印度楝树，可没多久，街道变窄，两边都是跟这条街道相连的小巷。再往前走，他心里开始有些慌了。人们陆续走出小巷，该往哪里走都很清楚，可他连自己在哪里都不知道。街上的行人越来越多，他已经很难辨清方向，心情也很难平复下来。他走的这条路是一条繁忙的街道，他不该这么犹豫和疑惑才对。他迟早会认出什么东西来。所以，当他误打误撞来到老邮局时，他如释重负，坐在邮局外面的台阶上，待自己静下神来。行人和骑自行车的人从他跟前路过，偶尔会有汽车耐着性子在人群中穿行。

现在虽然弄清了自己大概的方位，但他还是没有把握，于是，过了邮局，便专拣僻静的街道走。他沿着阴凉的小巷，漫无目的地走，一路上经过了一道道半掩的房门和一条条溢满的污水沟。他穿过几条宽阔的大路，经过几家挤满吃早餐顾客的咖啡店，然后又走到狭窄的小巷。小巷里的房屋东倒西歪，相互间亲昵地倚靠在一起，令人望而生畏。小巷里飘着做饭的香味，也散发着污水沟的臭味，还时不时能听到门窗紧闭的院子里女人们的说话声。走在这样的小巷里，哈姆扎觉得很不自在，感觉自己像个不速之客。尽管如此，他一边继续往前走，一边品味着小巷在他内心里唤起的那种令人苦恼的陌生感，那种曾经熟悉而又可怕的陌生感。不一会儿，他才意识到自己又走回原来的老路上，引得人们投来好奇的目光。于是，他强迫自己走出跌跌撞撞绕的圈子，朝另外一个方向走去。

上午十点左右，他走到一个院子，院子的木门大开。一条土路从院子旁边经过，路两边是一处处民宅，给院子平添了一丝日常市井生活的气息。他不知不觉地止住脚步，站了一会儿，然后他又走近一些，觉得这地方说不定能找到活儿干，至少可以歇歇脚。敞开的大门里飘来了一阵喧闹声、锤子的击打声，还有本分劳动的气息。两个人正在给一辆用一堆砖块顶起来的小货车换轮胎，一个人双手搬着车轮跪在地上，另一个手拿扳手和锤子站在一旁。跪在地上的大个子正大声嚷嚷着什么。喧闹声就是他一个人嚷出来的。他的头正转向同伴，而他的同伴正笑得合不拢嘴。这个同伴的脑袋很大，大得跟他的身体不成正比，大得你不可能视而不见。哈姆扎朝他们瞥了一眼，听到充斥着戏谑、吹牛、受虐的欢笑声，才听出来这就是他在院子外面听到的那个亲切的市井调侃声。他就站在旁边，可两个人都没有注意到他，或许是假装没有注意到他。

两个人和货车的后面，在院子角落里的一棵小椰子树下，一个男孩正在往一个包装箱上钉钉子。旁边有三个板条箱已经固定好了，还有一个没有钉盖的板条箱里装满了木刨花。另外两个年轻人——看年龄也不过是孩子——用两根木棍抬着一口热铁锅，朝着占据整个院子一侧的厂房走。凭着气味，他猜想锅里盛的是油或是清漆之类的。厂房的门都敞开着，他听到里面加工木材的声音，锯木头和刨木头的声音，还有时断时续的锤打声，还能闻到木刨花的清香。厂房一头的一扇小门开着，他看到门里一个人坐在桌前正埋头做台账，金属框眼镜低架在鼻梁上。哈姆扎一瘸一拐地朝他走去，走得很慢，迈着碎步，尽量掩饰自己腿上的伤。

坐在办公桌后面的那人穿着一件又薄又宽松的长袖棉衬衫，看上去又凉快又舒服。他剃了个光头，下巴上一小撮凌乱的胡须呈斑斑灰色。绣边帽放在桌子上的台账旁边。他三十出头，体格健壮，身材魁梧。从他伏案的样子，一看便知这人做事很专注，通身透着院子主人的派头。哈姆扎站在门口一言不发，等那人抬起头来，要么请他进办公室，要么把他撵走。那天上午很凉爽，再说他已经习惯了等。他在门口站了大约几分钟，时刻提醒自己千万不要表现得不耐烦或烦躁不安。那人猛然抬起头，那样子就好像他早就注意到他站在门口，突然间失去了耐心似的。他把眼镜架在头顶上，带着从容的自信看着哈姆扎，这种自信是只有在这个世界上找到了自己合适位置的人才会有的。他皱了皱眉头，但没有说话，而是在等哈姆扎自报家门，说明来意。不一会儿，他轻轻努了努下巴，哈姆扎认为这是对方在霸道地请他说话。

"我是来找工作的。"他说。

哈姆扎说话声音太轻,那人把手罩在自己的左耳上。

"我是来找工作的。求您了!"哈姆扎提高了嗓门,同时还加了句礼貌的话,因为他在想,这人是不是想让他求他,想让他表现得更谦卑。

那人将身体靠在椅背上,双手交叉放在脑后,活动了一下肩膀,舒缓了一下工作的疲劳。"你想找什么样的工作?"他问。

"什么工作都行。"哈姆扎说。

那人笑了笑。这是充满狐疑的苦笑,是一个疲惫之人因自己的时间被人浪费掉而发出的苦笑。"你能做什么呢?"他问道,"体力活?"

"先生,"哈姆扎耸了耸肩,"没错,不过我还可以干别的。"

"我这里不需要干体力活的。"那人用打发他走的口气突然说道,然后又埋头去做台账了。

"我会读和写,"哈姆扎口气中带着一丝不服气说,可顿时想起自己眼下的处境,便又说道,"先生。"

那人直盯着他,等他说得准确、详细一些。"你念到几年级?"他问。

"我没上过学,"哈姆扎说,"有人教过我一点……后来我大部分时间都是自学的。"

"你是怎么自学的?哦,别在意!你会记账吗?"那人指了指账本问道,但哈姆扎知道他这话不是认真的。他觉得,商人是不会让一个陌生人来帮他记账的。

"我可以学。"踌躇了良久,他才说道。

那人叹了口气,摘下头顶上的眼镜,用右手掌揉搓头皮上的头发茬子,搓得头发沙沙作响。"你会木工吗?"他问道,"我车间里倒是可以招人。"

"我可以学。"哈姆扎把刚才的话又重复一遍。那人又笑了,不过这一次表情没有那么痛苦,甚至有些和蔼可亲了。从他的微笑中,哈姆扎感到了一线希望。

"这么说,你不会木工,可你会读和写。以前你是干什么的?"他问。

哈姆扎没想到他会问这样的问题,他意识到自己本该做过什么才对。他费了好一会儿工夫才回答,搞得那人又把眼镜架到鼻梁上,埋头做台账去了。哈姆扎就站在门里,等那人写着什么。他不知道,自己该不该趁那人没有生气和对他不客气之前离开,但他就像瘫了似的,站在原地一动不动。就这样过了几分钟,那人疲倦地盯着他看了良久,盖上笔帽,拿起帽子,对哈姆扎说:"跟我来。"

就这样,他歪打正着地给商人纳瑟尔·比亚沙拉打起工来。商人后来告诉哈姆扎,他雇他是因为他喜欢他的模样。哈姆扎当时二十四岁,没有钱,也没有住处,在一个他曾经生活过但对它知之甚少的小城,身心疲惫,还拖着病体,他实在想不出自己的模样有什么讨商人喜欢的。

纳瑟尔·比亚沙拉把他带到院子里,把包装箱旁边的男孩叫过来。商人比伏案工作时看起来要矮,但他迈着轻快、利落的步子走出办公室,没等男孩朝他们走过来,就冲他吩咐起来。

"把这个人带到仓库去。你刚才说你叫什么来着?告诉哈利法我很快就过去。"商人对男孩说。事后他才得知,男孩叫松古拉,但这不是他的真名,因为松古拉是"兔子"的意思。他事后还得知,他不是个孩子,而是个成年人,虽然身材像个十二三岁、形容瘦弱的孩子,但仔细一看,他那张脸表情丰富、面色苍白、饱经沧桑,与他乍看上去所感受到的完全不同。他的相貌特征有些眼熟,分明的棱角,高高的颧骨,尖尖的下巴,细细的鼻子,紧蹙的眉头:一张科伊人①的脸。这几年,哈姆扎见过许多科伊人的面孔。但这张脸长在这么一个病病殃殃十几岁孩子般弱不禁风的身板上,让人觉得有些阴险。更可能是,这不是一张科伊人的脸,而是一张他从来没有见过的脸,说不定是马达加斯加、索科特拉②,或是他从未听说过、八竿子都打不着的什么岛上的人的脸。自从最近这场战争以来,他们的世界到处都是奇奇怪怪的面孔,尤其是在这样的沿海城镇,因为沿海城镇总是吸引五湖四海、四面八方的人争先恐后地往这里跑。但,也许都不是,这只是一个在贫困和凄苦中长大的人的脸,一个尝遍了人间疾苦的人的脸。

松古拉在前面带路,哈姆扎跟在后面走。就在两人从修车的那两个人身边走过时,跪在地上的大个子冲松古拉发出一阵吮吸声和亲吻声,还用垂涎的挑逗方式眉目传情,表示他已经快控制不住自己的欲望了。他的脸圆乎乎的,满脸都

---

① 科伊人(Khoi):居住于非洲西南部的民族。
② 索科特拉(Socotra):属也门共和国,位于亚丁湾与阿拉伯海之间的群岛。

是又粗又硬的胡子茬。另外一个人穿着破破烂烂的白棉布五分短裤，傻乎乎地笑着；在院子里这个恶霸的一亩三分地里，他显然只是个奴才。松古拉虽然什么都没说，表情也没有变化，但哈姆扎感觉到他吓得身子直往后缩。他的举动告诉哈姆扎，对这种礼遇，他已经习以为常了，而且经常被迫去干一些有辱人格的破事。两人出门转到大路上后，他放慢脚步，瞅了一眼哈姆扎的髋部。这是在告诉他，他已经看到他走路一瘸一拐的了——一个残疾人在挑另一个残疾人的刺儿。他是在催他跟上。

两人慢慢走过尘土飞扬、人头攒动的街道；道路两旁的商店里，商品琳琅满目：衣服、煎锅、炖锅、祷告垫、凉鞋、篮子、香水和熏香，时不时还能看到水果摊、咖啡摊。早晨天气正在转暖，但还不热，所以路上的行人虽然你推我搡，但还是好性子。手推车在行人中横冲直撞，推车人高声吆喝着让人闪开；自行车玎玲作响，在拥挤的人群中穿行。两个老妪旁若无人地慢吞吞走着，犹如溪流中的两块岩石，行人碰到她们都绕着走。

几分钟后，两人走进一条宽阔的林荫道，才松了一口气。道路通往一片空地，空地的周围是连片的仓库。仓库共有五座，三座在一栋建筑里，另外两座虽然是独立的，但彼此紧挨着。纳瑟尔·比亚沙拉的是一座独立的仓库，位于空地靠近林荫道的角上。未刷油漆的木门半掩着，但光线太暗，里面黑咕隆咚，根本看不清仓库里存放着什么。松古拉一边朝门口走，一边大声叫嚷。哈姆扎觉得好像过了好几分钟，他又叫嚷，才从阴暗的仓库里走出一个人来。此人是瘦高个儿,五十岁上下的年纪,胡子刮得干干净净,头发灰白。他整整齐齐地穿着方格衬衫和卡其布裤子,看样子更像是坐办公室的,而不是库管员。他眉头紧锁,一脸不高兴地打量着两个访客,然后对松古拉说:"你干吗这么大呼小叫?你这个呆子,犯什么毛病了?"他说话的口气是动不动就挑刺儿和不屑一顾的那种,好像随时会骂出脏话来似的。他从口袋里掏出一块干净的手帕,擦了擦手。

在哈姆扎看来,松古拉的叫嚷声似乎算不上大呼小叫,可松古拉并没有顶嘴。"纳瑟尔先生说带他来。他自己马上过来。我这就走。"说完,他转身就走了。

"嗨!你在说什么?"库管员说,但松古拉继续走他的路,既没有回答,也没有回头。他走起路来虽然没有自信,脾气倒是挺倔。库管员对着松古拉离去的背影"哼"了一声,嘴里说了些什么,可哈姆扎没有听清。库管员抬起手跟哈姆扎打招呼,随后把门开大一点儿,指了指门里的一条长凳。他按照吩咐坐在凳子上,感觉库管员的眼睛在一直盯着他,打量着他。

"这怎么说?你是顾客?"他问。

哈姆扎摇了摇头。

"那他派你来干什么?"

"我是来工作的。"哈姆扎说。

"这他可没跟我说。"

被他当成哈利法的那个人在等他接着说下去,但看到哈姆扎没有要说下去的意思,便不耐烦地摇了摇头。他耐着性子又静静地站了一会儿,然后带着愠怒的听之任之的表情,一遍又一遍地慢慢点头。他又看了他一眼,长叹了一口气,随后便走进阴暗的仓库里去了。不管怎么说,这个人给人的感觉虽然脾气酸臭,但对人这种态度似乎大可不必。如果这位就是商人款爷希望他与之共事的人,那就听天由命吧。他可以学。

从外面看,这座仓库并不大,长不到六十步,大小与有六间屋的营房差不多。仓库是用珊瑚石和砂浆砌成的,有些地方的外墙已经腐蚀脱落,墙体裸露在外,屋顶的盖板是铁皮。虽然仓库有窗户,但都关着,只有檐口下的散射光照进仓库里面。哈姆扎的眼睛习惯了仓库里的昏暗之后,看到距离较近的一边放着许多板条箱和箱子,再往里,堆放着鼓鼓囊囊的麻袋。他以为自己闻到了木材和兽皮——可能还有机油——的气味,以及风化后的熟黄麻散发出来的浓烈气味。这些气味唤起了他对自己早年在这个小城生活的回忆。他朝门外的空地望去。一个人正从空地的对面走过,但除此之外,没有任何动静。这块空地很大,也许是因为空空荡荡才显得大。其他的仓库大门紧闭。虽然这里所有的建筑都没有遭到破坏,但这地方安静、凄凉,不知何故被人遗弃、闲置在这里。一个人的意志再坚强,在这种地方也会耗尽的。

他耐住自己心里的郁闷,摇了摇头,想甩掉这样的念头。帕斯卡尔常说,悲伤会消耗忍耐力。想起帕斯卡尔,他笑了。他很幸运,到城里后这么快就有望找到工作,但他还是应该谨慎从事,在确定得到这份工作之前,还是不要指望帕斯卡尔的祝福能给他带来好运。多年之后,经过好几个月的流浪,现在他又在一群像幽灵一样恶语相向的人中开始了新的生活。他回到这个小城纯属偶然。他逃离时，感觉活得一败涂地，但现在，他又回到曾经待过的地方，虽然年龄大了，但仍两手空空，一无是处，而且还落了个半残废。

哈姆扎不知道商人想让他干什么活。他坐在长凳上等着，低着头避开刺眼的阳光，能坐在阴凉的门口休息，让他心怀感激。髋部的疼痛缓解了一些，这一点他很清楚。这一天他从一大早就到处走，所以髋部疼痛。现在，他还不能长时间地走动，还需要时不时休息。眼下，他必须更好地应付髋部的疼痛，不然，疼痛就会把他压垮，把他变成废人。战争已经把许多人变成了废人。真是不堪回首！疗伤花了很长时间，但他最终还是痊愈了。离开布道院后，他过早地挑战自我，却忘了自己受伤的身体能干些什么。他必须更好地去应付。坐在长凳上，他心里清楚，自己已经累坏了，身体虚弱得快要虚脱了。他的头怦怦抽痛，眼睛生疼。他需要睡觉。他的身体虽然习惯了忍饥挨饿，但还没有习惯长期缺乏睡眠。

哈姆扎觉得自己听到了黑咕隆咚的仓库里传来微弱的声响。他很纳闷，仓库里这么暗，哈利法怎么能看见，怎么能这么静悄悄地走动而碰不到仓库里的东西。他坐在长凳上，不一会儿工夫，从眼角里瞅到有动静，结果惊讶地发现，哈利法就站在仓库里离他几英尺远的地方，用炯炯的目光看着他。哈姆扎的第一反应是把目光移开，但不一会儿又觉得，自己能感受到哈利法的眼睛在盯着自己脑袋的一侧。他再转过身来时，哈利法人又不见了。他并没有慌乱。哈利法表面上虽然很难取悦，但待人接物很得体，不会对他构成威胁，可哈姆扎很疲倦，对他古怪的行为只是稍微有些困惑不解。

商人纳瑟尔·比亚沙拉穿着一件奶油色亚麻夹克，头戴一顶奶油色亚麻帽，匆匆赶来。他准备去办别的事，是顺路过来的。哈姆扎从长凳上站起来，准备听候分派。"哈利法！"商人叫道，"他在哪儿？哈利法！"

不一会儿，哈利法走了出来。"我在，大老板。"他说，语气中透着一丝讽刺和戏谑。

"这是我们新来的，"纳瑟尔·比亚沙拉说，"我把他派到仓库来帮你。"

"帮我什么？"哈利法放肆地问道，"你在忙什么？"

商人没有理会他的挑衅，而是用强硬的口气一本正经地说话。"货要到了，你腾好地方了吗？他可以帮你。这批货这几天就该到了。"

"腾好了。"哈利法一边说，一边擦手，表示他吩咐的活已经干完了。

"那好，"纳瑟尔·比亚沙拉说，"他们一换完轮胎，货车就过来拉木材。可能还需要一会儿，他们要把换下的轮胎送到修理厂去补。这辆车真是烧钱。你就教教他吧。他可以帮忙装货。从现在起，就让他给我们守夜吧。你锁上门以后，带他到院子里去，这样他就知道该怎么做了。我现在得去银行了。"

"你叫什么名字？"商人离开后，哈利法问道。

"哈姆扎。"他说。

"哈姆扎什么？"哈利法这样问，让哈姆扎觉得他这人粗鲁得真是令人惊讶。他耸了耸肩,算是做了回应。这样的问题既然用这样的口气问,他就没有义务回答。他坐回到长凳上。"你父母姓什么?"哈利法似乎觉得哈姆扎没有听懂他的问题,于是又问道。

"不关你的事。"

哈利法笑了笑。"我明白了——想隐瞒什么,是不是?没关系。你可以先打扫一下这边的垃圾,"说着,他指了指仓库门前的区域,可仓库门前基本上没有什么垃圾,"扫帚就在门后面……不要弄得到处都是尘土。快点,快点,你到这儿不是来歇着的。"

这种粗蛮的态度让哈姆扎很不解。他按照吩咐打扫了院子,在门口堆了一小堆灰尘和垃圾,然后坐回到长凳上。货车来拉木材时,哈利法打开一扇栅窗,傍午的阳光顿时泻进仓库里。哈姆扎早先在院子里看到的那一对活宝中的大嘴巴名叫伊德里斯。哈姆扎帮他那破衣烂衫的同伴装木材,他却一边抽着烟,在仓库的阴凉里无所事事地闲逛,一边吆五喝六地鼓噪着两人加油干。这些都是粗加工过的板材,准备运往木材场的家具车间。这些板材呈淡粉色,哈姆扎忍不住弯腰去闻木头的香味。哈利法站在仓库门旁,袖着手看他们搬。没几分钟,车就装完了;之后,哈利法坐在长凳上,哈姆扎就坐在不远处的一个板条箱上。看样子再没有什么事可做了。他想问哈利法这种木材叫什么,但看到他脸上时不时露出不以为然的表情,还是忍住了。

"给我们守夜。"哈利法说着,不屑地冲着哈姆扎笑了笑,然后把目光转到外面的空地。"他把你弄来到底要干什么？他这是在干什么？他答应雇你当库管员了？给我们守夜！只要看你一眼，强盗都会吓得屁滚尿流，赶紧逃跑，唯恐把小命丢了，对不对？我们的款爷雇了个守夜的！为什么现在雇？这么多年，这里一直放着值钱的东西，他可从没想过要雇个保安。他会给你一条美国被单让你夜里盖在身上，还会给你一根小木棍，让你整夜坐在这里，跟妖魔鬼怪混在一起。有时候一说到钱，他就紧张兮兮。大概是他新买的这台设备。你长得不像个保安呀。保安都膀大腰圆，皮肤都油光光的，连裤裆里的那玩意儿都长得很大。我实在想不通他为什么选你这样弱不禁风的人做保安。"

面对这种无缘无故的非难，哈姆扎笑了笑，但也想不出什么话来反驳。他自己本来也不想给人家当值夜班的保安。

"看样子你身体不好吧，"哈利法说，"你肯定是戳中他心里哪一条好一点儿的神经，让他想起了自己忧心忡忡的岁月。有时候，他会突然冒出些愚蠢的想法。你听见了吗？他是做大生意的。我现在要去银行。真是个大忙人呀！"

哈利法长长地叹了一口气，闭上眼睛，向后倚靠在仓库门上。他的脸很窄，有点像苦行僧，说不定是一个饮食有度的人的脸，或者是一个尝过痛苦和失败的人的脸。想到要在这样一个整天拉着脸、满腹牢骚的人手下干活，哈姆扎心里默默地叹了口气。

"用不了多久，这里就什么都没有了。"沉默了良久，哈利法说道。他动了动嘴，好像要把嘴里的什么东西吐出来似的。"这地方本该还是原来的样子：到处都是做买卖的，各色的人混在一起，讨价还价——那边的摊子是卖咖啡的，用手推车把东西从港口运来倒卖的，驾着加里车①卖水果的，推着小车卖冰淇淋的，到处都吵吵嚷嚷、忙忙碌碌。那边现在用木板封起来了，原来是家咖啡馆，不过，里面还有人在卖果汁和木薯。这边过去有一根竖着的水管，里面的水很干净，可以喝。现在你瞅瞅这地方。根本没人来。萧条得已经不能再萧条了。那边的几座仓库——"他指的是那座有三个仓库的建筑，"——一个承包商从博拉②大款阿利迪纳手里接手了这些仓库。那真是个人物！你听说过博拉阿利迪纳吗？那几个仓库都是他的，不过在这一片许多国家都有他大大小小的仓库，一直到大湖区③。他一直与印度、波斯、英国和德国做贸易。原来这些仓库里存满了谷物、糖和大米，现在里面放的是水泥、坐便器和水管之类的东西。你会看到，每隔一天，承包商就派辆卡车来，装上货，然后运走，去给有钱人家装修豪宅。以前这地方总是人来人往，跑来做买卖，整个地方熙熙攘攘，生意红火。可现在，这里只不过是比我们更有钱的人存放货物的地方，可存放的东西我们根本买不起。"

哈利法又沉默了一会儿，心里非常窝火，时不时不满地瞅哈姆扎一眼，似乎在等他做出回应。"你怎么回事？你不

---

① 加里车（gari）：一种两轮马车，可载货，亦可在城市充当出租车搭载两名乘客。
② 博拉（Bohra）：什叶派穆斯林一个分支的称呼。
③ 大湖区（African Great Lakes）：非洲中东部包括维多利亚湖、坦噶尼喀湖和马拉维湖在内的一系列湖泊，大部分位于东非大裂谷。除坦桑尼亚外，大湖区的沿岸国家还包括埃塞俄比亚、肯尼亚、乌干达、卢旺达、布隆迪、刚果民主共和国、赞比亚、马拉维和莫桑比克。

会说话吗?"他吸着腮帮子,撅着下巴颏,就好像在嚼什么酸东西似的,最后问道。哈姆扎坐在那里一言不发。就这样,两人默默地干等着,过了一会儿,他觉得哈利法的怒气消了,听到他的呼吸变了,气息平缓了。他再次开口说话时,语气中的敌意较之前少了许多,就好像不管此前惹恼他的是什么,他都认输了。

"另一座仓库,是那个中国人的。"他指了指另一座独立的仓库。"他家仓库里存的全是些晒干的鱼翅、海参、韦普萨——你知道的,犀牛角——还有中国人喜欢的其他东西。他把这些东西存在仓库里,每隔几个月,攒多了,就装船运到香港。我认为这是非法的,但他知道该怎么绕开麻烦,怎么让海关那帮小子高兴。中国人就喜欢这些东西,吃了壮阳。那个中国人,他从来不休息,也不让家里人休息。你见过他的房子吗?后院里晾着一盘盘面条,前面泥塘里养着一群群鸭子,他的杂货铺从天亮就开门,一直开到大半夜……不管什么时候,他都像苦力一样穿着短裤和汗衫,没黑没白、每时每刻地干。你听他说过话吗?他说起话来就跟你和我一样……根本没有你听中国人讲话时听到的那种'伐伐伐'的口音。他所有的孩子也都这样。如果你闭上眼睛听他们说话,你永远猜不出自己是在听中国人说话。你听他们说过话吗?"

"不,没有。"哈姆扎说。

哈利法看了他一会儿,然后说道:"你不认识那个中国人?我不记得以前见过你。你是外乡人?"

哈姆扎沉默了一会儿。"不全是。"他说。

"不全是什么？还藏着掖着，"哈利法疲惫地笑着说，"你为什么不干脆撒谎呢？撒谎更容易，也免得给你惹麻烦。只要撒个谎，就一了百了啦。否则，听上去就像你在隐瞒什么似的。"

"我对这里并不陌生，"哈姆扎说，"几年前我在这里住过，可后来就离开了。"

"你父母是谁？"哈利法又问道。

"他们住得很远。"哈姆扎按照哈利法的吩咐撒了谎。

"你四处流浪，离家这么远啊？看样子是，"哈利法脸上带着一丝轻蔑的表情说，"告诉我，你打过仗吗？我刚看到你的时候就觉得你打过仗。看你的样子就像无业游民。"

哈姆扎耸了耸肩，没有回答，哈利法也没有逼问他。听到召唤响礼过后不久，哈利法锁上仓库的门，两人便走回木材场大院。此时天气正热，但还没有热到受不了的程度，两人惬意地走着，一直走到商店林立的繁忙大街上。路两边商户们摆在门外面的货物加剧了道路和人行道的拥挤。正午的人群可谓是混乱、嘈杂，人们动辄恶语相向，两人只好推搡着穿行在人群之中。这些人也都是急匆匆赶路，要么回家，要么到市场上买东西，要么就是急火火赶往清真寺。纳瑟尔·比亚沙拉还没有从银行回来，哈利法就在商人办公室外坐下来等。哈姆扎走到现在已经安静下来的车间，他是被车间里木材和树脂的气味吸引过来的。他看到一位上了岁数的老人坐在角落里绣帽子。他抬起头从眼镜框上方看了一眼，又埋头做刺绣去了。哈姆扎以为，这个钟点是木匠的午休时间，于是打了声招呼，便准备退出来。

车间里摆满了各式各样的木制品：一把躺椅；几张小桌子；一条雕刻精美的长凳；一个餐橱——上面摆放着碗之类的小物品；几个橱柜——有些是青铜色的木料，有些是浅色的木料，其中许多还没有完工。看样子木匠同时在做几件家具，不然就是木匠不止一个。

车间里，木材味很浓，哈姆扎想知道这些都是什么木材。在布道院修家具时，他只是笨手笨脚的新手，干的都是修理松动或散架的家具。他对木材一无所知，但他认为木材的气味是纯天然的，有益于身心健康。他从地上抓起一把刨花，使劲闻了闻。老人停下手中刺绣，抬起头来说道，"绿柄桑木"；哈姆扎心存感激地把这个名字记了下来。他走向另一堆刨花，清香就是从这堆刨花发出来的，还没等他伸手去抓，老人就说了声"松木"，然后就像玩游戏似的笑了笑。"绿柄桑木永远都用不坏，比金属还硬，"他说，"你要买家具吗？"

"不，我是来给商人打工的。"哈姆扎说。老人嘟哝了句什么，又埋头绣帽子去了。

哈姆扎退出车间，回到院子时，发现哈利法已经走了。他坐在阴凉地里等商人，一直等到下午人们开始悠闲地回来上班。一个他以前没见过的人穿过院子朝车间走去。他的头发乌黑锃亮，束在脑后扎成了马尾辫。他漫不经心、不慌不忙地走着，从松古拉身旁走过时，冲着松古拉说了一堆脏话。嘿，你这个小杂种，告诉你妈抹好油。我今晚去接她。松古拉像个被戏弄的孩子，咯咯地笑着，露出满嘴参差不齐的牙。

整整一个下午,哈姆扎都坐在那里等。他看到伊德里斯和他的同伴在货车里躺了一两个小时,然后就开溜了。老木匠和他那油头粉面的助手关上车间门离开时,他还坐在那里等。等了这么久,他觉得很傻,但他无处可去,他很累,不知道商人是不是还记得他的存在。几小时后,商人回到院子,此时正是穆安津召唤人们做晡礼的时候。院子里只剩下松古拉一个人在等着锁门。看到哈姆扎在等他,纳瑟尔·比亚沙拉非常吃惊。

"你在这里干什么?"他说,"你一直在这里等吗?怎么回事?现在回家吧。从明天开始,你就在仓库上班。"

九

哈姆扎没有地方住,当天晚上便睡在了仓库门口。他在大街上逛了一会儿,寻找自己认识的地方,不过大都认不出来了,而且经常是搞不清自己在哪里。他跟随人流的方向走,不一会儿突然发现自己居然走到沿海公路。他顿时觉得有点儿认出来了,心中未免窃喜,于是顺着沿海公路一直走,寻找他小时候住过的房子,可是没能找到。他自以为找对了地方,但房子说不定拆了,原来的地方盖起了别的房子。当时这个小城属于德属东非,现在是英国的殖民地,但仅凭这一点,并不能说明一座带有围墙花园、前面还有个店铺的房子就凭空消失了呀。看样子小城发展得太快,有些街道已经没有了。他才离开七年,小城不可能变化这么大。或许他找错了地方。他以前住在这里的时候,很少走出那座房子,总是待在店铺里,担惊受怕地度日。或许他忘记了他认识的那几条街;或许 路走来,在经历了种种残酷现实之后,让他失去了一部分记忆。他太疲惫了,或许疲惫又让他进一步觉得这里的一切都很陌生。有些人似乎认识他,跟他打招呼,冲他微笑,或是友好地挥挥手,甚至握握手,但他知道他们不可能认识他。他们肯定是认错了人。不管怎么说,反正他不认识他们。

天快黑了,他回到仓库。空地的远角处有一盏路灯,虽然灯光暗淡，而且让四周显得更加昏暗，但在一定程度上也缓和了令人不安的空寂感。他知道在这条林荫道的尽头有座清真寺，因为他中午听到过穆安津的召唤。他到了清真寺，洗了个澡，然后参加祷告。参加祷告的人们胡乱给他腾了个地方，他在那里待了一会儿，为的就是有个伴儿。晚上清真寺要关门了，他便回到仓库，在上午他打扫过的地方，用装着他所有家当的布包当枕头，在门前躺了下来。虽然非常疲倦，可他没怎么睡。他左半边身子疼痛不止，蚊子也不放过他。几只猫在附近游荡，在看不见的什么地方哀号，时不时在黑暗中瞪着他。他稍微打个盹儿，又被各种各样的梦惊醒：从黑暗的空寂中坠下；从倒下的尸体上爬过；一张恨之入骨到扭曲的脸威逼着他。有喊杀声、击打声，半透明的血淋淋内脏从远处群山上流淌下来。

他经常做一些让他心神不宁的梦。在听到晨礼祷告的召唤后，他便再去清真寺洗了个澡，之后才放松下来。

哈利法来到仓库后，惊讶地发现哈姆扎垂头丧气地坐在地上，身体倚在仓库门上。他戛然止住脚步，瞪眼看着他，故意表现得非常吃惊。"你这么早来干吗？现在还不到七点呢，"他说，"你住在附近？"

哈姆扎身心疲惫，想掩饰也掩饰不住了。"我睡在这儿了。"说着，他指了指门口的地面。

"他没让你睡这儿呀！"哈利法说，"你是什么人？像个小流氓，睡在大街上？"

哈姆扎没有回答。他小心翼翼地站起身来，把脸转过去，躲开了哈利法愤怒的目光。

"货到了以后，他才需要看门的呢！"哈利法说，那口气简直就像在跟一个傻瓜解释什么似的，"他正准备投资一个新项目，买了一套渔业机械，所以担心渔民会撬开门偷。那些渔民吸了印度大麻后，总是疯疯癫癫，但我觉得他们根本不会偷。你没必要睡在这儿。他没有让你睡在这儿吧？"

"我没地方可去。"哈姆扎说。

哈利法目不转睛地瞪着他，等着他支支吾吾地瞎编，看到他不再编下去，便上前一步，走到仓库门前，打开挂锁，哈姆扎赶紧让开。哈利法推开一块门板，刚走进去，便马上退了出来，脱口说道。"你没地方睡觉，你什么意思？你没有认识的人吗？我记得你说过你在这里住过呀。"

"很多年前，在城外。我不知道那些人是不是还活着，"哈姆扎说，"即便还活着，他们大概也不想听到我的消息。"

哈利法沉默了片刻；他眉头紧锁，踌躇不定，眼睛里充满了疑惑。"这么说，你就睡大街，像个无业游民？你父母叫什么？你不能睡在大街上，"他气哼哼地说，"你这样会受伤害的。你没有认识人可以去投靠？你就没钱？"

"我才刚刚到这里。"哈姆扎说，似乎这样的解释已经足够了。

"你昨天为什么不向他要钱？纳瑟尔，你为什么不让商人先付你点儿工资？"哈利法气冲冲地问道，见哈姆扎没回答，又问道，"你上顿饭是什么时候吃的？你是谁啊？傻瓜，什么信徒吗？"他抓起哈姆扎的右手，把一枚硬币"啪"地放在他手掌心里。"去，找家咖啡店，喝杯茶，吃块面包。去，走吧！待会儿再来。"

哈姆扎不好意思要求商人预付工资，因为他担心商人万一拒绝或是反悔了，不再给他这个工作机会。他甚至连工资是多少都没问。他没有对哈利法说这些，而是按哈利法的吩咐，找了一家咖啡店，吃了块面包，喝了一大杯茶。他回来后，哈利法也没有理他——哈姆扎心想，很可能是因为他觉得他太没用，不值得去劳他的神。傍午时分，承包商的卡车来了，三个工人把一袋袋水泥和一根根钢筋装上车，然后开走了，司机身体伏在喇叭上，那样子就像在小心翼翼地通过拥挤路段似的。那个中国人也来了，整齐地穿着衬衫和长裤，半路上停下来跟哈利法说话。就在他们说话的当儿，哈利法瞅了哈姆扎一眼，似乎在说，听他说话……这个中国人说话就跟我们一模一样，根本没有"伐伐伐"的口音。

商人木材场的货车也来了，这次送来的是松古拉头一天一直忙着包装的盛满碗和小橱柜的板条箱，卸完货后，又装了一些木材。哈利法告诉哈姆扎把板条箱堆放在什么地方，还告诉他仓库里存着什么货，又是如何分门别类存放的。这边是木材，那边是成箱的首饰盒，再那边是成袋的小米，这边架子上是稻草包裹的一包包乳香精油。他给他看了记录所有进出货的台账。你识字吗？他问。哈姆扎点了点头，哈利法狠狠地瞪了他一眼。你会写字吗？他问。哈姆扎又点了点头，哈利法苦笑了一下。他一直怀疑商人雇用哈姆扎的动机，这下子他的怀疑坐实了。他是在让你等着接我的班，对不对？不管怎么说，哈姆扎开始上班第二天的上午就一直忙碌。空地原来是工场，并不是静悄悄、被废弃的荒地。一直

...... 182

忙到接近晌午才消停下来,哈姆扎也才让自己疼痛的双腿休息下来。

"你怎么了?"哈利法指着他的髋部问道。他的眼睛先上下打量着哈姆扎的腿,又盯着他的脸。"你是有病?还是受过伤?"

"受过伤。"哈姆扎说。

"怎么回事?"哈利法又问道,"你打过仗?"他一边问,一边不耐烦地撅了撅下巴,就好像对哈姆扎慢吞吞的回答越来越恼火似的。

"一场意外。"说完,哈姆扎将视线移开。如果哈利法再刨根问底,他就准备站起来躲开他,他可不喜欢被人问这问那的。

但哈利法哈哈笑了起来。"我明白了,你嘴巴很严,心里藏着见不得人的秘密,"他笑着说,"可我喜欢你的模样。我可以给你讲讲别人的事。听我说,这个地方不安全,你不能露宿街头。你不知道谁或是什么东西夜里在这些空旷的地方到处游荡,也不知道什么人趁着黑夜到这里来干什么。深更半夜到这里来的人肯定不会做什么好事。万一出什么事,不会有人来帮你。你应该睡在仓库里,把自己锁在里面,但纳瑟尔在没搞清楚他可以信任你之前,是不会让你拿钥匙的。"

他停了一下,等哈姆扎说话,但他一声不吭。哈利法无奈地叹了口气。"你明白我在跟你说什么吗?睡在大街上不安全,"他说,"我家房子外面有个储物间,你可以用几天。我以前把储物间租给了一个剃头匠。他租了差不多两年，后来突然走了。剃头匠的椅子和镜子还放在里边。可怜的家伙，我不知道他出了什么事。没准儿哪一天他准备重操旧业了，又跑回来取他的椅子和镜子呢。

"如果你想住，可以在那里住几天，但只能住几天。我知道你比叫花子好不到哪里去，所以跟你要房租也没啥意思，至少眼下是这样。你可以在那里住上一周，没准儿两周，住到你把事情搞定为止。别觉得你可以长期住在那里，我也不希望你把乱七八糟的女人或狐朋狗友带过来。只是给你个可以安安稳稳睡觉的地方。一定要收拾得干干净净，明白吗？"

这个慷慨的提议、早上的那枚硬币，还有与他那种易怒的态度和尖酸的外表相伴相随的善良，让哈姆扎顿时对哈利法另眼看待了。我喜欢你的模样，他刚才说过。纳瑟尔·比亚沙拉对他也说过这句话。以前哈姆扎也曾碰到过，他的模样出乎意料地为他赢得了人们的善举。德军长官也说过这样的话，而且不止一次。

*

哈利法家的房子只有一层，没有二楼。房子的一边与一处更高的房子相连，另一边是一条小巷。哈利法把它称为"茅舍"，不过房子并不是茅舍。房子前面是用雨篷搭出来的一大块门廊，门廊旁边就是缩进去的前门。门廊的雨篷用两根涂了厚厚油漆的红树木柱子撑着。哈姆扎即将住进去的储物间在门廊对面，储物间的门直接开向小巷。房间不大，正像哈利法说的那样，里面有一把理发椅，桌子上放着一面镜子，靠墙还有一张木凳，是给等候理发的顾客坐的。哈利法打开装有实木护窗的窗户，小屋里顿时敞亮起来。哈姆扎轻而易举地想象得出小屋作理发店时的样子：一两位顾客坐在那里，一边等理发一边聊天；空闲的时候，剃头匠的某个朋友就来闲聊。他以为自己在水泥地上看到了混在一起的头发和灰尘毛絮，不过，这或许只是他的想象而已。哈利法一只手伸出窗外，但仍握着窗闩，站在窗前看着他，虽然一如既往地皱着爱挑刺儿的眉，但嘴角却得意地动了动。"这里还合足下的意？"他问道。

哈利法把挂锁的钥匙递给哈姆扎，还给他拿来一把扫帚。他清扫了蜘蛛网和地面，把镜子翻过来靠在墙上，重新摆放了家具，腾出一个睡觉的地方。随后，他坐在椅子上，靠在剃须枕上，自己的运气这么好，让他心里美滋滋的。门外的小巷被更高的房屋遮挡得非常阴暗。人来人往已经把土路踩结实了，哈姆扎坐在屋子里，人们从窗前走过，都会从敞开的房门往里瞥一眼。他关上门，一动不动地坐了好长时间，好几个小时，尽情享受着这间阴暗牢房给他带来的安全感。

他听到穆安津在召唤人们做昏礼，可召唤的次序有点乱。他数了数，一共有四个穆安津在召唤。多年前他就记得，小城里有许多清真寺。他曾想，他会去找一座清真寺，去洗个澡，同时也好有个陪伴。他到过的许多地方都没有清真寺，他想念清真寺，不是为了做祷告，而是为了寻找那种感觉。在清真寺里，他总感觉自己是众多信众的一员。他立马站起来，趁还没有失去勇气，赶紧去找清真寺。到了清真寺,他不用跟任何人说话,只要低着头悄悄地坐那里,等着与其他信众排坐在一起就可以了。祷告结束后,他默默地与坐在两边的人握握手,便自己走自己的路。

在灯火通明的街道上,他经过林林总总的商店、小卖部和咖啡店。人们三三两两地要么散步,要么坐着;要么聊天,要么打量着过路的行人。人们似乎都很安闲,很满足,他不知道这是不是因为他住的小城的这块地方与其他地方不同,比其他地方更繁华;是不是他走在大街上的钟点不同,人们正好安闲下来;是不是人们之所以安闲,就是因为倦怠。他回到家时,发现哈利法坐在门廊的垫子上,门廊上已经点上了灯。他招手让哈姆扎过去跟他坐一坐,还从烧杯里给他倒了一小杯咖啡。

"吃了吗?"他问。

他走进屋子,端出来一盘煮熟的绿香蕉和一壶水,哈姆扎心怀感激地接了过来。哈利法的朋友们到了后,哈姆扎跟他们打过招呼,出于礼貌,又多待了几分钟,这才退回自己的小屋。黑暗中,他躺在光秃秃的地板上,久久无法入睡,脑子里总想着自己早年在这个小城的岁月,想着从那以后他失去的所有人,想着自己受过的种种屈辱。他别无选择,只能接受命运给他安排的这一切。他早年在这个小城犯过的最严重错误就是他担心受辱的结果,这期间他失去了一个像兄弟一样的朋友和一个他正学着去爱的女人。战争碾轧了他心中这些美好的东西,让他看到了一幕幕触目惊心的残暴场面,正是这种残暴让他学会了凡事要谦虚谨慎。想到这些,他心里很难过,他认为这是一个人根本摆脱不掉的命运。

＊

接下来的几天里,哈姆扎觉得哈利法对他说话已经不再那么带刺儿了,他还给他提了一些建议,而他也是全盘接受了他的建议。一天下午,哈利法一再要求哈姆扎向商人要一部分工资。在回家路上,两人在木材场停下来,哈姆扎在办公室找到了商人,请他从工资里先支给他一些钱,哈利法就站在门外,虽然看得见办公室里的情景,但听不到他们在说什么。哈姆扎看得出,商人很不高兴,但他不知道最让他恼火的是哈利法在场,还是他向他要钱。

"你在这里只待了三天,就已经要工资啦。干完活儿你自会拿到工资,没干活前不行。"纳瑟尔·比亚沙拉说话没有丝毫妥协的余地。那就是五天,但哈姆扎静静地站在他跟前,既不恳求,也不哀求,最后纳瑟尔·比亚沙拉给了他五个先令,又专心做台账去了。"别再玩这种把戏啦!"他做着账,头也不抬地说。

两人往家走时,哈利法呵呵笑了起来。"真是个可悲的守财奴,小气鬼!他认为他可以待人像粪土。隔壁烤小米面包的老太太的钱他都敢欠。他让老太太每天给他送一条莫法面包①,又不给人家钱。你应该看看,为了做那样的小面包,老太太出了多少力。她必须头一天晚上先把谷物泡好,再在臼子里把谷物捣碎,搅拌、揉搓,然后再放到后院的土炉里烤。出了这么大的力,一块面包只卖两毛钱。就这么点

---

① 莫法面包(mofa):一种馍状面包。

儿钱,这个可恶的款爷非得等老太太向他讨,他才肯给人家。"

两人到了家。他看得出,在损了纳瑟尔一把之后,哈利法心里很痛快。"进来吃点东西吧。"他慷慨之情溢于言表地说。"喂,来客人啦。"他一边开门,一边高声叫道。

这是哈姆扎第一次踏进屋子,他都怀疑这种过分热情的款待是不是来得太快了。就这样把一个或多或少根本不了解的人请进家里是不多见的。他已经渐渐了解到,哈利法这个人让人捉摸不透,两人第一次见面就让他产生了误会。他每次发脾气都持续不长,对他,哈利法已经出乎意料地表现出慷慨大方。哈姆扎几乎没有过正常的家庭生活,只在小时候有过一段短暂的家庭生活。后来,他住在一家店铺的里面,再后来有很长一段时间,他过的都是亡命天涯、四处奔波的日子,所以,他脑子里只剩下早年的记忆,并不真正了解家庭生活中什么该做和什么不该做。

房子里面有两个房间,前门两边一边一个,一间厅堂直通后门,打开后门便是一堵墙围起来的后院。从小巷里走的时候,他看到过那堵墙的背面。哈利法把他领进左边的房间,房间地上铺着一块编织垫,靠墙放着几块靠垫。很显然,这个房间是接待客人用的。他让哈姆扎在房间里单独待了一会儿,然后回来请他来跟家里人见见面。哈姆扎跟着他走到通往后院的门口,等着哈利法招呼他。一位四十多岁、体态丰腴的女人坐在遮阳篷下的矮凳上做饭。她左边是一个火盆,上面放着一口锅;右边的脚下是一口土锅,上面盖着秸秆锅罩。她的头上裹着肯加巾,肯加巾在她的额头和脸颊上裹得很紧,勒得她的脸看上去鼓鼓囊囊的。很显然,围巾是在哈利法说来客人了之后才裹紧的。虽然裹得很紧,但几绺灰发还是露了出来。她看了哈姆扎一眼,没有说话,也没有笑,只是带着一副厌恶的表情紧张地盯着他。哈利法介绍说,这是他妻子阿莎太太;哈姆扎说,您好。可她仍无动于衷,也没有跟他打招呼。

"这就是你给我说过的那个人?你把不属于你的房子给了他的那个人?你给我们惹来了麻烦。"她说,口气不但强硬,而且充满了怒气。说话的当儿,她瞅了一眼哈利法,然后又把目光转向哈姆扎,一动不动地盯着他。"他是哪里人?我们知道他是哪里人吗?你根本不了解他,可你却把房子给了他,就好像这房子是你的一样。"

"别这么说话。"哈利法不耐烦地说。

"你看看他。丧门星,"她甚至还提高了嗓门,而且明显带着怒气,"只会招惹麻烦。你把他带到家里来睡觉、吃饭,就好像我们家是开福利院的,而你名下什么都没有。一再地得寸进尺。现在你把他带进家里来,这样好让他仔细看看我们,然后再打主意准备怎么收拾我们。你不认识他的家人,也不知道他去过哪儿,干过什么坏事,但你根本不在乎这些,仍然把他领进家里。这样他就可以想怎么害我们就怎么害我们了。你满脑子全都是垃圾!"

"别这么说话。就算不了解,也别把人家想得这么坏。"哈利法说。

"我告诉你,你看看他。废物一个,"说话间,她的脸都气歪了,"丧门星!他就是个丧门星。只会惹来麻烦。"

"好啦，给我们上饭就得啦！"说着，哈利法用胳膊肘轻轻朝屋里怼了怼哈姆扎，示意他进屋去，"回屋吧，我马上来。"

他回到客房，坐下来等着。这种意想不到的蔑视态度让他非常震惊——废物一个——不过，他再没去仔细想这种事。这种事容他以后再去想吧！现在，他只希望哈利法赶紧回来，把他打发走。也许阿莎太太身体不好，所以才发脾气，但更可能的是，她就是一个为人刻薄、精神错乱的女人。他认为自己从她的眼神中看到了这一点，精神有些不正常。哈利法端着两盘咸鱼米饭进来时，也是怒气冲冲，看样子他和妻子吵了一架。两人安静地胡乱吃过了饭。之后，哈利法出去洗手，随后招呼哈姆扎。阿莎太太不在后院，他按照哈利法的吩咐在水池里洗了手。他第一次看后院时，曾注意到过一个姑娘或女人蹲在遮阳篷另一边的仓库或房间门边的角落里。他猜想她是个女佣，此时此刻，在他洗手的时候，他看到女孩正在角落里的水管旁刷锅。她裹着头，也没有抬头看，所以他看不到她的脸。他跟她打招呼，她头也没抬地回了一句。

*

哈利法和阿莎太太彼此间用这样的方式说话比以前更加频繁了。对哈利法，她总是夸张地做出严厉状，让她看起来比实际上更加不满，这就给了她说起话来令人无法容忍的特权。这并不是说，她说起话来言不由衷；也不是说，在养成这种性子后，她说起话来总是言不由衷。家里的大多数事情，她过去总是说了算，现在已经习惯了自己的这种支配地位。哈利法则扮演起了一个宽容、受虐丈夫的角色，凡事也乐得逆来顺受，但必要时又能跺跺脚说了算数。有时候，夫妻俩之间的分歧会以难以察觉的相视一笑而告终，那样子就好像两人都看穿了对方的把戏。但最近一段时间，她跟他说话的语气常常既刺耳又多疑。每次他找种种理由辩解时，都会气到哭丧着脸苦苦哀求的程度，或者干脆对她粗暴无礼，嗤之以鼻。

阿菲娅不明白阿爸为什么把这个人直接领进家里来。他以前从没把人领到家里来，或者自从她和他们住在一起以来没过。伊利亚斯来串门时，也从未走到客房后面去，都是阿莎太太出来跟他打招呼。阿爸肯定知道，这样把根本不了解的人带进家里来，夫人是不会乐意的。卖鱼的和卖木炭的虽然常来，也从没有跨过后门到后院去过。她记得只有一个例外，就是那个做床垫的老人，阿莎太太小时候他就认识她，而且一直帮她修床垫。

阿爸还应该记得，阿莎太太不喜欢这个人。部分原因是他给她讲过这个小伙子的那些事：看样子哈姆扎身体如何不好，他又是如何对自己的家人和自己的过往守口如瓶。

"听你这么说，他就是个无业游民啊！"阿莎太太不屑地说。

"我觉得他打过仗。"阿爸说。

"这么说，他还可能是个危险分子，一个杀人犯。"她故意说出这样的狠话来刺激他的神经。

"不是，不是，"阿爸说，"他过去肯定遭过不少罪。可能就像伊利亚斯。"

"是你自己的不是!伊利亚斯有家人。你告诉我们,这个人没有家人,"阿莎太太说,"正经人怎么可能没有家人呢?他这个人就是不踏实。"

阿爸也许没有忘记,她不喜欢陌生人。他把他带进家里来,或许就是想说伊利亚斯也可能还活着,可能正在漫长的归途中。战争已经结束三年,但他仍然音信全无。阿菲娅虽然没有对任何人说过,可在内心深处,她觉得自己的哥哥已经没了。如果阿爸把这个男人带进家是为了让她们想起伊利亚斯,那他就犯了一个错误,因为这只会刺激阿莎太太,让她恶毒地说出她那个祸根的预言。丧门星!她对阿爸越来越生分,越来越蛮横。阿菲娅知道,她自己也是导致阿莎太太失去耐心和焦虑不安的一个因素。她已经十九岁了,还没有出嫁,可她搞不懂,她为什么这么在乎她出不出嫁。阿菲娅怀疑,阿莎太太曾跟一些熟人说起过她仍待字闺中的事。已经有两个人向她提过亲,都被她回绝了。

第一个提亲的是一个四十多岁的男子,他是英国殖民政府新成立的农业部的办公室职员。阿菲娅从来没有见过他,也没有听说过他,但他见她从身旁走过,便四处打听,然后向她提了亲。阿爸说,不行,他是个名声响当当的人物,干吗这么着急?阿爸说这话的时候,阿菲娅就在场。

"什么名声?"阿莎太太一肚子的不满,问道,"他在政府里有一份好工作。来替他说媒的又是有头有脸的,他给的彩礼又好。告诉我一个明白的理由,我为啥不该答应这门亲事。"

"一个明白的理由就是，这门亲事不是向你提的，而是向阿菲娅提的。"阿爸气冲冲地说，"所以，答不答应这门亲事要她自己说了算。"

"别跟我扯你那些大道理。不能由着她。她要听我们的建议才能拿定主意。什么名声？"

"我以后再告诉你。"阿爸说。阿菲娅明白，有些话他不愿当着她的面说。

阿莎太太冷笑着说："你自己想留着她，对不对？你以为我眼瞎了。你打算回掉所有提亲的，就是因为你一直在等她长大成人，这样你就可以娶她做二房。"

听了这些话，阿菲娅的心"怦怦"直跳。她瞅了阿爸一眼，阿爸惊讶得目瞪口呆。过了一会儿，他压低声音说道："他的名声就是，他整天迷恋放荡的女人……迷恋那些从他身上捞钱的女人……迷恋烟花女子。他就好这一口儿。别让咱家姑娘去遭那份罪，直接回掉就行了。"

第二个提亲的是几个星期前另一个老头儿，一家咖啡店的老板。在许多人看来，他小有名气，阿菲娅了解他。他的咖啡店就在商业街上，她从他的店前走过好几回。与从未结过婚的上一个提亲的不同，这位店老板喜欢结婚。如果阿菲娅嫁给他，那就是他的第六任妻子了，不过他从来不同时养两个妻子。不管他现在的妻子是谁，他都对她忠心耿耿。他偏爱年轻的孤女或家境贫寒的女孩子，因为他给的彩礼会让她们动心。他把这样的女孩子娶回家，养上几年，然后，在瞄上别的女孩子后，便跟现任的妻子离婚，去娶下一个。他的咖啡店生意很红火，所以有足够的实力来满足自己的这种嗜好。对这样的亲事，不用别人劝，阿莎太太肯定会拒绝。

"猎食成性的家伙，龌龊的臭男人。我们还没有穷到贪他那点儿让人恶心的彩礼吧！"她说。

她给阿爸安的这条罪名一直在一家人心头挥之不去。通过这件事，阿菲娅也明白了阿莎太太之所以对她充满敌对情绪的部分原因。让她难过的是，阿莎太太担心阿菲娅和自己的丈夫会背叛自己。阿菲娅实在想不出，阿莎太太有什么理由担惊受怕。阿莎太太说完这些话后，阿爸站起身来离开了家，阿莎太太和阿菲娅坐在那里沉默了几分钟，随后阿莎太太也站起身来，进了自己的房间。这个罪名她此后再也没有提起过，但她也没停止过执意要把阿菲娅嫁出去的行动。阿菲娅不知道这是不是阿爸把陌生人带进家来的一个原因。他跟她打招呼时，她很想抬头去看，不过还是忍住了。但在他第一次走进后院时，她还是瞄了他一眼。从阿爸讲过的他的事中，她知道他是个小伙子。或许阿爸想让她看到一个与她年龄相仿的人，而不是她貌似能吸引的那些风流放荡的老色鬼。

她不知道有人提亲的事是怎么传出去的，但还是传了出去，所以贾米拉和萨阿达姐妹俩就拿她寻开心。也许是媒人，不管是谁，故意放出话来搬弄是非。贾米拉现在已经结了婚，而且怀上了第一个孩子。对那两个被回绝的提亲的，哈立达的那帮朋友畅快淋漓地嘲笑了一番。她们告诉阿菲娅，她应该找个更好的，将来肯定会有哪个富有、英俊的年轻人来向她提亲，她应该等着。谁想做二房呢？哈立达说这话的时候,阿菲娅的心"怦怦"直跳,她在想,夫人给阿爸安的罪名是不是传出去了。哈立达说这些话的时候,眼睛并没有意味深长地瞅着她,说完后也没有意味深长地沉默,所以她认为,哈立达的这些话只不过是对婚姻大事表达一般性的不屑看法,并不是有所指的。

十

在哈利法家惨兮兮地吃了顿午饭之后,当天下午,哈姆扎便到市场上花掉了老板预付给他的那五先令。他为自己的房间买了一支蜡烛,一卷厚草垫和一床棉被单。他平躺在垫子上,随着熟悉的剧痛传遍全身,不由得"哎哟"了一声。几分钟后,剧烈的疼痛缓解了一些,他找了个尽可能让自己身体放松的姿势休息。他用手抚摸髋部难看的伤疤,按摩已经愈合的肌肉。会好起来的。已经好多了。用不着再管它了。这座小城虽然他几乎认不出来了,但仍是离他曾经拥有的那个家最近的地方。疼痛会好起来的。

早上,哈姆扎一般很早就离开家,去清真寺洗澡,做感恩祷告,然后找个咖啡店买杯甜茶。之后,他便去仓库等哈利法。几乎每天都有货物在木材场和仓库之间运来运去,有时候在仓库和码头之间运来运去。就这样,货物逐渐发走,仓库也慢慢清空。伊德里斯几乎每天都和他的同伴开着那辆吱嘎作响的货车来送货或取货。伊德里斯只要一张嘴,似乎就是污言秽语,而他的同伴迪比就会恪尽职守地笑得直抽筋儿。

哈姆扎的职责是打扫仓库前的空地,在刮风天,向空地上洒水,免得扬起粉尘。有时候,他要跟车到木材场或别的地方去,帮助伊德里斯和迪比装货和卸货。虽然如此,哈利法和他仍有很多时间坐在仓库的阴凉处，一边望着空荡荡的空地，一边聊天。哈利法喜欢聊天，而哈姆扎是尽职尽责、不知疲倦的听众。他怀疑，哈利法觉得自己理当得到他的这份尊重，不过，哈姆扎见阿莎太太的事他再没提起过。

"伊德里斯这小子道德败坏，"哈利法说，"他一来，我就浑身直起鸡皮疙瘩。他是个龌龊下流、冷酷无情的恶霸，说起话来总像个纵欲过度的畜生，满嘴喷粪。他对那个迪比就像对待奴隶一样。你知道他为啥叫迪比吗？因为他小时候，人们都认为他很蠢。你瞧，他的脑袋这么大，就像长残了似的。现在看上去已经没那么糟了，可他小时候……有时候，像这样的捉弄没完没了。这么冷酷无情的名字可能不是伊德里斯给他起的，但肯定是他让他忍辱接受的。他拿他寻开心，下班后鬼才知道他还会对他干什么。这个迪比，就是个既愚蠢又软弱的家伙。

"你知道松古拉下了班以后干什么吗？小兔子是个拉皮条的，你知道吗？你猜到了吗？你怎么能看不出小兔崽子是多么可恶呢？当然，他不是那种动粗的皮条客，但一看到他，你肯定会想：这小子是干那种让人恶心的勾当的。大家都知道，有两个女人为他干活。如果哪个男人想要其中的一个，只要跟松古拉说一声，一切都由他安排。正因为这样，人们才叫他松古拉：长得虽然跟兔子一样身材短小，胆小怯懦，可是诡计多端。没人敢碰他一指头，因为那两个女人就像保护自己的孩子一样护着他。他也管她们叫母亲。这两个女人都是满嘴跑火车的不要脸的货，用一根舌头就能把一个人骂得体无完肤。也离他远点儿,他会把你引到邪路上去。"

哈姆扎安静地住在储物间里,进进出出尽可能不弄出大动静。哈利法再没有请他进过家,但他能听到阿莎太太说话的声音。他现在明白了,阿莎太太每次大嗓门说话,就是在发泄怒气,或者有什么急事儿。有时候,哈利法晚上来找他,请他跟他一起和来串门的随便什么人坐在门廊上聊天。尤其是他的两个巴拉扎,经常跑到哈利法家聊天,一位是教师阿卜杜拉老师,另一位是两人儿时的旧友、住在附近的洗衣工托帕斯。门廊的地上铺着一张厚草垫,照明的是一盏用钩子挂在雨篷横梁上的油灯。油灯发出的金色柔光照得整个开放的区域跟室内空间一样。从街上走过的人小声跟他们打招呼,似乎大声打招呼就会打断人家聊天。三个人都喜欢闲聊。

阿卜杜拉老师通常最后一个发言。在他明察秋毫、不慌不忙地发表感言之前,一般是托帕斯先讲最新的小道消息。正因为他喜欢打听各种小道消息,所以人们才管他叫托帕斯,意思是收垃圾的。在托帕斯讲完刚打听来的小道消息后,哈利法就会气哼哼地发表感想,说一切都是怎么完蛋的。然后轮到阿卜杜拉老师说话,给几人的聊天注入自己的远见卓识。

阿卜杜拉老师最初是在桑给巴尔上的学,然后来到小城德国人办的高等学校接受培训当老师。他认识一个人,这个人在城里英国殖民当局总部地区长官办公室当信差。通过他,老师可以阅读归档后的旧报纸:殖民政府的《坦噶尼喀报》和肯尼亚移民报《东非旗帜报》①。阿卜杜拉老师早年只在桑给巴尔念书时胡乱学过一点英语，因此英语水平很有限，但无论是在教书生涯中，还是在巴拉扎闲聊时，他的英语都取得了长足的进步。他零零星星接触到的他所谓的国际出版物，给他的观点和判断力增添了无与伦比的分量，至少在他眼里是这样。男人们谈论起什么事来，总喜欢自以为是，而且在欢声笑语中常常喜欢夸大其词、危言耸听。没有人请哈姆扎参与他们的巴拉扎，但他们都知道他在场，因为说到情急之处，其中的某个人会突然打住正在聊的话题，向他解释某个细节。他就是这样知道托帕斯是如何给起了这个绰号的。哈姆扎常常因为沉默寡言成为他们的笑柄，但他与他们坐在一起就是为了有个伴儿而已。他心里清楚，在他们眼里，他只不过是无伤脾胃的谈资罢了。

虽然穆安津召唤人们做宵礼的时间已过，可三个老友都无动于衷。这时，房门会稍微打开一点，哈利法站起身来，接过盛着咖啡壶和杯子的托盘。哈姆扎没看到盘子是谁送的，盯着看是不礼貌的，但他猜测是他上次进屋时看到的那个女佣送的。他无法想象脾气火暴的女主人阿莎太太会干端着盘子给门廊上的那些话匣子送咖啡这种粗活。第一次托盘送出来的时候，上面只有三个杯子，哈姆扎便找借口离开了。

---

① 《坦噶尼喀报》（*Tanganyika Territory Gazette*）：1919 年由英国殖民政府创办，1964 年坦桑尼亚独立后更名为《坦桑尼亚共和国报》；《东非旗帜报》（*East African Standard*）：肯尼亚历史最悠久的报纸，英国殖民统治时期，该报旨在宣传强烈的殖民主义主张。

"他是个小信徒,就是这位,"哈利法说,"大概是去清真寺。喂,你赶过去也来不及了。"

"他大概是听腻了你的那些胡说八道,"阿卜杜拉老师说,"去吧,年轻人,去求真主保佑吧。"

几个晚上过后,他参加他们的巴拉扎,就在穆安津召唤人们做宵礼之后,房门像以前一样稍微打开了一点。哈利法看了他一眼,哈姆扎起身去接托盘。他一时忘了自己髋部有伤,就在他站起来的一刹那,疼得他不由得轻轻倒抽了一口气。他赶紧扶住红树木柱子站稳,趁其他人还没动弹,也没说话,赶紧朝门口走去。他接过托盘,看了一眼站在门影里的女人,发现她的眼神中有一丝惊讶,说不定还有一丝牵挂。他微微一笑,表示她大可放心,同时嘴里嘟囔了一句感谢的话,但他不知道他的话是不是说清楚了。就在他端着托盘转身离开时,发现托盘上放着四只咖啡杯。他把托盘放在哈利法面前,但没有再坐下。

"坐下来和长辈们喝杯咖啡吧!"哈利法说,"祷告嘛,过后可以补上。"

"嗨,你这个卡福儿[1],"托帕斯说,"不要阻挠一个人去祷告。你这是又给自己找麻烦。你会因此招一大堆罪过,你已经有一大堆罪过了。"

"千万别掺和神与人之间的事!"阿卜杜拉老师说。

哈姆扎笑了笑,没有回应,也没有说他去清真寺并不单纯是为了做祷告和祈福。远离他们闲扯,远离每个人,常常

---

[1] 卡福儿(kafir):穆斯林对非伊斯兰教徒的蔑称。

是一种解脱。在清真寺里，即便是人挤人，也没有人说话。他走开时，心里仍在想那个女人眼里关切的神色，仍在想那副神色给他带来的惊讶，引起的轻微躁动。虽然他只瞥了一眼，可看到了一个瘦长的身材，眼神和面孔都明显透着真诚。他不知道还能用什么来形容，他知道这就是他亲眼看到的。这让他莫名其妙地为自己感到难过，让他为自己这辈子没有爱的岁月感到难过，为那段如此短暂的温存片刻感到难过。他原以为她是女佣，也许是，但她是二十岁上下的女人，不是个女孩子。他不知道她到底是不是哈利法的妻子。像他这个年纪的男人再娶，找个年轻得多的女人，这是常有的事。哈姆扎在大街上走了一个多小时，一路上一直在责怪自己太天真、太多情、太怀旧。这一切都源于他的孤独和自怜，仿佛在他短暂的人生中还没有足够多的经历去弄明白，保持头脑清醒、保护自己的人身安全需要使出他所有的智慧。

几天后，商人派人去找他，让他陪同伊德里斯和迪比到港口提货。他一直在等的设备到了。自从那天早上哈姆扎回到小城以来，这是他第一次到码头去。时间过得真快，让他觉得过得很充实，就好像他已经回到小城几个月了似的。伊德里斯开着货车，趾高气扬的样子犹如坐在镀金马车上从一群羡慕的农奴身边掠过的贵族，一只手把着方向盘，另一只手搁在摇下的车窗上，在土路上一边颠簸前行，一边向偶尔碰到的熟人挥手打招呼。与此同时，他慢悠悠地开着车，嘴里唠叨个没完，但大部分都是些不堪入耳的脏话。坐在驾驶室长椅中间的迪比恪尽职守地咯咯笑个不停，而哈姆扎眼睛盯着窗外，根本不去理会。他尽量不去听伊德里斯污言秽语地胡扯，但对他们已经不像最初那样反感了。

商人订购的设备居然是一个大型螺旋桨。伊德里斯把车直接开到一个码头仓库的大门前，发现纳瑟尔·比亚沙拉已经在等他们了。螺旋桨放在层层叠叠的麻袋上，他笑眯眯地站在锃亮的螺旋桨旁。所有的手续都已经办妥，他说。我们把机器运到仓库去吧！几个人把螺旋桨装上车，然后爬了上去。商人和伊德里斯坐在前面的驾驶室里。刚到手的东西让纳瑟尔·比亚沙拉兴奋不已，他亲自监督，把设备存放到他预先让哈利法在仓库中间腾好的地方，用不太起眼的货把设备伪装保护起来。设备放好后，他把货车打发走，挥手示意哈姆扎跟他到仓库外面去。哈利法气哼哼地消失在阴暗的仓库中。

两人来到仓库外面，站在仓库门口，商人四下看了看，那架势似乎要确保周边没人盯着。他把手伸进上衣，掏出一捆钞票。"这是你过去三周的工资，三周后我会再给你发，"他说话的口气就像是在等哈姆扎高兴得惊叫起来似的，"因为你工作很出色，我给你的报酬很丰厚。我就知道你会好好干的。从现在起，我想让你在仓库里守夜。我想让你每天晚上都住在这里，看好里面值钱的东西。你暂时先干着，过后我们再谈你还能做什么。你白天在这里照常上班，晚上就睡在仓库里。明白吗？"

他递过钞票，哈姆扎一声不吭地接过来，连数都没数就揣进口袋。商人微笑着点了点头，毫无疑问被眼前这个死要面子的穷光蛋逗乐了，哈姆扎心想。纳瑟尔·比亚沙拉摘下帽子，用他那与众不同的动作搓了搓脑袋，然后大步流星地走了。哈姆扎以为哈利法会马上走出来，埋怨有什么话都背着他说，说不准内心里受到的伤害比他脸上表现出来的还要多。哈姆扎坐在门边的长凳上等他，过了一两分钟，大声叫哈利法过来。哈利法出来之后，哈姆扎晃了晃手中的钞票。哈利法伸手好像要抓钞票似的，可哈姆扎赶紧把钞票装进自己的口袋。"从今天起，除了白天在仓库干活，我晚上也要在这里守夜了。"他说。

"他就是蠢蛋，"哈利法说，"他给了你多少钱？"

"不知道，"哈姆扎说，"我没数。"

"你也是个蠢蛋，你稀里糊涂地认为，这样做就是守规矩、有尊严，所以你连数都没数就拿着了，真让我为你难过。相信我，我了解这种人，"哈利法说，"可这一位就是一个从未正常长大的傻子。一个螺旋桨有什么好让他这么兴奋的？他觉得城里所有的船夫和渔民都在候着偷螺旋桨。这是他新投资的项目。一两年前，他花几千块买了条船，准备用它在这一片跑运输赚钱，结果没赚到。现在他又花几千块买了个螺旋桨，因为这会让他赚钱，很可能会帮他赚钱，可是，他做起事来就像个白痴，而且把你也放到危险的境地。天黑后，你必须把自己关在仓库里，谁来也不许开门。有些醉汉和吸大麻的晚上经常到这种没人的地方来睡觉。你明白吗？不管听到外面有什么动静，千万不要开门。不管他们在外面怎么折腾，你待在里面别出来。"

对他的安全，哈利法似乎很担心，哈姆扎很想说自己在战争年代见过比酒鬼和瘾君子更可怕的，但忍住没说，而是点了点头，说他会小心的。当天下午，他从哈利法的储物间收拾了自己的东西，半路上在咖啡店买了一小块面包和一块鱼，便回到仓库。夜里，他听到猫在房顶上窜来窜去，在巷子里哀号。就在他入睡前，他听到有人醉醺醺地唱歌，然后抽泣着呼唤一个人的名字，好像在痛苦地思念什么人。他半夜醒来，躺在那里，一边思考，一边等待天亮。

每天傍晚天黑之前，他用几层麻袋铺成一张床，再在麻袋上铺上自己的草垫，还有他那条棉被单。除了在睡梦中翻身才感觉到左半边身子疼痛以外，麻袋的弹性和舒展性缓解了他的疼痛。然后，他去咖啡店买些东西吃，咖喱羊肉、鱼，有时干脆啃块黄油面包了事。吃完饭后，他到清真寺去洗澡、做祷告，等回到仓库，天已经完全黑了。他点上向商人要的油灯，把自己关在仓库里，躺下睡觉。睡不着的时候，他便从布包里拿出一本书翻看。油灯的光线太暗，他无法舒舒服服地读席勒旧版本的书，所以只好复习自己看过的内容。他把书拿出来，与其说是为了读其中的内容，倒不如说是为了享受抚摸书的乐趣。

然后，他躺在金色的灯光下，时不时听到老鼠在麻袋和板条箱之间到处乱窜，但他尽量不去理会。有时候，他觉得自己活得像个原始人，一个躲避黑夜带来的恐惧的穴居人，生活在白昼结束就意味着躲到地洞里去的年代。为了摆脱恐惧，他整夜都点着灯，但他抵挡不住在不眠之夜悄悄传到他耳朵里的各种细微声音。很多时候，他晚上倒头就睡，但有时他会梦见那些被撕裂和肢解的尸体，梦见自己被充满仇恨的大嗓门威逼呵斥，被透明凝胶状的眼睛瞪着。在仓库里睡了几个星期之后,他睡的时间更长了,甚至一觉睡到天亮。每天早上醒来后,他都惊讶地发现自己居然睡了这么久,还像吝啬的店掌柜数着钱箱里积攒的便士一样数着无人打扰的睡眠时间。能躺下来好好休息,让他心怀感激。

*

费了快一个月的工夫,机械师才把螺旋桨装到纳瑟尔·比亚沙拉的单桅帆船上。平时修理船只的港口后面有一个小港湾,安装工作就准备在港湾边上的沙岬上进行。小港湾里的潮汐一路退到海里,然后在快到傍晚时才开始往回涨。要等到月圆的时候,潮水才会涨到沙岬。机械师说是要来,可是连续推迟了四次。等到他真正要来的前几天,利用退潮的时机,他们把船拖到沙岬上。船员们先是在沙滩上铺设了几根红树原木,然后等着涨潮。开始涨潮后,所有在场的劳动力,包括商人的工人和看热闹的路人,合力先把船拖到滚木上,然后再拖到沙岬上地势尽可能高的位置,绑在坚固的柱子上,防止船滚回海里。机械师再一次推迟了来的时间,船也就这样放在了沙岬上。这一系列的动作哈利法都没有参与,只是冷嘲热讽地问了问那个行踪诡秘的机械师的情况。商人也没有去关注安装工作的进展,甚至没有因为机械师一而再地不露面感到恼火,就好像这一切都与他没有什么关系似的。哈姆扎觉得商人的态度令人费解,但随后又想,这也许是他维护尊严的方式,不让机械师觉得这种事非自己不可而自鸣得意。就这样,船就像一只背壳朝下困在那里的甲壳虫,躺在沙岬上又等了好几天。终于等到机械师有空的那天，货车来仓库拉螺旋桨，哈姆扎也跟着去帮忙。就连哈利法也抵不住机械师终于来安装螺旋桨这等隆重场面的诱惑，前来观看最后的盛大仪式了。

与商人不同，这条船的船长并不在乎维护尊严的问题，等到机械师终于有空来的那一天，两个人首先花了一小时大声指责和辱骂。迪比和哈姆扎坐在船旁边少得可怜的阴凉处，伊德里斯和哈利法待在货车的驾驶室里。船长是个矮个子，五十多岁，头发斑白，皮肤在海上经风吹日晒不但黝黑，而且硬得跟皮革一样。他对机械师说，他就是个无知的白痴，一个浪费所有人时间的无耻混蛋。机械师三十岁上下，络腮胡子修剪得整整齐齐，戴着一顶鸭舌帽。他是骑着摩托车来的，心里清楚自己举足轻重的分量。他告诉船长注意跟他说话的方式，他可不是他想怎么摆弄就怎么摆弄的娘炮儿。他有自己的事要做，如果船长不喜欢，他可以自己再去找一个。既然再去找一个机械师也没有把握人家会更快到场，这种威胁便马上立了竿，见了影。不一会儿，愤怒的胆汁慢慢减少，于是一帮人开始安装螺旋桨，但同时也难免彼此间还有些零零星星的辱骂。涨潮后，一帮人把船拖回到水里，机械师在水里完成了安装。伊德里斯开车回木材场去接商人，这样机械师点火启动螺旋桨时，他可以在场。最后，机械师启动了螺旋桨，于是大家兴高采烈、欢呼雀跃起来。到这时，船长和机械师也已经怡然自得、谈笑风生起来，就好像他们认识了一辈子似的，说不定他们还真有可能认识一辈子了。

就在一帮人庆祝弥足珍贵的螺旋桨安装成功的当儿，商人的笑容里充满了担忧,也许是为他新投资项目的前景担忧。他把哈姆扎叫到一边,两人站在港湾边上的沙岬上,他对哈姆扎说,既然螺旋桨已经安装好,他就没有必要在仓库守夜了,他可以去仓库拿东西,住回自己家里去。明天上午他要把仓库的钥匙送到办公室,交给商人,这样他就能拿到工资,也许会有别的事让他做,不过商人并没有说明让他做什么。

哈姆扎没想到这么快自己就被打发了。看仓库的任务结束了,让他很难过。虽然看仓库让他有时会感到孤独,心里苦闷,但总的来说还是比较安静的:白天在仓库上班,跟哈利法聊聊天,或者干脆说,哈利法想聊的时候,听他聊天;到了晚上,借着油灯的金色柔光,伴着所有货物必然散发出的霉热,安静地睡觉……这让他有时间休息和思考,倒是让他的生活多了一份宁静。这段时间还让他重新思考了许多遗憾和悲伤,但这些遗憾和悲伤永远陪伴着他,或许永远都无法调和。

第二天,他告诉哈利法,他不再看仓库了。"他让我今天上午把钥匙还给他。我想他是在告诉我没什么活要干了,不过我吃不准。"

"他真是个黄鼠狼,背地里算计人、阴险狡诈的小投机分子,"说完,哈利法反倒因商人的卑鄙高兴起来,"我倒是想,你当时以为他会给你配套制服,让你正儿八经地当保安,还给你造一个厕所,让你可以在仓库里洗澡和做祷告呢。相信这个人,你就是个傻瓜。"片刻之后,他咬了咬牙,小声说道:"得啦,既然这样,你还是搬回到储物间吧。说不定有别的事要做呢。"

哈姆扎在家具车间找到了纳瑟尔·比亚沙拉。他正与哈姆扎几个星期前在木材车间见过的那个正在绣帽子的人说话。他在去木材场跑腿时曾去过几次木材车间,当时他进去就是想看看里面在干什么,还有就是想闻闻木材的味道。现在,他知道了,这个老人名叫苏莱曼尼,是车间里的木匠师傅。虽然他可能只有五十多岁,但大家都管他叫苏莱曼尼老人。给他打下手的是个年轻人,就是头发梳得油光锃亮、留着黑色马尾辫,而且动不动就摸一下马尾辫的那个人,不过,今天上午他不在车间。他叫迈赫迪,通常浑身都是臭烘烘的酒气,那样子就像喝了一夜的酒、睁开眼连口都不漱就跑来上班似的。有时候,他用手指按压太阳穴,像是头疼得厉害。在哈姆扎看来,在宿醉未醒的状态下干那些抡锤子、锯木头的活儿简直就是噩梦。他还记得德国军官们晚上纵情狂欢之后,长官是如何备受宿醉折磨的。车间里还有一个十几岁的男孩,名字叫塞富,负责打砂纸、刷油漆,还负责一天的活儿干完后打扫卫生。塞富的弟弟有时会来帮忙,只不过是找点儿事做,也许是将来需要人手的时候想来干活。兄弟俩就是哈姆扎第一天在院子里看到的、抬着一罐清漆的那两个。纳瑟尔·比亚沙拉自己有时候也下车间干活。他办公室里的所有家具都是他设计的,但他还经常亲自动手,对小装饰品进行最后润色。

哈姆扎在车间里找到他们时,苏莱曼尼老人在听商人说什么,此时,他冷峻地板着脸,眉头微蹙,可平时他的眉头上是没有皱纹的。商人和他说完话,转向哈姆扎,便伸手要了钥匙。跟我来吧！说完，没有等他就走了。哈姆扎瞅了一眼木匠，木匠也面无表情地看着他。

他跟着纳瑟尔·比亚沙拉来到车间隔壁的小办公室后，商人说话的样子就好像他刚产生了这样的想法似的，但哈姆扎知道他一直在等机会说这话："你想干木工，对吧？我看你时不时到车间去。谁喜欢木工，我一眼就能看出来。我见你闻过木材——总在无意中露馅儿啊。反正仓库里的活你也干完了。我这是在帮你，因为我喜欢你的模样。再说，你也需要工作，不过你干得不错。我不知道你是怎么应付那个牢骚满腹的哈利法的，不过看样子他挺喜欢你，这可不是他一贯的作风。现在你想不想在车间干？你可以帮苏莱曼尼老人，他会教你的。他可是个非常好的木匠。他话虽不多，但人很可靠，你可以从他那里学到很多东西，没准儿还能成为木匠呢。你觉得怎么样？"

这个提议太出乎意料，哈姆扎一时间只能惊讶地咧着嘴笑。商人也笑着点了点头。"这么笑才更符合你的身份，"他说，"这么说，这个想法对你很有吸引力喽。现在迈赫迪不会回来了。他已经完全迷失了自己……总是喝得酩酊大醉，在大街上跟跟跄跄，到处找人打架，回到家又打老婆和妹子。我本不该让他在这里待这么久，但他父亲是我父亲的朋友，所以我只好看在他们的面子上留下他。看样子这一次他找人家的茬子次数太多了，人家扬言要拿刀砍他。现在，他母亲哀求他到达累斯萨拉姆的亲戚那里躲一躲，好像这样才能让他学好。好吧，我不知道你在等什么，去车间干活吧。"

刚开始，苏莱曼尼老人给哈姆扎派些简单的活儿，要么让他把做家具的木料搬到车间的另一边去，要么在他刨木头或打孔时让他抓住木板的一端，同时看着他，告诉他该怎么做。哈姆扎按照他的要求做，稍微出点差错就会连声道歉。木匠还告诉他别的木材叫什么：桃花心木、柏木、橄榄木，让他闻一闻木材的味道，摸一摸木材，这样再见到这些木材，他就认识了。哈姆扎向老人问这问那，处处表现得对木工很感兴趣，没几天他就看得出，老人已经不再像刚开始那样对他持怀疑态度了。一天的工作结束后，苏莱曼尼老人亲自将所有工具放进一个大箱子，然后把箱子锁上，把钥匙装进口袋。他一边关上所有的窗户，一边说他希望离开车间时就这么做。在一天的工作结束后锁门的时候，他叫着哈姆扎的名字说，哈姆扎，明天见，给他的感觉就像在表示欢迎：明天再来。他们总是停下手中的活去吃午饭，可苏莱曼尼老人不吃午饭，所以就在午饭的空当继续绣帽子。一想到自己干木工的新岗位，哈姆扎心里就充满了激情，而这种激情在他的记忆中无论干什么活都没有过。

他把自己的新工作告诉哈利法时，那股子高兴劲儿就别提了。哈利法笑呵呵地把哈姆扎的事跟他的巴拉扎朋友又说了一遍。两个老友拿年轻人寻开心，还戏称他为"木匠师傅"。他像以前一样在哈利法家的储物间里住了下来，又回到了他日常的生活轨迹：先到清真寺洗澡，再到咖啡店吃晚饭，晚上有时候与哈利法和他的两个老友一起坐在门廊上，听他们高谈国际形势。可是，这种状态只持续了几天。一天早上，阿莎太太把他叫到房门口，派他去咖啡店跑腿。

平时一大早就给他们送面包的小男孩没有来，所以她让哈姆扎帮她去跑一趟咖啡店。自从上一次在后院里大发雷霆之后，这是她第一次跟他说话，但她表现得好像两人之间此类事情从未发生过似的。拿着钱到咖啡店去取面包来——去吧。就这样，拿着钱去咖啡店买面包便成了他每天早上的差事。他先是敲门，年轻女子便把给咖啡店的钱和盛面包的篮子递给他。回来后，他再去敲门，把篮子递进去。而他得到的回报是一片面包和一杯茶，权作早餐。女子大声叫他的名字，他就到门口去取自己的那份早餐。他已经不把她当女佣看了。她告诉他，她叫阿菲娅。

　　阿莎太太还派他去办别的差事：给邻居或亲戚送个包裹，或是一篮子吃的，或是送个信儿。有时候，哪个邻居需要帮忙，阿莎太太就会让他去帮把手。住在他们家后面的邻居经常惹她生气，她总是没完没了地历数邻居们的不是，说他们一再亵渎神灵，就好像她周围住的全是些亵渎神灵的人。所以，她派哈姆扎去帮忙的时候，便背诵《古兰经》中的经文，为他提供一些他希望得到的庇佑。她经常冷不丁地派他去干这种差事，仿佛她理所当然有权对他发号施令。哈利法不愿意收他的房租，这让哈姆扎成了这个家的家属；既然是家属，就应该尽义务。总之，他从中找到了慰藉，仿佛他就该如此，他不在乎被呼来唤去。即便是阿沙太太对他说话时的那种尖刻仍没有丝毫软化的迹象，他也已经习惯了。能认为他还有些用处而不是把他当成即将临门的祸根，总算是一种进步嘛：丧门星。一无是处！

＊

"我刚知道,苏莱曼尼老人对你的工作很满意,"纳瑟尔·比亚沙拉说,"我知道你会擅长做木工。他说你很懂礼数,这话从他嘴里说出来可是很高的评价。这不仅说明你懂礼貌,对他来说,还有其他的意思。"

纳瑟尔·比亚沙拉停顿了一下,等哈姆扎做出反应。可哈姆扎觉得,老板在考验自己,但他不知道考验他什么。他在等着商人的下文。纳瑟尔·比亚沙拉说:"这一点并不是他跟我说的,而是我的想法。我认识他很久了。他从来不说脏话,我不是指骂人的话。我们要表示自己说话是认真的时候,都会用带真主名讳、'真主为证'之类的话,可他从来不说。如果你说'真主为证'之类的话,他会让你闭嘴,就好像你在糟蹋真主的名讳似的。他如果评价一个人,最难听的话就是,我不相信他。他笃信事实,虽然这话听起来比我想要表达的更浮夸。也许,说他相信率真、坦诚之类的话比较好,别咋咋呼呼,别处处显摆……你也是这样。谦恭有礼——他喜欢这样。他说你有礼数,就是这个意思。这样的话他不会亲口告诉你,所以我这才告诉你。"

哈姆扎不知道该说什么。别人对自己评价这么高,商人又善意地告诉他,让他非常感动。他觉得自己感动得两眼都生疼了。哈利法把商人说得这么可恶,让他有时候很不解。商人对哈姆扎似乎没有那么差。

"他告诉我,你现在住在哈利法家里,"纳瑟尔·比亚沙拉一边说,一边忙着收拾账本,但说话的语气少了一丝信任,少了一丝赞许,"你以前没有告诉我。这么说,你已经安定下来了。听着,我觉得我肯定不想跟那个牢骚满腹的老头子住在一起。"

"其实,我不是住在他家里,"哈姆扎说,"他们让我住在曾经是理发店的那间外屋。"

"那个房子我很清楚,其实房子不是他的。也不是她的。你觉得阿莎太太怎么样?有点粗暴,是不是?我不知道他们俩是谁让谁变得酸臭无比的,但我觉得主要该怪她。她这个女人满肚子怨气。你不会拿这个去嚼舌头吧?要知道,我们是亲戚。唉!我居然跟这家人是亲戚。"说完,商人挥了挥手,意思是还是不要再聊这个话题,于是坐下来处理文案去了。

"我听说,你和纳瑟尔·比亚沙拉是亲戚,"后来,哈姆扎对哈利法说,"或者说,他说,他跟这家人是亲戚。"

哈利法想了一会儿,说道:"他是这么说的?他跟这家人是亲戚?"

"他为什么说'这家人'呢?"哈姆扎问道,"是指阿莎太太?"

哈利法点了点头。"我告诉过你,他这人就是个黄鼠狼。他总是故弄玄虚、拐弯抹角地说话,总喜欢那种老掉牙的套话。他这种人认为,谈论家里的女人是没有教养的。"

哈姆扎感觉到哈利法想说什么但又犹豫了,于是便又给他倒了一杯咖啡——那天晚上就他们两个人坐在门廊上——问道:"你们是什么亲戚?"

哈利法不慌不忙地啜了一口咖啡，整理了一下思路。哈姆扎心里清楚，自己接下来肯定会听到事情的本末，于是便耐心等着。"我告诉过你，我以前给他父亲强盗商人阿穆尔·比亚沙拉打工。我跟他干了很多年。我和阿莎太太就是那个时候结婚的。阿穆尔先生是她的亲戚，他……安排……呃，他把我们撮合在了一起。"

"你怎么会给他打工呢？"哈姆扎问道，因为哈利法停了下来，反常地沉默好一阵子。通常情况下，哈利法可是不需要别人催促他说话的。

哈利法说："你真想听这些陈年旧事？你自己的事不告诉我，却打听我的事，可我有话实在憋不住。这都是上了岁数惹的祸啊！我这张嘴算是闭不上喽！"

"我真的想听听老强盗的事。"哈姆扎咧嘴笑着说道。他知道，哈利法肯定会忍不住告诉他。

*

哈姆扎在那个很快就天黑的晚上到达小城时，正值夏季风库斯的初期。当时，那些漂洋过海的贸易商已经返航，回到索马里、南阿拉伯和西印度。多年前他住在小城里时天气怎么样，他已经记不太清了，离开小城后的许多年里，他生活得很艰辛，而且是在遥远的内陆，感受不到海风的影响。大家都告诉他，每年中间的这几个月是最惬意的，但他刚回来的时候，并没有真正弄懂人们这么说的含义。由于长期阴雨连绵，大地仍绿油油的，海风也很轻柔。到了下半年，大约在第三季度，天气变得干燥、炎热。然后，随着冬季风卡斯卡济的来临,先刮起大风,大海掀起惊涛骇浪,随后是短暂的雨季,最后到了新年,才刮起东北的常定风。

随着常定风的到来,贸易商的商船也从大洋彼岸回来了。商船的真正目的地是蒙巴萨或桑给巴尔,由于富商云集,所以这些城市一片繁荣富足,不过有些商船也会零星驶进其他港口城镇,包括他们这个小城。提前几个星期,商人们就会盼望着商船的到来,关于船长和船员们的那些脍炙人口的传奇故事又会被人们提起,流传开来:他们随便找块空地就地宿营,搞得一片狼藉;他们走街串巷叫卖上好的货品,很多商品虽然是些小玩意儿,但有些却很值钱,只不过那些沿街叫卖的船员不知道而已;厚厚的地毯和稀有的香水;他们批发给商人们的一船船枣子、咸鱼和鲨鱼干;他们见了水果,尤其是芒果,便垂涎三尺的那种丑态;还有他们肆无忌惮的暴力行径,这种暴力行径曾引发过街头巷战,吓得当地人只好大门紧锁,躲在家里。船员们把清真寺挤得水泄不通,他们身上的康祖袍和科菲亚帽常常脏成了褐色,搞得空气中弥漫着康祖袍和科菲亚帽的咸味和汗渍味。他们的这种过火行为,首先影响的是港口的周边地区。木材场和哈利法的房子靠近城里,距离港口稍微远一些,唯一能走到这里的就是那些船员,挎着篮子沿街叫卖口香糖、香料、香水、项链、铜饰品和印染成中世纪色彩的绣花厚布。有时候,迷了路的苏里商人高高地甩着手杖,从附近趾高气扬地走过,就好像穿越敌占区似的。孩子们成群结队地跟在他们身后,叫嚷着这些外乡人听不懂的风凉话,嘴里还不停发出嘲讽的放屁声。据说，苏里人①就喜欢有事没事地找挨骂。

如果说木材场和哈利法的房子对贸易商和船员们来说有些偏僻，仓库前面的这块空地可就不偏僻了。他们每天都聚集在空地上，有的甚至夜里在这里安营扎寨。卖水果的、卖烤玉米的、卖木薯的，还有卖咖啡的，紧随其后，把空地变成了熙熙攘攘的市场。好多个月前，哈利法曾心向神往地向哈姆扎描述过这样的场面。在过去几个月和几个星期里，仓库里的货已经全部清空，现在里面空荡荡的，准备接收新到的货物。纳瑟尔·比亚沙拉把自己上午办公的地方从木材场的小办公室搬到了仓库，在仓库门里面支了一张小桌子。到了下午，他让哈利法负责货物的交割和存放，自己便回木材场整理票据账目。对他来说，这段时间异常忙碌，他经常忙到很晚，手拿写字夹板，煞有其事地跑前跑后，记录新库存。哈姆扎认为，自己又回到了如鱼得水的状态，给强盗商人当起了文书，要么打发伊德里斯和迪比往返跑港口，要么监督雇来的搬运工堆放货物。

这与他平时的工作日大不相同。平时刚过中午，哈利法便锁好仓库，把钥匙丢在木材场，然后回家。如果车间里没有什么重活儿，哈姆扎便与他一起回家吃午饭；午饭要么在自己小屋里吃，要么坐在门廊上吃。苏莱曼尼老人就待在车间里，不吃午饭。午饭后，哈姆扎回来，一直干到穆安津召唤人们做昏礼，他们便把车间打扫干净，然后锁门。如果他不回家吃午饭，他那份就会留着，等他回到家再吃。就这

---

① 苏里人（Suri）：埃塞俄比亚西南部苏里地区的民族。

样,他成了这个家的一分子,不过还是住在外面的储物间里。自从有了第一次以后,他再没有进过屋,阿莎太太有时从后院里唤他——她那嗓门很容易传到储物间,甚至更远——去跑腿,他就在外门口等着。如果她气冲冲地嚷着叫他进来,他便迈进门里,在门厅里等着她走过来。就这样,他尽量在做用人——他可不想当用人——和做家属——既然是家属,就要为这个家分担义务但又不能放肆——之间的界线上维持着某种平衡。

有一天,哈利法半天没来仓库,哈姆扎像往常一样敲了敲门,要自己的那份午饭。阿菲娅开了门,递给他一杯水和一盘菠菜拌饭。她没有像往常一样立刻把门关上,于是他便在门廊靠房门的地方坐下来开始吃饭。他感觉到她就在门里的阴影里。到这时,他已经在储物间里住了几个月,虽然时常想起她,但除了那几句不得不说的话,他与她没有说过话。吃了几口之后,他感觉她一直待在门后,为了不让屋里的阿莎太太听见,他轻声问道,"谁给你起的这个名字?你父亲还是你母亲?"

"阿菲娅?意思是身体健康,"她说,"我母亲给我起的。"

他以为这时她会关上门,但是没有。她留下来,就是因为她也想和他说说话。久而久之,他便时常想起她,尤其是他一个人在小屋里的时候。有时候,她从小屋旁走过,如果窗子开着,她头也不抬地打声招呼。这时候,他就趁她在小巷里还没走远,赶紧瞅她一眼。有时候,他看到她虽然没打招呼就走过去,但心里还是会一阵悸动。每当他被唤到门口,或者他看到她路过,他都会说几句说得出口又不会得罪她的话，目的就是想听一听她说话。他发现，她那种低沉而又浑厚的嗓音非常动人。

"她给你起这个名字就是为了保佑你身体健康。"见她再没说话，他用鼓励的口吻说。

"没错，也许还保佑她自己。她身体不好，"阿菲娅说，"这是别人告诉我的。她去世的时候我还很小，大概两岁吧，我说不准。我已经不记得她了。"

"你父亲呢？他身体好吗？"哈姆扎问道。他不知道自己该不该问，也不知道自己该不该就此打住。

"很多年前他就走了。我对他没有印象。"

他盯着自己的饭碗，小声说了几句安慰话。他想告诉她，他也失去了双亲，他是被人领走的，不知道他们在哪里，他们也不知道他在哪里。他想问，她对她没有印象的父亲是怎么回事。他是像她母亲那样在她很小的时候就去世了，还是在她母亲去世后只是丢下她不管了？但他没有问，因为问这样的问题只是满足自己的猎奇心，却不知道会给她带来多大的伤痛。

"你的腿还疼吗？我以前见过你疼得直咧嘴，你刚才坐下的时候，我又注意到了。"她说。

"疼，不过一天比一天好了。"他说。

"你是怎么了？"她问。

他呵呵一笑，轻轻地哼了一声，尽量让自己的回答听上去轻松一些。"我再找时间告诉你吧。"

不一会儿，他听到她走开了，她给他讲了这么多，反过来他却没有讲她想知道的，这让他心里很难过。不一会儿，她回来收空碗，用小盘子给他端来一半橙子。"吃完后，你可以进来洗洗手。"她说。

吃完后，他打了声招呼，走进屋子。他站在通往后院的门口，等她走过来，把空盘子递给她，跟着她来到后院。她指了指左手边靠墙的水槽，于是他走过去洗手。阿莎太太没在院子里。他心想，她之所以不在，大概是想给阿菲娅提供方便，让她随便与他聊一聊，把他请进来。他在水池边洗了手，然后壮着胆子好奇地环顾四周，但在上一次，因为阿莎太太夹枪带棒地表示欢迎，他可是赶紧溜出去的。与水槽同一侧的角落里有水龙头，就是那天他第一次看到阿菲娅洗盘子的地方。现在他看到，厕所在遮阳篷旁边，紧贴着院子的后墙。右边并排有两个房间，他曾把其中一个房间当成储藏室。储藏室前放着两个炭炉，其中一个装好了木炭但还没有生火。另一个房间比他记忆中的更敦实，开着的窗户上有纱网和窗帘。房门是关着的。如果那是她的房间，那么与当地的风俗习惯相比，这就足够体面了。按照当地的习惯，有时候用人只有一张垫子，如果有门厅的话，就会在门厅的角落里睡觉。也许她不是用人，而是他最初以为的哈利法的二房太太。

她顺着他目光盯着的方向望去，微微点了点头。她的肯加巾已经滑到脑后，用发夹或针簪之类的东西别在头上，两人距离这么近，他这才更清楚地看到了她的模样。她的头发从中间分开，编成了两条辫子，又在脑后拢在一起。她把肯加巾从头上解下披在身上，这样他就能看到她的上身和她的腰。过了一会儿，她又把肯加巾拉起来，在头上重新固定好。这才是平常端庄的模样，但他不知道她把头巾解下来那么一会儿，是不是就是为了让他看。两人相视一笑后，他向她道了谢，便离开了，但他认为，她心里清楚他对她的感觉。想到这里，他便激动不已。如果她知道他的感受，还这样报以微笑，那她就不可能是哈利法的二房太太。趁阿莎太太不在，她和他坐在一起，还请他进去洗手，就意味着她在设一个小小的局。据他揣测（此种情况下，揣测是不会漫无边际的），这十有八九是在示爱。哈姆扎揣着小小的得意回到了车间。

但是，他的喜悦只是暗潮涌动而已。他没有什么可以给她的：一份不稳定的工作；一个只有一间屋的家，还是别人施舍的，不小心得罪了人家，还会被轻而易举地收回去；一张把棉被单铺在地上权当成的床。他身体受过伤，受过虐待。他既不能给她带来过去的欢乐，也不能给她带来未来的承诺，只会在她本就不堪回首的往事上添加一笔，而她可能巴望着摆脱自己不堪回首的往事得到一些安慰。还有一种可能，她是别人的妻子。果如此，他就会卷入危险而又有失体统的纠缠。不过，虽然他也担心自己不想去促成美事，但他还是不想去掩饰内心里的激动。不管怎么说，他可能完全误解了刚刚发生的事。他遭受的打击太多了，这让他有时都麻木了，总觉得无论想做什么都是徒劳。他每天都强忍着这种感觉，但在车间里跟木头打交道，还有老木匠每天和和气气的陪伴，无形中帮助消解了他的这种感觉。

当天下午，苏莱曼尼老人也心情大好，一边干活一边哼着他心爱的颂歌。或许他听到了让他高兴的什么消息，或者刚刚绣完他那顶新买的科菲亚帽。这更让哈姆扎得意起来，他实在憋不住时不时微笑，搞得老木匠都注意到了他的异样，带着疑惑的表情一声不吭地看着他。有一次，哈姆扎心不在焉地把钻子掉在地上，后来又把直角尺放错了地方，于是着急地到处找，可直角尺就在他眼皮子底下。这样的错误他平时可不会犯。还有一次，哈姆扎在偷着乐，苏莱曼尼老人看了看他的眼睛，扬了扬眉毛，那样子好像在问什么事让他这么高兴。哈姆扎笑自己昏了头。木匠跟往常一样什么也没说，但哈姆扎发现，他也在强忍着笑。老爷子猜到了他的秘密？这种事总是这么挂在脸上吗？

"灯塔牌安全火柴。"哈姆扎在车间的一个抽屉里翻出一盒德国火柴，便大声念出了火柴的品牌。苏莱曼尼老人放下手中的砂纸，好奇地抬起头。

"你说什么？"他问道。

哈姆扎用德语又念了一遍：灯塔牌安全火柴。老木匠走到哈姆扎跟前，从他手里拿过火柴。他看了一会儿火柴盒，然后还给了哈姆扎。他走到一个架子前，取下平时用来盛需要矫正的弯钉子的一个铁罐，拿到哈姆扎跟前，哈姆扎念道，"瓦格纳-韦伯牌婴儿奶粉。"

"你认识字。"木匠说。

"没错，还会写。"哈姆扎说，言语中难掩自己的自豪感。

"用德语说。"木匠说。然后，他指着铁罐，问道："上面写的是什么？"

"瓦格纳-韦伯牌婴儿奶粉。"

"你还会说德语？"

"会。"

"真不得了啊！"苏莱曼尼老人说。

十一

到头来,她无时无刻不在想他了。每天早上他到门口来拿面包钱时,她都忍住不和他说话,免得让阿莎太太听见。根据她对罪孽的理解,与男人说话等同于与他约定私会。哈姆扎跟她打招呼,早上好,她便回一声,好,然后把篮子和钱交给他,但不会碰他,也不靠近他。每次从小屋旁走过,看到窗户开着,她都想探进身去和他聊一会儿,或者把手伸给他,但她必须经得住这样的诱惑。有时候她虽然大声跟他打招呼,却不敢停下脚步。每次他敲门,她都高兴得心跳有些加速,嘴上也绽放出笑容,可还是忍住笑,免得开门时自己表现得迫不及待、慌里慌张。见到他的时间虽然短暂,但她期盼那一刻的到来。她不再叫他来取他的那份面包和茶。一天早上,她对他说,这就好比你是主人的狗。现在是她去敲他的门,用托盘端着早餐给他送过去。他总是做好准备,笑眯眯地等着她。一天早上,在准备把买早餐的钱递过去时,她摸了一下他的手(这个小动作貌似不经意,但显然不是),就是想坐实她可以多握上哪怕是短短的一秒钟。这一点连傻瓜都明白。

"你的腿在好起来,对不对?"她说,"从你走路,我看得出来。"

"好多了,"他说,"谢谢。"

倾诉衷肠的时刻来了，可她不知道该主动出击，还是该等他采取行动。她不想让他以为她对这种事轻车熟路，让他以为她以前干过这种事。她希望能跟贾米拉和萨阿达说说心里话，可有好多次，话到嘴边又咽了回去。她不知道，她之所以不敢告诉她们，是不是因为担心她们会取笑她，还会让她恢复理智，不要对一个她连他家人都不了解的男人用这种不自重的方式采取行动。或许她们会把他当成身无分文的流浪汉，可她自己也好不到哪里去呀。她们会说，她是女人，一个女人到头来所拥有的一切就是名节，她一定要拿自己的名节去冒险吗？她也不敢跟哈立达说，因为她只会把她的心事告诉她的那些朋友，她们会笑得乐开了花，鼓励阿菲娅大胆地去追，可她并不真想这么做。再说，急什么呢？她并没有觉得自己已经等不及了，甚至喜欢这种期待美梦成真的紧张感。

有时候，她担心会失去他，担心他会像来时那样，继续赶他的路，虽然没有特定的去处，但会离开她。这就是她对他的了解，通过观察和聆听，她发现他一直悬在半空中，漂泊不定，很可能会脱了缰。通过观察，她至少猜得出来，他太缺乏自信，不敢果断行事，迟早有一天，她在门口等他来拿面包钱，他却没有露面，而是从她的生活中永远消失。这种担心让她的情绪很低落。有时候，她突然打定主意要给他个暗示，但这种想法转瞬即逝，自己又回到小心谨慎、迟疑犹豫的状态。

她对他朝思暮想，有时候跟别人在一起，注意力都不集中。贾米拉注意到了她的异样，便笑着问她在想谁。有人向她提亲了？阿菲娅也笑呵呵地接着聊亲事的话题，但没有告诉她家里最近发生的事。就在贾米拉发现她魂不守舍的前一天，阿莎太太下午出去串门，回来后面带异样的狡黠，笑着对她说："我觉得，我们很快就有你的好消息了。"

她的话只能意味着又有人在提亲了。这是她的另一层担心。回绝上两次提亲后已经过去了好几个月，阿莎太太私下里开始埋怨说，他们可能太草率了，搞得现在大家都觉得他们在亲事的问题上眼皮子太高。阿莎太太说话时一身轻松的样子和心花怒放的笑容，让阿菲娅担惊受怕。她没有问提亲的人是谁，也没有问媒人是谁。阿莎太太上下打量了她一眼，便得出了自己的结论，但这种结论不太可能让她产生忧虑，因为她的脸上仍然挂着笑。在贾米拉问她亲事的时候，阿菲娅正一门心思地想她该如何让哈姆扎明白她的感受。她该给他写个纸条？她该把身体探进窗口说我一直在想你？如果他对她的感情没有反应，那该怎么办？这让她很苦恼，而且愈演愈烈，因为她虽然有空闲，却无人倾诉。

*

哈姆扎心里也有苦恼。他许多次顺着沿海公路朝他曾住过的房子走。从他小时候被人从最初的家里带走，到他逃跑去参加驻防军，他在这个家住了许多年。他的主人是商人，在店铺里把他一关就是好几年。中间只有几个月，他跟着商人长途跋涉去内地，与搬运工和保安队一连走了好几个星期，穿越让他既震惊又恐惧的乡野。商人是做商队贸易的，哈姆扎后来才知道，德国人想终止这种贸易，还想完全掌控从沿海到山区的地区。德国人已经受够了沿海贸易商及其商队的抵抗，而且在阿布士里战争中对他们进行了严厉打击。德国人必须向那些蓄着大胡子、吃大米的奴隶贩子证明，他们的时代已经结束，取而代之的是德国人立下的规矩。当时，即使哈姆扎在内地到处跑的时候听说德国军队正步步逼近，这种事他也没有完全搞明白。他能搞明白的就是套在自己身上的枷锁，还有自己的万般无奈。其实，就连这一点他也是不太明白，但他能感受到这种枷锁和无奈是如何碾轧他的灵魂、把他变成鬼的。

他住在商人店铺里的时候，几乎没进过城。他和另一个岁数比他大的男孩在店铺里从天亮到深夜一直伺候熙熙攘攘的顾客。天黑后，两人关上店门，就睡在店铺的里面。可现在让他苦恼的是，他再也找不到那处房子了。店铺朝向沿海公路，房子的一侧是用围墙围起来的花园，还有一根供他们祷告前沐浴用的竖水管，可现在这地方连个影子都没有了。就在原来房子的位置上，取而代之的是一栋被刷成淡乳白色的气派楼房。这栋楼有两层，二楼的正面是格子状的阳台，前面的院子铺着砾石，院子的周围是矮墙。他从眼前的这栋房子前走过好几次，但即便到过多次，他仍没有勇气去敲门，问一问原来在这里的老房子究竟怎么了。不管谁来开门，他都会告诉他，许多年前，就是在这里，我见过自己的胆小和怯懦就像在地上荧荧发光的呕吐物；就是在这里，我见过谦卑和懦弱如何变成了蒙羞。但他没有去敲门，也没有说这样的话，而是转了一圈后，又回到城里。

城里有些地方他已经不再陌生，下午晚些时候和傍晚时分，他会到这些熟悉的地方去走一走。有时候，他要么坐在咖啡馆里吃点儿点心，要么坐在一旁听别人聊天，要么站在一旁看别人打牌。人们跟他打招呼，冲他微笑，甚至说上几句话，不过，没有人向他问东问西，也没有人把自己的事主动告诉他。根据无意中听到的聊天内容，他可以叫得上一些人的名字，甚至简单了解他们的过往，不过，在咖啡馆里闲聊的氛围中，这些人的过往很可能添了油、加了醋。

在一条街上的一个幽静去处，他看到一处房子的门敞开着，一群人坐在正对着房门的长凳上，屋里几个乐师在排练，一个女子在唱歌。他停下脚步，在街上站一会儿；汽灯"嘶嘶"作响，把排练室和外面或坐或站的听众照得通亮。在歌中，女子历数自己的衷肠，表达了对所爱之人的深切思念。其中的歌词和女子的歌声让他心里也充满了渴望，充满了悲伤，同时也充满了喜悦。音乐停歇下来后，他问站在身旁的年轻人他们这是在干什么。

"他们这是在为音乐会彩排吗？"

年轻人一脸的惊讶，然后耸了耸肩。"我不知道，"他说，"他们在这里演奏，我们来听。说不准他们也会在音乐会上演出。"

"他们经常演奏吗？"

"差不多每天晚上。"年轻人说。哈姆扎心想，自己以后还会再来。

*

在得知哈姆扎不仅认识字，而且能看懂德语后，苏莱曼尼老人对他更友善了。他会给哈姆扎一句话,让他翻译成德语,且以此为乐。哈姆扎也很高兴与苏莱曼尼老人玩这种游戏,就算是对从老人那里学木工手艺的小小回报吧。

"引领我们走上正途,让我们毫不迟疑、无怨无悔、坚定不移地往前走。这句话用德语怎么说?"老木匠兴冲冲地说。

哈姆扎费了九牛之力,但有时候,尤其是翻译更难以言传或用于祷告的经文时,他不得不认输。苏莱曼尼老人会说一些充满智慧的格言,笑眯眯地等着他翻译,这时,哈姆扎即便刮肚搜肠也找不到合适的译法。不管他翻译得对还是错,老木匠都是哈哈大笑,还为他鼓掌喝彩。"我上学只是为了读《古兰经》,才学了一年,我父亲和他的主人就送我干活去了。"

"他的主人?"哈姆扎虽然觉得答案已经明摆着,但还是问了一句。

"我们的主人,"苏莱曼尼老人不慌不忙地说,"我父亲是奴隶,我也是。主人临终前留下遗嘱,把我们给放了。愿真主保佑他的在天之灵!我父亲希望我能学木匠,主人应允了。就这样,我停了学,开始做工。我现在知道的那几章《古兰经》都是我以前背过的。感谢真主!即便是那么几章,也让我没活成畜生。"

苏莱曼尼老人把哈姆扎的能耐告诉了商人,可商人当时并没当回事儿。后来有一天,他问道:"你会读德语、说德语是怎么回事儿?你在哪里学的?你好像告诉过我,你没上过学。"

"我没上过学。德语是我随便到哪儿零零星星学的。"哈姆扎说。

"具体在哪儿？苏莱曼尼老人告诉我，他给你《古兰经》的经文，你就能翻译成德语。这种程度的德语，你是不可能随便到哪儿都能学的。"

"翻译得很差。我尽力了。"哈姆扎说。

在说这番话的时候，哈利法在场，他幸灾乐祸地笑着对商人说："他有自己的秘密。一个人有权保守自己的秘密。"

"什么秘密？"商人问道，"这是怎么回事？"

"这是他自己的事。"说完，哈利法拽着哈姆扎就走。因为阻挠了纳瑟尔·比亚沙拉的盘问，他高兴地咯咯笑个不停。

当天晚上在巴拉扎上，哈利法把哈姆扎具有如何超凡的语言能力、商人如何反复盘问、哈利法如何阻挠他盘问，原原本本地告诉了两个老友。阿卜杜拉是教师，当然也是英文报纸和德文报纸响当当的读者。哈利法曾是古吉拉特邦银行家和强盗商人的文书。所以，剩下托帕斯，因为没有福分上学，对哈姆扎的能耐，尤其是哈姆扎也没上过学就学会了德语，只有表示高兴和羡慕的份儿了："我一直说上学是浪费时间。不好意思，老师，当然不是指你教书的学校，而是很多学校。不上学也能学得很好。"

"瞎说！"阿卜杜拉老师立马说道。话到这里，再没有人去争论该不该上学的问题了，就连托帕斯也没再说什么，尤其是因为就在这个当儿，咖啡盘送了出来，哈姆扎赶紧站起来，从阿菲娅手中接过来。从她的微笑中，他看得出，她一直在门后偷听他们聊天。他把托盘给几个老友放在门廊上，便去清真寺做宵礼了。这次，其他的几位再没有反对和质疑，而是由他去了。做完宵礼后，他像往常一样在大街上散了一会儿步，便往回走。到家后，他发现哈利法的两位老友已经回家吃宵夜了，只剩下他一个人坐在门廊上。

"我给你留了些咖啡，"哈利法说，"她也会读书、写字。"说着，他指了指房门，毫无疑问是指阿菲娅，但没有说她的名字。他提到她，这还是第一次。哈姆扎以前曾想，她在家里的一举一动向来都是静悄悄的，表现得很内向，表面上哈利法就当看不见似的。这可能是他在家里对未出阁女子表示尊重的方式，不提她的名字或不去关注她，从而把她遮掩起来。也可能是，在跟一个不是自家人的男人说起自己的妻子时，对妻子表示尊重的一种方式。哈姆扎担心惹得哈利法不高兴，所以没敢问。他不是自家人，家里的女眷不关他的事。他心想，他迟早会想办法问，但不是现在。两人坐在门廊上默默地喝了会儿咖啡，随后同时站起身来。哈利法端着托盘进了屋，哈姆扎把草垫卷起来，塞进了门里。

*

这个主意是她夜里想出来的。她听到他们谈论他的德语有多好，所以她认为，她可以向他要一首德语诗。就算是傻瓜也不可能不明白，她这是在让他为她翻译一首爱情诗，就等于让他给她写情书。

"这么说，你既会读德语，也会写德语喽！"第二天早上,她把面包钱递过去时,对他说,"你能给我找一首好诗,帮我翻译过来吗?我不懂德语。"

"当然可以。我知道的德语诗不多,不过我会找一首。"

在她让他翻译一首诗的当天,下班后,他又走到沿海公路,在海滩上找了个阴凉地方,这样可以坐一会儿。这片水域下面是高低不平的礁石,渔民和游泳的人都不喜欢来这里。他喜欢坐在这里看海浪,只是目不转睛地看,眼睛盯着海浪低沉地咆哮而来,然后又不耐烦地"嘶嘶"退去。下班前,他一边与苏莱曼尼老人说着话,一边悄悄溜进商人的办公室,从桌上拿了一张纸。纸的抬头印有商人的名址,但把印着名址的这块撕下来并非难事。既然是情书,就得神不知鬼不觉地送,而且越小藏起来就越方便。

他知道的德语诗都在长官给他的那本《1798年缪斯年鉴》中。他从席勒的"秘密"中摘了头四行,翻译过来送给她:

Sie konnte mir kein Wörtchen sagen,
Zu viele Lauscher waren wach,
Den Blick nur durft ich schüchtern fragen,
Und wohl verstand ich, was er sprach.

他把这几行诗写在从纳瑟尔·比亚沙拉办公室偷来的那张纸上,把纸剪到刚好容得下这几行诗的大小,然后把纸折成大约有两指宽。他知道如果纸条被半路截获,后果会是什么。如果像他担心的那样,阿菲娅是哈利法的二房太太,哈姆扎起码会被赶出小屋,随之而来的还有一连串辱骂,还可能会被暴揍一顿,也是完全合情合理的。但如果他再犹豫不决,那就太说不过去了。于是,第二天早上,他在门口见到阿菲娅时,便把那张正方形的纸片塞进她的手掌心。在纸上,他写的是:

> 她对我只言未说——
> 因隔墙耳朵太多,
> 但我的眼能看懂
> 她在用眉目传情。

他从咖啡店回来时,她已经在门口等着了,她从他手中接过面包篮子,可并没有放开他的手。她想弄清楚他并没有误解她的心思。"我也能看懂你的眼睛在说什么。"她说,意思是指他翻译的最后两行: 但我的眼能看懂/她在用眉目传情。接着,她先是吻了一下自己的手指尖,而后在他的左脸颊上轻轻摸了一下。不一会儿,她趁端着托盘给他送早餐的工夫,悄悄溜进他的小屋,投进了他的怀抱。

"亲爱的。"她说。

"你是他太太?"就在她投入他的怀抱,两人紧紧相拥时,他脱口问了一句。他的话让她吃了一惊。她正享受这美好的时刻,拥抱他那甜美的身躯,可他却问她是不是已为人妻!她想从他怀里挣脱出来,可感觉到他的双臂在紧紧搂着她,不让她挣脱。"对不起!"他悄悄说道。

"谁的太太?"她眼神中还透着惊慌,问道。

他挑起大拇指,朝身后的房子指了指。她明白了他的意思后,眼睛里的惊慌变成了顽皮,随后又笑着投入他的怀里。"我不是任何人的太太……不过。"说完,她挣脱他的拥抱,离开了小屋。

*

阿菲娅悄悄溜进哈姆扎的小屋拥抱他、之后让他高兴得说不出话来的那天是一个星期五的早晨。星期五,木材场只干半天活。其他地方差不多也是在中午打烊,这样人们就可以到城里的大清真寺①去参加主麻聚礼。当然,虽然早早下了班,并不是所有人都去参加主麻聚礼,只有那些唯真主之命是从的人和那些迫不得已的人——主要是儿童和年轻人——才会去。哈利法和纳瑟尔·比亚沙拉都不去。但小信徒哈姆扎去,因为他喜欢坐在气氛祥和的人堆里,去听但不必全神贯注地去听伊玛目布道时苦口婆心讲的那些虔诚经文。小时候他是不得不去,现在他可以自己选择去还是不去,这让他很高兴。之后,他知道,他只是知道,阿菲娅下午肯定会想办法到他小屋来。他关上窗,把门留了一条缝。午后不久,正值酷热难当,明白人都会待在家里或躺下休息,这时候,她穿着布依布依走进来,说是要到什么地方去。他关上房门后,小屋里顿时溢满了她的芳香。两人亲

---

① 大清真寺(great mosque),亦称"聚礼清真寺"或"星期五清真寺",是星期五举行"主麻"(jumu'ah)聚礼的清真寺。

吻、爱抚、窃窃私语了令人兴奋的几分钟。可是光滑的布依布依让他无法完全感受她的肉体，就在他轻轻扯下她身上的布依布依时，她摇了摇头，从他怀里挣脱出来。阿菲娅说她得走了，不然，阿莎太太找不到她，又会小题大做。她出来的借口是，她准备做甜点，要去教长家的商店买些鸡蛋。

"急什么？"他说。

"她知道去教长家的商店只要走几分钟的工夫。"

"你是给她干活的？"他不愿意让她离开，便问道。

阿菲娅一脸的惊讶。"我不为她干活。我住在这里。"

"别走！"他说。

"我现在必须得走，以后再告诉你。"她说。

当天剩下的时间里，他一直在回味她的拥抱，责怪自己太荒唐，太没有耐心。那天也是斋月前的最后一个星期五，当天晚上看到的新月也让这一天过得更加兴奋。阿莎太太派他去给周围的邻居传话，一定要让大家都知道新月出来了。这样，那些亵渎神灵的人在第二天就没有理由找借口说不知道新月出来这回事，仍然大吃大喝。他可不想被人耻笑，说他虔诚到了爱管闲事的程度，于是便躲得她远远的，出去散了很长时间的步。

斋月期间有许多变化。由于人们起得晚，搞得白天短了，晚上又熬到深夜，所以上班的时间较平时晚，许多商店和营业场所要到下午才开门。在商人看来，这种习惯就是偷懒、守旧，所以他要求自己的员工按正常时间上班，但他无法说服所有的员工都同意。哈利法根本不理商人的茬，中午就关了仓库，回家睡午觉。伊德里斯、迪比和松古拉刚过晌午便吆喝又饿又渴,浑身一点儿力气都没有,便在木材场找个阴凉地方倒下就睡,或者干脆溜之大吉。苏莱曼尼老人坚持午休,在午休期间,他做祷告,背诵他了然于心的《古兰经》经文,然后绣他的那顶帽子。他对哈姆扎说,他很遗憾自己不能完整诵读《古兰经》,因为在斋月期间,要求人们每天读一章《古兰经》,直到月底全部读完三十章。

斋月期间,吃饭也和平时不一样,白天不但不吃不喝,而且要忍到斋月结束。斋月是公共生活中的大事,人们认为,日落后的开斋饭大家在一起吃,是一种美德,所以哈姆扎便不去咖啡店买东西吃,而是被请到哈利法家里吃饭。斋月期间的饭菜总是很特别,因为家里管做饭的人会花更多的时间去精心准备。再说,佳肴美味也是对一天恬淡寡欲的犒赏。哈姆扎都是与哈利法一起在门廊上开斋,依照传统,先吃几枚枣,喝上一杯咖啡,然后被叫到屋里,共享阿莎太太和阿菲娅准备的盛宴。这时候,两个女人便坐下来,和两个男人一起吃。之所以称之为盛宴,并不是饭菜的量大,而是饭菜的花样多,一家人一边吃一边聊着饭菜,夸赞饭菜做得好。就连阿莎太太也比过去更和颜悦色了,她还跟哈姆扎说些取笑的话,说他的木匠活大有长进,还说他能读懂德语,现在也是小有名气了。我们知道,接下来你还要开始写诗呢,她说。哈姆扎强忍着不去看阿菲娅,但忍不住动了动眼睛,结果发现,阿莎太太朝着他的眼睛要看的方向扫了一眼,然后又把目光转到哈姆扎身上,哈姆扎赶紧埋头去吃鱼。

饭后,他和哈利法坐在门廊上,没多久,阿卜杜拉老师和托帕斯也来了，有时其他邻居也会过来聊一会儿。斋月的晚上，人们都是凑在一起聊天，你来我往，到处串门。在其他人家的门廊上，或是在很晚才打烊的咖啡馆里，纸牌、多米诺骨牌或克朗棋①等游戏像跑马拉松似的一直玩到很晚，但在哈利法家的门廊上，没有这种无聊的娱乐活动。在这里，聊天的重心仍然是政治阴谋、人性的弱点，还有老掉牙的丑闻。哈姆扎到大街上去溜达，所到之处都是人，有时候，他停下脚步看别人玩游戏，或者听听街头故事大王们妙语连珠地瞎掰扯。斋月一开始，乐师们便停止演奏，不过他觉得他们只是在斋月头几天消停一下而已。在过去几个星期里，他最初偶然听到的那支乐队每天晚上都会为忠实的听众举办一场简短的音乐会，而他现在刚加入了这些忠实听众的行列。看样子他们演奏乐曲纯粹是出于喜欢，因为他们从来不要钱，也没有人主动给钱。有几次，那个女子唱歌，哈姆扎正好赶上听她唱的几首情歌，被歌曲中表达出的那种渴望所感动。他真希望能带阿菲娅来听听他们演奏的音乐，但他不知道该怎么做，甚至不知道什么时候能给她讲一讲。既然是斋月，早餐自然也就没有了，也不用跑到门口去拿钱到咖啡店买面包。每天去屋里吃晚饭，他都小心谨慎地不去看她，但他知道，两人偷偷交换眼神都被阿莎太太看到了。阿莎太太现在是满心狐疑地盯着他不放。

此后，在斋月的第一个星期五，像前一星期一样，阿菲娅溜进他半掩着门的小屋。两人激情相拥，脱了衣服，怀揣

---

① 克朗棋（coram）：一种桌式推棋游戏。

着罪孽的饥渴温存缠绵起来,同时还不忘发出"嘘、嘘"声提醒对方,免得让别人听见。

"这是我第一次。"她悄悄地说。

他愣了一下,然后也悄悄说道:"我也是第一次。"

"你指望我相信?"她说。

"也许这不重要。"他笑着悄悄说道。他没有让她失望,而她也让他更熟练起来,这让他心里美滋滋的。

"这种事我们不该在斋月里做,"事毕,两人赤身躺在垫子上,她说,"只有你保证是我的,我保证是你的,做这种事才说得过去。我保证。"

"我也保证。"说完,两人嘿嘿笑了起来,笑自己的这种情话很滑稽。

她伸手抚摸他的身体,把右手放在他左髋部的伤疤上。她用手指在伤疤上抚摸了几秒钟,轻摩它,感受它,似乎要抚平凸凹不平的疤痕。就在她正准备说话时,他把左手放在她的嘴上。

"现在不要说。"他说。

她轻轻地把他的手拿开。"好吧!这是你的秘密,"说完,她看到他眼里浸满了泪水,"这是怎么回事?怎么弄伤的?"

"这不是秘密。只是现在不要问,求你了,这会儿别问,"他带着乞求的口吻说道,"做完了爱别问。"

她冲他"嘘"了一声,深情地吻他。待他平静下来后,她抬起左手,放在他的眼前,然后弯曲手指,似乎想握起拳头,可手掌又不合拢。"这只手坏了。我的这只手抓不住东西。"她说。

"怎么坏的?"他问。

她笑了笑,用她那只残疾的手去摸他的脸。"我刚问你这个问题,你却哭了,"她说,"我叔叔打的。他并不是我亲叔叔,但我很小的时候住在他家。他说我用不着会写字,就把我这只手打烂了。他说,你写字干什么?你会写肮脏的东西,你会给拉皮条的写纸条。"

两人默默躺了一会儿。"我很难过。请给我讲详细点儿。"哈姆扎说。

"他用棍子打我。发现我会写字后,他勃然大怒。是我哥哥教我写字的,可当时他不得不离开,所以我又住回我叔叔家。看到我会读书写字后,他大发脾气,拼命打我的手,不过他打错了我的这只手,所以现在我还能写。可是,切菜的时候就很困难了。"她说。

"从头儿告诉我。"他说。

她站起来开始穿衣服,他也站起来穿衣服。她坐在理发椅上,而他仍然坐在地上,身体倚在墙上。"好吧,不过,我告诉了你,还问了你的过去,你不会不要我了吧?"

"你就是我心爱的。我保证。"他说。

"我得快点儿,我要去帮夫人做饭。我本该去邻居家,如果我回去晚了,她会打发人找我的。"

接着,她告诉他,她十岁那年,甚至不知道自己有个哥哥,她哥哥如何回来找她,她如何跟他生活了一年,他如何教她读书写字,后来又如何去参军打仗。"我哥哥伊利亚斯。"她说。

"他现在在哪儿?"哈姆扎说。

"我不知道。自从他去打仗了,我就再没见过他,也没有他的音信。"

"不能去查一查吗?"

最后,她看着他。"我不知道。我们试过,"说完,她又低头瞅了一眼他的髋部,"你是打仗的时候受的伤?"

"没错,"他说,"是在战争期间。"

*

吃开斋饭的当天晚上,哈利法像往常一样坐在门廊上,但不知道为什么,他的两个老友来晚了。哈姆扎陪着他坐在那里,不过他宁可出去散散步,看看乐师们是不是还在演奏。两人闲聊了一会儿,哈姆扎提到了那帮乐师。像往常一样,哈利法根本不用离开门廊,就对他们了如指掌,了解他们的底细。"传闻和闲聊的力量,"他笑着说,"斋月期间他们停止演奏,只在室内排练。在圣洁的斋月,虔诚的人是不赞同搞喜庆活动的。他们想让我们所有人遭罪,饿肚子,然后抚摸着我们的脑门儿,让我们干巴巴地去祈祷。"然后,哈利法沉默了良久,连看都没有看哈姆扎一眼,说道:"你喜欢她。"

说完,他转过头来看了他一眼,这时,哈姆扎点了点头。

"她是个好女人。"说着,哈利法再一次把目光移开。他的话音很轻,但可以听得出,他的话字字都是经过深思熟虑的。这件事很微妙,需要慎重处理。"她跟我们生活多年了，我和阿莎太太像对待自己的孩子一样呵护她。我要知道你的想法。我有这个责任。"

"我原来不知道你们是亲戚。"哈姆扎说。

"我答应过她哥哥。"哈利法说。

"伊利亚斯？"哈姆扎说。

"这么说，你知道他了。没错，是伊利亚斯，他浪迹天涯回来后，就和他的小妹妹在这个小城住了下来。因为会说一口流利的德语，他在一家大剑麻厂找到了工作。兄妹俩喜欢这里的生活。就是在那时候，我们成了朋友。那是我们结婚住在这里没多久的事。伊利亚斯有时候带着小姑娘来我们这里串门。后来，战争爆发，他跑去参了军，我搞不懂为什么。也许他把自己当成了德国人，也许他一直想当阿斯卡利。他经常讲起自己的经历，说一个尚加纳人阿斯卡利如何把他拐走，把他带到山里的一个小镇。在那里，一个德国地主把他释放后，又照顾他。有一次，他告诉我，自从碰上尚加纳人以后，他心里就想，很奇怪，一想到当一个驻防军士兵，就有一种成就感。所以，战事爆发后，他再也忍不住了。我们不知道他是不是还活着。自从他去参军打仗，现在已经八年多了，可从那以后，我们就再没听到他的消息。我答应要照顾她，"哈利法说，"我不知道你对她了解多少。"

"她跟我讲过她在乡下的亲戚。"

"他们待她就像奴隶一样。这她告诉你了吗？她叫他叔叔的那个人用棍子打她，打断了她的手。她挨打以后，给我送来一张纸条——是的，没错。伊利亚斯教她读书写字。我告诉她，如果她碰到难处，就给我写个纸条，交给村里的店

239

掌柜。她就是这么做的，勇敢的小东西。她写了个纸条，店掌柜把纸条交给一个车夫，车夫把纸条送给了我。就这样，我去把她接了来，她在这里一住就是八年。现在让她另立门户，对她有好处，"哈利法说，"你和她谈过吗？"

"对。"哈姆扎说。

"听你这么说，我很高兴，"哈利法说，"你必须多给我讲讲你的家人、你的家族。你父母叫什么？你父母的父母叫什么？这你可以过后告诉我。对你，我已经了解得够多了，完全可以放心，但我答应过伊利亚斯。我肩负着责任。可怜的伊利亚斯，他历经了种种磨难，但他生活在一种幻觉中，认为在这个世界上，坏事不可能让他碰上。其实，他活得总是磕磕绊绊。你根本想象不出还有什么人能比伊利亚斯更大方，当然也没有什么人比他更自欺欺人。"

哈姆扎开始认为，哈利法是一个多愁善感、代人受过的罪人，一个为别人的苦难和他那个时代所干的坏事承担罪责的人：阿莎太太、伊利亚斯、阿菲娅，现在又是哈姆扎。他默默地关心和照顾这些人，同时又用直言不讳的鲁莽无礼和一贯的愤世嫉俗来掩饰这种冷不丁冒出来的关心。

*

第二个星期五，阿菲娅又来到哈姆扎的小屋，但这次她对阿莎太太说，她要去看望她的朋友贾米拉。贾米拉已经从父母家搬到小城的另一边，所以两人知道，他们有一整下午的时间。

"这种大言不惭让我自己都觉得吃惊，"她告诉他，"撒谎，在斋月的下午偷偷溜进情郎的房间，私会情郎。我从没想过自己会想出这种招数来，可我不知道，你就躺在离我几英尺远的地方，我怎能不来。"

两人一边窃窃说着情话，一边温存缠绵，然后有那么一会儿，两人就躺在阴暗的小屋里，一言不发。最后，他说道："想不到这种事居然这么美妙。"

她用手慢慢地抚摸他的全身，抚摸着他的额头、他的嘴唇、他的胸膛，然后往下抚摸他的腿和大腿的内侧，就像要把他全装进自己心里似的。"你刚才叫出声来了，"她说，"是你的腿疼吗？"

"不是，"他笑着说，"那是心醉神迷。"

她调皮地拍了一下他的大腿，然后又像以前一样抚摸他的伤疤。给我讲讲，她说。

他开始给她讲述自己的战争岁月。他从向训练营出发的那天早上开始讲起，然后讲到了博马军营，讲到了练兵场上的训练，还讲到了训练是多么疲惫又多么刺激，军营的管理制度是多么野蛮。他把长官的事告诉了她，也告诉她长官如何教他学德语。要讲的事太多，他刚开始跟她讲的时候，说得很快。她聚精会神地听着，没有打断他，也没有问任何问题，只是时不时轻轻地倒吸一口冷气，算是作为回应。当他讲到长官时，她轻轻摇了摇头，让他再说一遍，他这才发现，她不希望他讲这么快。于是，他放慢速度，讲了更多的细节：长官的眼睛、令人不安的亲密、他喜欢玩的语言游戏。他还跟她讲了翁巴沙、肖什和士官长的事。

"这是士官长干的，"哈姆扎说，"在战争快结束的时候,多年的杀戮和残暴已经让我们极度疲惫,人都快疯了。他这个人非常残暴,一直都很残暴。他怒气冲冲地用军刀砍我,可是,我到现在都不知道为什么,也许他一直想害我。我想,是因为长官吧。"

"怎么会因为长官呢?"她问。

他犹豫了片刻。"长官处处护着我。当时他想让我待在他身边。我现在也不知道为什么……我说不准为什么。他说:我喜欢你的模样。我想,有些人……士官长,没准儿还有其他德国军官……认为这里面有些不对劲儿,有些不合身份……有些……太过分,太多情。"

"他摸过你吗?"她希望他能够直言不讳,希望他把该说的话都说出来,便轻声问道。

"他扇过我一巴掌,有时候,他跟我说话的时候会摸一下我的胳膊,只是轻轻地摸,不是那种摸。现在想起来,他们当时认为他……在摸我。士官长就是这么对我说的,还污言秽语地骂我。他那种过分的残暴,让我感到羞耻,好像我做了什么错事,罪有应得似的。"

在昏暗中,她摇了摇头。"对这个世界来说,我的心肝儿,你太善良了。不要感到羞耻,要恨他,要咒他,要啐他。"

他沉默了良久,她耐心地等着。然后她说:"接着说啊。"

"我受伤后,长官把我带到一个德国布道院,一个叫基伦巴的地方。那里的牧师是个医生,是他把我的伤治好的。基伦巴那地方很漂亮。我在那里住了两年多,一边帮布道院干活，一边疗伤，还读了牧师夫人的一些书。后来，英国医疗部门接管了布道院，没多久便告诉牧师，他的行医达不到官方的要求。他这个医生并不完全合格。英国人想把布道院的医务室改造成乡村诊所，但不能让牧师负责，所以牧师决定回德国。我也该走了。不管走到哪里，我找到什么活儿就干什么活儿，然后又继续赶路，在农场、咖啡店和饭馆，扫大街，给人家当用人……什么活儿都干。因为这条腿，有时候很艰难，可能最后是我这条腿累过火了吧。不过，我在塔波拉、姆万扎、坎帕拉①、内罗毕和蒙巴萨干过。在我心目中，我根本没有归宿，或者至少当时觉得没有归宿，"他笑着说，"直到现在我才明白，自己已经找到了归宿。"

又一次长时间的沉默之后，阿菲娅领会了他的意思，于是，便站起身来，开始穿衣服。

"现在天色肯定很晚了。你的什么事我都想听，我想听你多讲讲那个善良的牧师和布道院，还有他是怎么帮你疗伤的，可现在我得走了，"她说，"她已经开始怀疑我，如果我回去晚了，她会生气的。她告诉我，有人已经在打听我，可现在为时已晚。我现在已经许配给人了。你进屋来吃开斋饭的时候，我还能闻出你身上的味道呢。我会想你，念你，盼着下一次见面。听你讲的时候，我还想起了伊利亚斯。他岁数比你大。我告诉过你他歌唱得很好听吗？我在想，他在战争中过得怎么样，他现在是不是健健康康地活在什么地

---

① 姆万扎（Mwanza）为坦桑尼亚西北部的行政区；坎帕拉（Kampala）为乌干达首都。

方,像你跟我说话一样在跟什么人说话。"

"我们会查到的。我们会尽力去查,"哈姆扎改口说道,"有档案。德国人的档案记录非常完整。到那时,你就会知道他究竟怎么回事了。"

"我们能查到什么?这样的话,也许我就用不着知道得那么清楚了,过去的已经过去。如果他在什么地方活得好好的,我知不知道对他也没什么关系了。如果他在什么地方活得好好的,没准儿他不想让我们找到他呢!"她说,"我得走了。"

十二

"好运如果真的有,也永远不会长久,"开斋节的第三个晚上,两人坐在门廊上,哈利法说,"你和我们住了才几个月,但我好像已经认识你很久了。对你的行事风格,我已经熟悉了。从一开始我就知道,在你无精打采的表面背后,肯定藏着充满活力的东西。你刚到这儿的时候,你那样子就好像要在我跟前瘫成一堆似的。现在再看看你。你找到了称心的工作,还让我们那个愚钝的守财奴乐滋滋的。只不过既然你现在已经是合格的木匠,那你就该要求他给你涨工资。哦,对了!你准备做个信徒,毕恭毕敬地等他给你送甜枣呢!

"但听好了:好运永远不会长久。你不可能总会知道,美好的时刻会持续多久,什么时候还会再来。生活充满了遗憾,所以你必须发现美好的时刻,对美好时刻心存感激,而且要坚定不移地采取行动。抓住机会。我不是瞎子。我一直在看,而且看到了我已经看到的东西,我也理解,不过,我看到的有些事让我揪心。我原以为,我会等你跟我讲;我原以为,不用催你或让你难堪;我还以为,在这期间,不会出不体面的事。既然斋月已过,所有的圣洁也就抛在脑后了。开斋节到了,新的一年也开始了,这可能也是你该让我们看到你坚定信念的时候了。如果等太久,你可能会失去当下,甚至会落得终生遗憾。所以,我这才给你提个醒。

"阿莎太太脑子里也有一双眼睛,她也有明辨是非的头脑,我相信到现在你已经注意到了,一根把话挑明的舌头。我不知道她是不是已经跟阿菲娅谈过,不过,我们大概会知道她是不是谈过了。她有自己的想法,这些想法不一定合你的意。你对阿菲娅的感情,我多少知道一些,你自己告诉过我。这可能就是我所说的一个关键时刻,我真的希望你不要错过。我在打哑谜,还是你能明白我的意思?看得出你明白我的意思。我并不想催你,我也不急于把阿菲娅赶出家门。我以前问过你有没有和她谈过,你说谈过了。如果你们俩已经说好了,那我真就开心了。我愿意看到你们走到一起,但你需要告诉我你家里人的一些情况,这样我们才能保证对谁都不会造成伤害。你为什么对自己的事闭口不谈呢?你什么都不说,让人觉得你形迹可疑,好像你干过什么坏事一样。"

"为什么我不能像你以前叮嘱我的那样撒谎呢?为什么我不能干脆胡编乱造呢?"哈姆扎问道。他在故意刺激他,因为他知道自己接下来要说什么,所以对这样说话会造成什么后果,他充满自信。

"没错,我知道我说过你可以撒点儿谎,但这次不一样。这不是开玩笑的事,这不是你好我好、得过且过的事。也许你觉得我是个多管闲事的家长,在干涉一个年轻姑娘自己选择的生活方式。我不是她父亲,也不是她哥哥,但她从小跟我们一起生活,我要对她负责。了解你的情况,对我们来说很重要,也好让我们放下心来。你没有地方住,你完全可以继续住在我们这里。我希望你继续住在我们这里，这也是我们需要多了解你的另一个原因。你以前可能做过什么事。当然，我根本不相信你来这里前干过什么坏事，没准儿和我们其他人过得一样糟，但我要你告诉我。看着我的眼睛，告诉我。如果你对我撒谎，从你的眼神中我能看出来。"

"你对自己的能力很有自信嘛！"哈姆扎说。

"那就试一试。跟我讲实话，我马上就能知道，"听哈利法说话这么冲，哈姆扎脸上的笑容顿时消失了，"好吧，我问你几个问题，你爱怎么回答就怎么回答。你说过你小时候在这里住过好多年。告诉我是怎么回事儿。"

"这不是个问题呀！"哈姆扎说，言语中仍带着挑衅。

"别烦人！我知道这不是个问题。好吧，你小时候是怎么跑到这个小城来的？"哈利法不耐烦地问，哈姆扎的俏皮话一点儿都没能把他逗笑。

"我父亲把我送给一个商人去抵债，"哈姆扎说，"直到商人把我带走后，我才知道他拿我去抵了债。所以，到现在我都不知道我父亲欠了多少债，也不知道他为什么非得把我送给别人。也许我父亲欠的是死账，商人在惩罚他。商人就住在这个小城，他把我带到这里，在他的店铺里干活，不过，他不是店掌柜。他是做商队贸易的，店铺只是他生意的一小部分。他就像你的强盗商人阿穆尔·比亚沙拉，什么生意都做。有一次，他带我去了一趟内地，跑了好几个月。这次旅行太棒了。我们一路走到大湖区，再往前走到湖对岸的山里。"

"他叫什么名字?"哈利法问道。

"我们都叫他哈希姆叔叔,但他不是我亲叔。"哈姆扎说。

哈利法想了一会儿,然后点了点头。"哈希姆·阿布巴卡尔,我知道你说的是谁了。所以说你给他打工。后来呢?"

"我不是给他打工。为了确保我父亲还债或是什么的,我跟他是签了契约的。商人没跟我解释过,也没给过我工钱。他待我,就像我是他的财产。"

两人默默地坐了一会儿,各自在想自己的心思。"后来呢?"哈利法又问道。

"我再也受不了那种活法,所以我就逃跑,去打仗了。"哈姆扎说。

"跟伊利亚斯一样。"哈利法不屑地说。

"没错,跟伊利亚斯一样。战后,我去了小时候跟父母住过的那个小镇,可他们已经不住在那里了,也没人知道他们去了哪里。在我逃跑的几年前,把我从父母身边领走的商人哈希姆叔叔把这个消息告诉了我。他对我说,我父母不住那里了,可我想证实一下。有很长一段时间,我根本不想找他们。我觉得他们把我抛弃了,不想要我了。后来,在战后,我想去找他们,可没能找到。所以,关于我父母,我现在没有什么能告诉你的。我跟他们断了联系。我很小的时候就跟他们断了联系。我不知道,我能告诉你他们的什么,才能让你相信一个成年人会对另一个人负责。你想听我自己的事,就好像我的经历非常完整似的,但我的经历都是些碎片,这些碎片之间全是些空白,让人苦恼不已。那些转瞬即逝或者没有结果的瞬间,如果有可能,我也想弄明白。"

"你已经告诉我很多了。既然在这里蒙受了这么大的耻辱,那你为什么还回来呢?"哈利法问道。

"耻辱?什么耻辱?"

"被契约捆在别人身上,肉体和精神归别人所有。还有比这大的耻辱吗?"

"我的肉体和精神并不归商人所有,"哈姆扎说,"谁都不能拥有别人的肉体和精神。这一点,很久以前我就明白了。在我不懂得逃跑,还没能力逃跑时,他是在利用我,只是那时候我不懂得该如何保护自己,便稀里糊涂地跑去打仗了。如果说我觉得耻辱,那是我为我父亲和我母亲感到耻辱,但那种耻辱只是等我长大后才感受到的,而且对耻辱有了更深的理解。我之所以回到这里,是因为别的地方我不了解。我四处漂泊,所到之处就打打工,慢慢熬日子,到头来大概只是又漂回来了吧。

"我原先住在这里时交过一个朋友。现在回想起当年的岁月,我想他是我这辈子交过的唯一的朋友。每当我感到迷茫,为很多事伤心难过时,我都感到有一种力量在拉着我回到这里。他跟商人也是签有契约的,可我回来后,发现店铺不见了踪影,也找不到他了。我不敢向别人打听哈希姆叔叔的事,唯恐我父亲的债转嫁到我头上。"

"这一点你很聪明。还是小心为好,我知道这一点你懂。我可以告诉你,你的商人哈希姆·阿布巴卡尔究竟出了什么事。"哈利法微笑着说。能一如既往地成为新闻的传播者、小道消息的贩卖者，总是让他很开心。"为他经营店铺的那个年轻人卷了商人藏在家里的所有现金逃走了。他是跟商人的年轻妻子，他的二房太太，一起私奔的。两个人消失得无影无踪，从那以后，再也没人听到过他们的消息。这事就发生在战争爆发以前，所以，谁知道他们后来怎么样了呢？战争中这么多人丢了命。对商人来说，这无异于一桩大丑闻，所以他变卖了所有家产，搬到别的地方去了。我上次听人说，他现在摩加迪沙、亚丁、吉布提，或是那一片的什么地方。那些商队商人剩下没几个了，所以他的日子也快到头了。德国人想终结商队贸易，自己掌控一切。给哈希姆·阿布巴卡尔干活的这个朋友叫什么名字？"

"他叫法里迪。"哈姆扎说。

"就是这个年轻人，"说着，哈利法得意地拍了一下大腿，因为他的故事越来越精彩了，"简直就是个骗子，嘿！钱和老婆！你的这个朋友，他肯定是十足的无赖。"

"我刚被带到这里的时候年龄还很小，他就像兄弟一样照顾我。其实，我们俩谁都不认识，只是在店铺里没黑没白地干活。有时我们进城，可他也搞不清楚自己在哪里，所以我们就四处游荡。如果他是在战前卷钱跑的，那肯定是我逃跑后不久的事。跟他一起逃跑的年轻妻子是他的姐姐。她跟哈希姆叔叔也是签有契约的。"

听到这里，哈利法叹了口气，这个细节现在又会让他的故事丰富多彩到没人敢相信了。"看来，你的事就是这样了，"他说，"我在这里为我的强盗商人打工，你和你的朋友在城那边秘密策划另一个强盗商人的覆灭。不知道为什么,但一想到你的朋友法里迪卷钱跑路后,留下商人去面对耻辱,我就高兴。我们当时都认为,这场阴谋肯定是那个年轻妻子策划的。要不然,他怎么能知道商人把钱藏在哪里呢?居然把所有的钱都卷走,他们俩肯定都是骗子。得了,看在他们是姐弟的分上,我希望他们千万别被抓到,因为就算法里迪是你的朋友,但卷走人家的钱总是不对的。"

"房子怎么样了呢?房子以前就在沿海公路的尽头,有一个漂亮的花园。这我没记错吧?"哈姆扎问道。

"一个印度商人买下来,把老房子拆了,建了一栋豪宅,现在豪宅还在那里呢。不是所有的人都喜欢花园。这个印度商人是跟着英国人来的。英国人从德国人手中接管这里以后,把他们自己的人带到这里做生意。他们从印度和肯尼亚把自己的商人带来,这些新来的印度人很快便在这里站稳了脚跟,到现在还在这里呢。他们接管了这里所有的商贸活动,告诉政府,他们是英国公民,必须享受和白人一样的权利,对待他们不能像他们比我们本地人好不到哪里去似的。"

*

开斋节的第四天,也就是最后一天,清晨的空气中仍有一丝喜庆的气息。阿菲娅推开哈姆扎储物间的门,给他送来一盘早餐,里面放着一片面包和一杯茶。因为开斋节还没有过完,她送来的是一块节日期间吃的面包加炒鸡蛋。他从她手中接过托盘,放在桌上,她便一下子扑到他怀里。此时正是他问她的机会。他告诉哈利法,他会亲自问她,因为他想让她说，这也是她想要的。哈利法说，事不能这么办。他，哈姆扎，应该告诉哈利法，由哈利法告诉阿莎太太，阿莎太太再去问阿菲娅。阿菲娅的答复又如是传到哈姆扎这里。事应该这么办，即便哈姆扎和她谈过了，事仍然应该这么办，不过，如果他也想亲自问问她，那就应该去问。

他搂着阿菲娅说道："我们结婚合你的意吗？"

她身子往后一撤，看着他的脸，也许是想弄清楚他不是在开玩笑。看到他表情这么严肃，她笑着把他搂得更紧了，然后说："开斋节快乐！很合我的意。"

"我可是一无所有。"他说。

"我也是一无所有啊，"她说，"我们俩都一无所有。"

"我们没有地方住，只有这个储物间，连蚊帐都没有。我们应该等到我能租得起更合适的地方再结婚。"他说。

"我可不想等，"她说，"我原以为我根本找不到自己的意中人。我原以为会有人来提亲，而我别无选择。现在你来了，我可不想等。"

"这里连洗澡地方都没有。只有一张睡觉的垫子。住在这里，你会感觉像动物住在洞穴里一样。"他说。

她咯咯笑了起来。"别说得这么夸张！"她说，"我们可以在里面洗澡、做饭，想亲热了，就在地上亲热。就好比一起去旅行，就算好久不洗澡，浑身都是汗臭味，我们也能找到自己的快乐。几年来，她一直想把我嫁出去。她说，她不喜欢他看我的眼神。自从我长大后，她就这么说。她说他——哈利法阿爸——想娶我做二房。她说男人就是这样的畜生。他们毫无节制。"

"我以前不知道,"哈姆扎说,"你告诉过我,这是你的家。"

"阿莎太太心里很苦。她恨我年轻。她想把我嫁出去,可年轻人只要一看我,她又恨得不打一处来。就连在大街上有人瞅我一眼,她都会骂个没完。她说,男人们看我的眼神让她恶心死了。她说,我在纵容男人用那样的眼神看我,可我明明没有那么做。她想把我嫁出去,可她希望有个岁数大的人来提亲,把我娶走当二房。她不想让我觉得自己有魅力和年轻,而是想让什么人把我带走,当成玩物去取乐,去满足他的欲望来糟践我。这就是她内心的苦,所以她才这么刻薄。我小时候,她待我不是这样。那时候她很凶,这你也看到了,但并不刻薄。我长大后,她才变成这样的。"

"我以前不知道,"他又说,"有人来向你提亲吗?"

她耸了耸肩。"有两个。有一个我不认识。另一个是在商业街上开咖啡店的老板。我从他的店前走过,他看到过我。他看到我从旁边走过已经有好多年了,从我十岁的时候就一直看我。这样的男人就这副德行,他们有钱,他们想找个年轻女人玩弄上几个月。他们看到你在大街上走,就会说,那个女人是谁呀,于是他们就跑来提亲,因为他们有钱。哈利法阿爸就是这么说的。"

"可是你没答应。"

"我没答应,哈利法阿爸也没答应。她说,哈利法阿爸没答应,是因为他想留着我做二房。那是她第一次这么说出口。为这事,她骂了他好几天。我现在觉得,那天他带你来，把你领进家里，大概就是想让我看到你。我不知道他是不是真这么想的，也许他只是喜欢你。但我看到了你，而且每次看到你，心里对你就多一分念想。我当时不知道感情会是那样。所以，我不想等，这个储物间也不是洞穴。"

"她跟你谈过我们的事吗？哈利法说，他不知道她是不是说过了。"

"两天前，她说，不要让我们家丢人现眼，不过，这样的话她以前也说过。"阿菲娅冲着他笑了笑，"现在为时已晚了。"

哈姆扎告诉哈利法，他们准备住在储物间，可哈利法死活不答应。哈姆扎不能把阿菲娅告诉他阿莎太太逼婚的事再说一遍，但支吾了半天，还是无奈地提到了阿莎太太。哈利法耸了耸肩，接着便断然摇了摇头。"你搬到家里来和她一起住，和我们一起住，"他说，"不能像流浪汉似的住在外面。里面会让你住得更舒心。对你这样已经习惯了像阿飞一样四处流浪、居无定所的人，住储物间也许挺好了。对我们家的女儿，这不适合。"

"我们自己会去租个地方，"哈姆扎说，"也许最好等一段时间，等到我能租得起更好的地方。"

"有什么可等的？"哈利法问道，"你现在就可以搬进来，等你们准备好去租房子，再搬走就是了。"

"那好，我们看吧！"哈姆扎说。他不愿意被迫搬到屋里去，被迫面对面去看阿莎太太的脸色。

十四天后，小两口结婚了。婚礼办得静悄悄的，直到办完了婚礼，商人纳瑟尔·比亚沙拉和木材场的人才知道。哈利法邀请伊玛目和他的两个巴拉扎老友吃了顿饭，阿莎太太也请女邻居们吃了顿饭。一家人雇了个厨师来家里，把后院让给厨师，让他做了一顿比里亚尼香饭①。他们把阿莎太太和哈利法卧室里的床掀起来，推到墙边上，女宾的宴席就摆在这里。男宾则聚在客房里，伊玛目请哈姆扎向阿菲娅求婚。按照婚礼仪式的要求，双方要当着证婚人的面订立婚约。关于这一点，习惯做法是，男方要说明准备给女方什么彩礼，新娘或新娘的代表对彩礼是不是满意。彩礼一般会事先商量好，只不过当着证婚人的面再明确一下而已。哈姆扎没有什么东西可以拿出来当彩礼，于是便告诉了哈利法。哈利法说，没有彩礼也答应他求婚的决定权在阿菲娅。阿菲娅摆了摆手，示意他们不要再提了——我们俩都一无所有，仪式的这一节便悄悄跳了过去。哈姆扎只问了阿菲娅愿不愿意接受他作为自己的丈夫，哈利法以阿菲娅的名义答应了。话传给另一间屋里阿菲娅和阿莎太太那边的客人，女宾们都欢呼雀跃地表示祝贺。然后，宾客们开始用餐，婚礼就到此结束了。

哈利法强迫小两口住进家里。他一再坚持，阿菲娅耸了耸肩，说他们可以试一试。实在不行，还有储物间可以住。哈姆扎把他仅有的几件东西搬进阿菲娅的房间：他的小背包——里面装着中尉留给他的那本《1798年缪斯年鉴》和牧师夫人送给他的临别礼物海因里希·海涅的《德国宗教与哲

---

① 比里亚尼香饭（biriani）：印度次大陆以及流散到周边地区的穆斯林吃的一种印度香饭。

学史论》①,还有他的睡垫和衣物。

阿菲娅的房间比储物间大,还舒适,离厕所又近。门窗上都挂着帘子,她经常把门窗都打开,让微风吹进来,直到睡觉时才关上。床头顶着一面墙,剩下的空间仅够让两人从床两边挤过去。天花板上挂着一个长方形的木框,是用来挂蚊帐的。对面靠墙放着一个摇摇晃晃的薄木板旧衣柜,哈姆扎第一次看到衣柜时告诉阿菲娅,他会在家具车间为他们做个新衣柜。那就是他给她的彩礼了。衣柜里有一个上了锁的小盒子,盒子漆成了红绿相间的斜纹。她打开盒子,给他看了里面的宝贝:她哥哥教她识字用过的笔记本;阿爸给她的封面是大理石纹路的账本;一枚金手镯,是兄妹俩共同生活的那年,伊利亚斯给她买的,现在已经小得戴不上了;一张明信片,上面画的是一座俯瞰着一个小镇的山,小镇就是伊利亚斯先在德国农场干活、后来去上学的那个小镇;还有哈姆扎为她翻译的、写着席勒诗歌的那张小纸条。

阿菲娅的房门是开向后院的,后院是一家人做饭、吃饭和洗澡的地方,家里的女人们一天要在后院里待几个小时。后院是女人的天地,陌生男人是不能进去的。哈姆扎虽然不再是陌生人,但也没觉得自己是这个家的一员。在他听阿菲娅说阿莎太太满肚子苦水之后,一想到这样的安排,以及她会如何接受他出现在后院里,他就非常紧张。他碰到她都会

---

① 海因里希·海涅(Heinrich Heine,1797—1856):德国抒情诗人和散文家。《德国宗教与哲学史论》写于作者迁居法国期间,主要论述了马丁·路德宗教改革以后,德国宗教和哲学的发展对德国社会革命的影响。

跟她打招呼,她只是头也不抬地答应一声,但两人从来不交谈。他感觉到她无形的抵制,这让他心里很别扭,进而产生了自我厌恶的情绪,所以也就不想待在院子里了。早上一起床,他就上厕所,在后院里与哈利法一起喝茶(哈利法起来后一定要拉着他在后院里喝茶),然后便和他一起离开家。下午回来,院子没有人,哈姆扎便径直走进小两口的房间,这时阿菲娅已经在房间里等着他。到了晚上,阿莎太太和阿菲娅在后院做饭,有时女邻居们会来串门,所以他一定要离开房间,好让她们随便聊,而不用担心会让他偷听了去。在他看来,这就是为人处事的规矩。这么忐忑不安地过了几天后,阿菲娅告诉他,不用再着急忙慌地躲着了。

"别担心!"她说,"他让你住在这里,所以别理她就行了,她会慢慢习惯的。"

"她不想让我住在这里,"他说,"丧门星,记得吗?她觉得我会带来晦气。"

"她只是在冷落你,"阿菲娅说,"她的脾气没有那么坏。"

阿莎太太让他产生的焦虑丝毫没有影响他与阿菲娅新婚燕尔带来的快乐,这种快乐现在只有小两口独处时,他才能体会到。幸运之神庇佑他挺过了战争岁月,把他带进了她的生活。这个世界眼下虽然混乱不堪、满目疮痍,但总是前进的。

但住在后院还是让他浑身不舒服。哪怕是跟阿莎太太随便说句话,他总觉得她话中带刺,就好像接下来她会说出什么伤感情的话来。她每次尖刻地跟哈利法说话,他根本不理她，权当她什么都没说。即便她说的都是些日常琐事，鱼的价格、市场上菠菜的好坏什么的，似乎也能让她大吐苦水，一肚子牢骚。他不知道自己对这种脾气暴躁的恩赐还能忍多久。

商人纳瑟尔·比亚沙拉对他说："啊哈，你为什么这么闷闷不乐啊？我老婆告诉我，前几天你结婚了，你居然没有请我们任何人参加婚礼。你应该高兴才对呀！还是你觉没睡够？呵呵呵。我知道阿菲娅，她小时候我就认识她。我老婆告诉我，她现在长得妩媚动人了。祝贺你！这都是专门为你量身定做的，嗯？你受之无愧。看看你。你有份好工作，现在又有个好女人帮你分担。这一切你要感谢我。我不是在找情分啊，你干活很卖力，但归根到底多亏了我。当时看到你，我就想：为什么不给这个傻小子一个机会呢？虽然他看上去很失意，但给他个机会，没准儿他能好起来。你瞧，我看人还是有眼光的。从你在人前晃晃悠悠走路的样子，我看到某种东西。现在看看你。你还住在那个储物间里吗？我希望不会，不会和你的新婚妻子住在那种地方。我希望你已经找到一个像样的地方去住了……跟那两个牢骚鬼住在一起！对你的婚姻生活，可不是个明智的开端。你什么意思，你自己租不起房子？你在说什么？你要租个有蒸汽浴、带围墙的花园和格子阳台的豪宅吗？你什么意思，你想涨工资？我给你的工资够多了吧？我待你已经很厚道了。要知道，我可不是印钞票的。你不要因为刚有了老婆就贪得无厌起来。是哈利法撺弄你来要工资的？"

苏莱曼尼老人听到婚礼的消息后，对哈姆扎说："要求守财奴涨工资。自从醉鬼迈赫迪走了以后,你在这里干了这么多活,这是他最起码应该做的。感谢真主!祝你多子多福!这句话用德语怎么说?"

"Mögest du mit vielen Kindern gesegnet sein."

就像哈姆扎往常帮他翻译时那样,苏莱曼尼老人开心地咯咯笑了起来。

第四部

十三

与前几年相比,现在是哈姆扎较为轻松的时期。日子一天天过去,小两口与哈利法和阿莎太太住在一起带来的紧张情绪逐渐缓和,或许一家人都已经适应了这种生活。小两口尽量避免与阿莎太太貌似不和,尽量不去看阿莎太太非难的脸色,不去听她嘟嘟囔囔的牢骚。哈姆扎学会了对她敬而远之,所以在下午下班回家后,虽然她的说话声就在耳边,但他常常只是跟她打个照面而已。阿菲娅总是第一个起床,但哈姆扎天一亮就睡不着了,所以她起床时,哈姆扎通常已经醒了。她沏茶的时候,他就洗漱,随后便在哈利法和阿莎太太走出房间前离开家。

他每次赶到木材场时,纳瑟尔·比亚沙拉已经到了。两人打个招呼之后,商人把车间的钥匙交给他,便不再说话,有时只顾着忙他那宝贝账本,连头也不抬。苏莱曼尼老人到了以后,二人碰个头,简单商量一下当天的工作,纳瑟尔·比亚沙拉有时也会到车间里跟他们一起干活,对碗钵和橱柜之类的进行最后润色,或对某个新设计方案评论一番。他正计划制作软垫沙发,所以需要雇一个会装软垫的工匠,但目前他还在对沙发框架做实验。市场上对家具的需求在不断增加。他的货运业务也在扩大,与哈利法预料的相反,事实证明,投资买螺旋桨是成功之举,吸引来的业务量一艘船根本无法承担,所以需要再买一艘更大的、装有发动机的船。纳瑟尔·比亚沙拉喜欢称之为蒸汽船。鉴于生意这么红火,商人设计了一块招牌,亲自动手雕刻和上漆,让松古拉钉在木材场的大门上: 比亚沙拉家具及日用百货公司。

"我觉得我们得扩建车间,弄些新设备来,"说着,他先看了看表情依旧茫然的苏莱曼尼老人,又看了看点头表示赞同的哈姆扎,"我们的场子很大,对不对?我们可以在这对面建一个新车间,配齐设备,去政府抢合同——学校的课桌、办公家具之类的。老车间我们就留着接家用家具和摆设品一类的活儿。你们觉得怎么样?"

在接下来的几个星期里,他动不动就谈起他在筹建的新车间,他越是谈论新车间,就越是找哈姆扎说话,搞得就像他正排队等着管理新车间似的。纳瑟尔·比亚沙拉之所以心心念念地惦记着政府的合同,根本原因是英国殖民政府已经宣布扩建学校和开展扫盲运动。政府还加大了农业生产、市政工程和卫生保健等领域的投入。这些举措只不过是向德国人炫耀殖民地该如何经营罢了。所有这些部门和项目都需要办公室,有办公室,就需要桌椅。此时的纳瑟尔·比亚沙拉更喜欢别人称呼他为企业家,而不是商人。每当他下决心去推动新项目时,哈姆扎都是经过深思熟虑之后热情地点点头。哈姆扎迟早会要求大幅加薪,但目前他还在等待时机。

为了让哈利法和阿莎太太先吃午饭,他都是晚一会儿回家。他到家后,他们通常已经吃过了饭,准备睡他们那雷打不动的午觉了。他午饭吃得不多,就是些米饭、菠菜,还有时令水果。有时候,他会吃印度抛饼、一小块鱼和一碗酸奶，然后便回去上班。下午他回来后，他先是洗个澡，然后躺下来休息一个来小时。如果阿菲娅在家，便跟着他走进他们的房间，两人便说说话，聊一聊当天发生的事。阿菲娅经常出去串门，要么去看望已经为人母的朋友贾米拉，要么去看望纳瑟尔·比亚沙拉的妻子哈立达，要么去参加女人们日常生活中必须参加的活动：葬礼后的追思会、订婚礼、婚礼、探视病人、探望坐月子的母亲和新生儿。

到了晚上，哈姆扎一般是逛一逛街，见一见他刚认识的人和刚结交的朋友，尤其是他有空便去听的那支乐队中的一位乐师。他叫阿布，也是个木匠，岁数比哈姆扎大几岁。昏礼祷告后，两人在小河对面桥边的一家咖啡馆碰头，与咖啡馆的其他常客一起聊天。每次看到他来了，客人们就给他腾个地方。在一帮话匣子面前，哈姆扎不太爱说话，所以他总是很受欢迎。这些人聊起天来，气氛很轻松，彼此间很随便，还经常浑味儿十足，但在他看来，他们似乎在争先恐后地看谁能开出最离谱的玩笑。有时候，这样的玩笑开得太低俗，太让人忍俊不禁，笑得他两边的腰都疼，但过后他回过味儿来，大家聊的没有一句正经话，而他也在这种无聊的放松中白白浪费了时间。有时候，哈姆扎跟着阿布晚上一起去排练室，与乐师们坐上一个来小时，听他们演奏和练习。

然后，他便返回哈利法的房子（他还不能称之为"家"），与哈利法、阿卜杜拉老师和托帕斯坐一会儿，听他们琢磨国际形势，思考和分析最新的种种暴行和小道消息。当时，殖民政府创办了一个斯瓦希里语的月刊《时事》，供识字的人了解国际和国内形势、优良的农耕方法、医疗保健，乃至体育新闻。哈利法买了一本，看完后传给哈姆扎和阿菲娅。阿卜杜拉老师带着他自己的那一本来参加巴拉扎小聚，对他的老友说，里面有哪些有趣的东西引起了他的注意，这些东西往往需要挖掘、揭露和曝光。有时候，他会带份《东非旗帜报》的过刊，《东非旗帜报》是内罗毕的移民报，是他在地区长官办公室工作的朋友专门为他续借出来的。其中的一些内容为三位大师提供了令人信服的讨论材料，尤其是移民间的激烈交锋。有的移民希望把非洲人全部赶出肯尼亚，让肯尼亚变成一个他们所谓的"白人国家"；有的则希望把印度人全赶出去，只允许欧洲人进来，留着非洲人当劳工和用人，把一些零零散散的野蛮游牧民族圈在保留地供人赏玩。这些主张及其捍卫者听起来让人匪夷所思，就好像移民们都生活在月球上似的。

哈姆扎从阿菲娅手里接过咖啡托盘后，便离开他们去清真寺做宵礼。你走你的，小信徒，哈利法总是支持他离开。回来后，他便直接回小两口的房间，与阿菲娅度过一天中最甜蜜的时光。小两口会聊上几个小时，看看旧报纸，了解彼此的生活日常，展望未来，享受温存时刻。

*

一天夜里，她躺在他身边被吓醒了。她赶紧抓住他的膀子，小声唤他的名字。"哈姆扎，嘘，嘘……别这样。"

他满头大汗，浑身都湿透了。他醒来后，嗓子里仍在发出啜泣声。两人静静地躺在黑暗中，阿菲娅紧紧搂着他的胳膊。"你刚才在哭，"她说，"还是因为他？"

"是他。没错。有时候是他,有时候是长官。要不然就是牧师。总是他们,"他说,"只不过不是具体哪个人,而是他们带给我的那种感觉。"

"什么感觉?告诉我。"

"一种危险、恐惧的感觉。就好像天大的危险在步步逼近,根本无处可逃。巨大的吵嚷声、惨叫声,还有血流不止。"

然后,两人在黑暗中静静躺了很长时间。良久之后,她问道:"总是战争?"

"总是。以前,小时候,我就经常做噩梦,"他说,"梦见各种动物在吞噬我,我却趴在那里,动弹不得。不知怎么搞的,那种梦给你的感觉不是危险,更像是失败,像是折磨。现在,我再做噩梦,就觉得非常害怕。就好像朝我来的东西会用巨大的痛苦把我碾碎,让我饱受折磨,我淹死在自己的血泊里。我总觉得喉咙里全是血。我害怕的是这种感觉,而不是具体哪个人。但有时候是他,士官长。我不明白,为什么见到牧师,我就有这种感觉。我不知道他是怎么进入我的梦的。他治好了我的伤。我在他的布道院里待了两年。"

"再给我讲讲他的事吧!"她说,"给我讲讲烟草棚、果树,还有牧师夫人借给你的书。"

她感觉到他在黑暗中笑了。"这么说,你当时在听呀。我还以为,我给你讲牧师夫人的时候,你睡着了呢。现在想来,牧师这个人处事缜密,烟草棚给他带来很大乐趣。在布道院,什么都是他说了算。他总是希望自己是对的,他无形中认为自己是对的。表面上他在耐着性子去听别人说话,去告诫自己要与人为善。你会纳闷,他怎么会甘心做个传教士。现在看来,我觉得,他本来生性严肃,是牧师夫人教他学会宽以待人的。她心地善良、体贴入微、宽宏大度,这些都不是装出来的。我永远不会忘记她。她借给我书看,没错。她给了我他们在德国的住址。她说我应该隔三差五把我的近况告诉他们。她把家庭住址写在我给你讲过的海涅的那本书上。"

"也许有一天你会写信,"她说,"即便现在忘不了她,但也许有一天,你会忘记那段可怕的岁月。有时候我出门,心里就会想,等我回到家,发现你走了,发现你已经离开我,一句话也没说就消失得无影无踪。我不知道自己是不是弄懂了你的一切,我很害怕有一天会失去你。我失去了父母,甚至都不了解他们。我都不知道自己是不是还记得他们。后来,我失去了哥哥伊利亚斯,我小时候,他的出现就像真主的恩赐。我无法忍受再失去你。"

"我永远不会离开你,"哈姆扎说,"我小时候也失去了父母。我失去了家,因为盲目渴望逃离,还差点儿丢了命。在我来到这里遇到你之前,我过的就不叫日子。我永远不会离开你。"

"答应我。"说着,她轻轻抚摸他,示意她已准备好要他了。

*

小两口结婚五个月后,阿菲娅第一次流了产。第二个月没来月经,她告诉了哈姆扎,但又告诉他不要声张出去。他要告诉谁?他问。小两口忍不住笑了,沉浸在对小生命的美好憧憬之中,开始谈论她肚子里的那个生命,猜测是男是女,起什么名字。她甚至不敢说这是怀孕,提醒他,伊利亚斯告诉她,他们的母亲不止一次流过产。一直等到三个月零九天过后,她才告诉哈姆扎现在确定无疑了。

"是个男孩。"她说。

"不,是个女孩。"他说。

第二天下午,她没来月经后的三个月零十天,阿莎太太找阿菲娅说话。她瞅了一眼她的小肚子,然后盯着她的眼睛看了很长时间。

"你有喜了?"她问。

"我觉得是。"说完,阿菲娅惊讶地发现,小两口小心翼翼保守的秘密被阿莎太太猜中了。

"几个月了?"阿莎太太问。

"三个月。"阿菲娅迟疑了一下说道。她不想让自己的话听起来太肯定,免得阿莎太太看着又不顺眼。

"你也该有喜了,"她说,但声音中没有半点儿高兴的意思,"只是……女人往往第一个保不住。"

第二天,阿菲娅正在院子里晾衣服,觉得自己的大腿上湿乎乎的。她急忙回到自己的房间,发现内裤已经被血染成深红色。阿莎太太当时也在院子里,便跟着她进了房间,帮她脱衣服。她找来一些旧床单,让阿菲娅躺下。

"也许能保住,"她说,"衣服上的血不是很多。你就歇着吧,咱们等等看。"

整个上午,血一直在流,阿菲娅身子下面的床单不断被弄脏。她自始至终躺在那里一动不动,慢慢地对失去这个小生命听天由命了。哈姆扎回来吃午饭时,阿莎太太起初不想让他进房间。这是女人的事,她说,但他拨开她阻拦他的手,进去坐在了妻子的身边。

"我们高兴得太早了,"阿菲娅流着泪说,"我不知道她是怎么知道的。她说我可能保不住。她希望我保不住。"

"不会的,"他说,"只是运气不好。别理会她说什么。"

到第二天早上,尽管还斑斑点点地出血,但最严重的出血已经过去了。三天后,已经没有了血迹,但阿菲娅筋疲力尽,一点儿力气都没有,还要努力克制不去难过。阿莎太太告诉她必须休息,但她摇摇头,还是站起来做些力所能及的家务。俗话说,没有不透风的墙!她不幸流产的消息不知怎么还是传了出去,她朋友贾米拉和萨阿达前来探望她,哈立达因为自己的丈夫与阿莎太太长期不睦没有来,但也让人捎话过来表示同情,还说如果需要她帮忙,尽管找她。与此同时,阿莎太太仍然专横地对她关怀备至,给她熬玉米粥(还加点儿玉米穗,她说,玉米穗对阿菲娅的身体有好处),一日三餐给她做饭:炒肝、蒸鱼、奶冻、炖水果(她说,阿菲娅身子虚,适合吃这些东西)。她就像阿菲娅小时候熟悉的那个阿莎太太,虽然说起话来仍不依不饶,但每一次的轻抚都蔼然可亲。

恩宠有加的日子一直持续到她逐渐康复。三周后,专供的饭菜没有了,阿莎太太的嗓门又重新回到原来的尖厉边缘。妊娠失败让阿菲娅觉得自己更像哈姆扎的妻子了。之后的几天里，哈姆扎对她百般温柔，就连睡觉都紧紧搂着她，把手放在她的肩膀或是大腿上；跟她说话也是轻声细语，就好像大声说话会招她心烦似的。除了这种百般呵护，他还强忍着不去和她温存，可是过了没几天，她伸手去搂他，悄悄对他说，他的担心已经过期了。他说，他担心她还在疼，但她很快证明了他的担心是多余的。同样奇怪的是，这次流产让她觉得在这个家更不受约束了，让她觉得自己更像成年人，更像个母亲。她每天早上都去市场，自行决定全家人中午吃什么，而不用事先请示阿莎太太。她都是买样子最好的、她最中意的东西，其实也没有什么特别的，只是样子看起来深绿的、长得饱满的香蕉，或是刚从土里挖出来的山药或木薯，或是新摘下来的、表面光泽亮丽的南瓜。让她惊讶的是，阿莎太太再没有提出过反对意见，只是在她认为买得太贵或买错了菜，才偶尔责怪她，笑话她。这秋葵你从哪儿买的？都烂了，诸如此类的话。

　　下午，阿菲娅大都去看望贾米拉和萨阿达，姐妹俩现在在家里做起了小买卖，替人家加工裙子。她和她们坐在一起，她们让她做一些不需要技术的小活儿：钉扣子，量布料，裁剪人们都喜欢在裙子上点缀的花边和丝带。随着时间的推移，姐妹俩开始派给她复杂一些的活儿，就这样，她逐渐学会了如何测量顾客们要照着样子做的裙子布料，如何把布料裁剪到最佳效果，如何在她朋友带她去的那家印度人开的杂货店里挑选花边、丝带和纽扣。由于顾客都是熟人和邻居，所以姐妹俩只收取微薄的加工费。每天做完家务后，姐妹俩这样做,与其说是为了挣钱,不如说是为了打发空闲时间,因为她们乐意做些让自己忙起来又需要技术的事,来消解不得不去忍受的宅居生活所带来的苦闷。

几个月后,小两口结婚周年刚过,阿菲娅又怀孕了。第二个月没来月经,她告诉了哈姆扎,两人若无其事地等到安全度过了第三个月,才开始谈论起小生命来,当然这样的话只是两人之间悄悄地聊。

大约就在同时,阿莎太太身上的疼痛就开始了——并不是说她平时没有平常人都会有的疼痒,而是这一次完全不同。当时,两人正在做午饭,因为阿莎太太觉得热,便从厨凳上站起来去拿把扇子。突然,她的腰背感到一阵剧烈的刺痛。疼痛来得太突然,太剧烈,她"哎哟"一声,瘫坐在凳子上。

"夫人。"阿菲娅喊叫着,赶紧站起来,伸出双臂。阿莎太太抓住伸过来的两手,一反常态地呜咽起来。阿菲娅跪在她身边,握着她颤抖的双手,轻轻地叫着:"夫人,夫人。"阿莎太太默默喘了几分钟后,深深叹了一口气,然后弓起腰,试了试还疼不疼。阿菲娅扶着她站起来,在院子里走了几步,总算没出什么事。

"真没想到,感觉就像有人把我砍成了两半,"阿莎太太用手揉着骨盆上方两边的腰窝,说道,"去给我拿个垫子来。我要在地上躺一会儿。肯定是腰扭着了。"

阿菲娅小时候一直给她按摩背;当天晚上,阿莎太太又让阿菲娅给她按摩后背。她趴在房间里的垫子上,阿菲娅跪在她身边,给她从肩膀一直按摩到腰。阿莎太太心满意足地哼哼着，后来感觉好多了。但疼痛并没有消失。她每天都抱怨自己两边的腰疼，有时候，突如其来的疼痛让她忍不住叫出声来。随着日子一天天过去，她的病情也越来越严重。她早上从床上爬起来就开始疼，而且从早到晚大部分时间都疼痛不止。到了夜里，虽然她躺下来想休息，但还是疼痛难忍。

"你应该去医院检查一下，"哈利法说，"你不能什么都不做，就这么不停地哼哼。"

"不，哪家医院？医院都不收治女病人。"她说。

"胡说八道！我说的是政府医院，"哈利法没有把她的抱怨太当回事，说道，"政府医院从德国人在的时候就一直收治女病人。"

"只收孕妇。"她说。

"以前可能是，现在不是了。政府希望我们大家都健健康康，这样我们才能更卖力地干活。《时事》上是这样说的。"

"别瞎说了！你这人真是没救了！总觉得自己说话很风趣，"她说，"一边去。"

"印度医生怎么样？"他说，"我们可以把他找来。他上门给人看病的。"

"找他只不过浪费钱。他收了我的钱，给我点儿带颜色的水，然后说这就是药。"

"根本不是这么回事儿！"哈利法笑着揶揄她说，"你就是怕打针。不管什么病，他基本上都是给人打针，这你是知道的。有的人甚至打针打上了瘾，除非他给他们打一针，不然就不想给钱。我们叫他来给你看看。他给你打一针,你很快就好了。"

现在很明显,让阿莎太太疼痛难忍的不是她的背,而是她臀部上方软组织里面的某个地方。她经常长时间坐在后院的垫子上,闭着眼睛,时不时忍不住呻吟。她愁眉苦脸、闷闷不乐,毫无疑问,痛苦的根源是她自己的身体。阿菲娅尽量揽起家务活,这些家务活阿莎太太本来认为应该是她做的。每当阿莎太太拿起扫帚要去扫后院,或者要收拾衣服和床上用品送去洗,她都会说,夫人,让我来吧。但她觉得很自豪,而且一边把阿莎太太推开一边说,我不需要人照顾。

她逐渐没了食欲,身体也开始消瘦下去。她吃上一两口木薯或米饭,就给噎住了,无法吞咽。阿菲娅给她熬骨头汤,把水果捣碎和酸奶搅在一起,坐在身边看着她吃,免得她需要帮忙。到最后,阿莎太太实在撑不住了,疼得她只能躺在床上不停地呻吟,神志也近乎昏迷。哈利法央求她去医院,或者至少去看印度医生,但阿莎太太说,不,她不需要那种治疗。她不想让陌生男人用挂在脖子上的那种东西捅她,然后再放到你的心脏上喝你的血。相反,她要的是马厄里姆①——医师。

"你觉得他会怎么办?做祷告,让你好起来。你这个女

---

① "马厄里姆"(maalim):在斯瓦希里语中,本义为"教师"或"德高望重的人",同时也指替人治疗精神疾患的人。斯瓦希里人一般采用三种方法治疗精神疾患:宗教疗法,传统斯瓦希里疗法,或两者相结合的疗法。"马厄里姆"以及后文中的"谢赫亚"(sheikhiya)属于采用宗教疗法的灵疗师。前文和后文中提到的姆甘尕(mganga)属于采用传统斯瓦希里疗法的巫医。

人真无知!"说着,哈利法把目光投向阿菲娅,希望她能说句话劝一下,"你又不是什么大人物,医师是不会来看你的。只有身份显赫和有钱的人家,他才去的。让他做祷告可不便宜。是你的身子出了毛病。你需要去看医生。"

"或许我们可以把医生叫到家里来,"阿菲娅说,"有时候,他也到病人家里去给人看病的。我知道他到人家里给病人看病。"她知道,哈立达的儿子得了黄疸病,医生就是到她家里去给她儿子看的,但她没有说,免得阿莎太太听到哈立达的名字进一步产生逆反心理。

阿莎太太笑着揶揄她:"那样他就可以为他那点儿垃圾多收我们的钱了。去医师家,把我的疼痛跟他说明一下。问问他该怎么办。"

阿菲娅按照她的吩咐去了医师家。医师家靠近一座清真寺,紧挨着一片旧墓地。由于担心传染和污染环境,许多年前德国人就已经禁止使用这片墓地,还曾威胁说要把墓地扒掉,只是后来战争爆发,才没有动手。英国政府虽然没有威胁要扒掉墓地,但禁止再往墓地里下葬,还命令必须把墓地里的低矮灌木清理干净,防止传播疟疾。

阿菲娅被带进楼下前门旁边的一个房间。她怀孕快六个月了,所以她小心翼翼地跪下来,尽量舒适地蹲着,等医师露面。房间的地上铺着几层厚厚的草垫,还有一个阅览架,上面放着一本《古兰经》。阅览架旁边还有一个香炉,虽然此时没有焚香,但还是散发出一股沉香的气味。带窗棂的窗户敞开着,柔和的阳光透过屋外印度楝树的垂枝照射进来,这棵楝树是清理附近墓地后保留下来的唯一一棵树。

医师是一位上了年纪的苦行者,有着相当高的声望和地位。他身穿棕色的无袖长袍,头戴服帖的白帽。阿菲娅以前没有和他说过话,所以看到他充满自信、泰然自若的样子,着实感到一丝敬畏。他没有微笑,也没有招手致意,而是悄然走到阅览架旁边他的位置上,一言不发地认真倾听阿菲娅讲述阿莎太太的病情。听她说完后,他询问了阿莎太太的年龄和总体的健康状况。他已经习惯了对芸芸众生讲话,所以声音听起来既浑厚又绵柔。随后,他告诉阿菲娅下午再来,到时候他会准备好东西让她拿回去,缓解病人的痛苦。

下午她又回到医师家,医师给了她一个边框镀金的小瓷盘,瓷盘上用深棕色墨水写着几行《古兰经》经文。他解释说,这种墨水是从鲜核桃仁中提取的,鲜核桃仁本身就有药用价值。他还给了她一个护身符。他吩咐她说,往盘子里倒半咖啡杯的水,要非常小心,等到盘子上的经文溶化。盘子里的水不能搅,也不能往里加任何东西,一旦瓷盘上的字迹溶解了,就让病人把盘子里的水喝下去。护身符要绑在她的右脚踝上。早上阿菲娅要把盘子送回来,这样他就可以准备好,让她下午再来取一剂。阿菲娅双手接过盘子和护身符,然后把哈利法让她交给医师的一小袋钱递给医师,医师也没看里面有多少钱就接了过去。这种治疗持续了几个星期,但没能减轻阿莎太太的病痛。

日子一天天过去了,大家都在传阿莎太太的情况不太好,于是邻居和熟人都来看望她。刚开始,阿莎太太不想让人觉得她病得很重,所以还在客房接待客人,但后来,她开始让客人们到床边来看她。客人们都劝她,她应该去看看姆甘尕,她就住在附近。我以前去找她看过,没什么用处,阿莎太太说。不,不是那个,客人们坚持说,大家都说这个好。她懂得用药。

姆甘尕来到家里,与阿莎太太关在房间里待了很长时间,一边给她检查,一边问这问那。阿莎太太求姆甘尕让阿菲娅留下来陪着她。姆甘尕大概是个中年妇女,身材非常纤弱,但涂着眼影的眼睛却炯炯有神,举手投足透出一副居高临下、煞有介事的架势。她和阿莎太太在一起时,几乎说个不停,对她提出的问题甚至用腹语来回答。第一次检查过后,她留下一些草药,让阿菲娅把草药浸泡在温水中,在睡前给阿莎太太喝。这会帮助她入睡,姆甘尕说。此后,姆甘尕每天都来,在阿莎太太疼痛的地方擦些药水和镇痛软膏,而阿莎太太则心满意足地哼哼着,还嚷着感觉好多了。她让阿莎太太面朝上躺在地上,用一块厚厚的蓝色印花布把她从头到脚盖了几分钟。然后,她又让她向左侧身躺着,让她从头到脚做波浪状起伏的动作。之后,她又让她向右侧身躺着,重复刚才的动作,与此同时,她坐在她身边一边祷告,一边唱着阿菲娅听不懂的话。这样的仪式一连搞了四天,之后,姆甘尕开了个单子,告诉阿莎太太应该吃什么,还说哪怕是每天只吃一两勺也要吃。但是,疼痛并没有消失,姆甘尕悄悄对阿菲娅说,他们也许该请个灵疗师来看看,免得问题不是出在病人的身体,而是被鬼魂附体了。

"我是这么对她说的,"姆甘尕说,"只有灵疗师才能听到鬼魂提出什么要求,才肯离开你的身体。但她摇了摇头,意思她心里更清楚。没有灵疗师,她怎么知道鬼魂想干什么呢？你得知道怎么让鬼魂开口说话才行。"

阿菲娅没有把姆甘尕的话告诉哈利法，因为她知道，对这种把戏，哈利法会嗤之以鼻，但她告诉了哈姆扎，可哈姆扎什么也没说。过了一段时间，阿莎太太已经卧床不起，所以需要使用便盆，也就是在这个时候，阿菲娅看到她的尿液中带了血。便盆里也有一小块一小块的粪便，起初她不知道血是从哪里来的，但有一次，她看到便盆里只有尿液和血块。"夫人，"说着，她把便盆拿给她看，"有血——黑色的。"

阿莎太太把脸转过去面对着墙，很显然她一点儿都没感到惊讶。

"夫人，你必须去医院。"阿菲娅说。

她没有转过脸来，而是摇了摇头，然后浑身颤抖起来。阿菲娅告诉了哈利法，哈利法再没犹豫，直接去请印度医生，可医生被别人叫走了，直到第二天早上才来。医生五十多岁，身材矮胖，一头银发，举止温良恭谨。他穿得像个政府官员，白衬衫和卡其色长裤。他让哈利法离开房间，让阿菲娅留下来。他先是问了些问题，然后眼睛看着阿菲娅，希望得到她的证实。阿莎太太根本没有力气不听命于医生了，她回答问题时声音虽然像泄了气的皮球，但倒也没有难为情。她看到尿里带血有多久了？她早饭吃什么，午饭吃什么？她能不能咽下东西？哪里疼得最厉害？她知不知道过去有没有哪个亲属，她母亲或父亲，得过同样的病？然后，他检查了她肋部最疼痛的地方。之后，他告诉哈利法和阿菲娅，起初他认为尿中带血是膀胱得了血吸虫病，但更有可能是，她的肾已经衰竭。得了血吸虫病不治疗，就可能导致肾衰竭，所以她必须去医院检查一下。不过，情况可能更糟糕，因为他感觉她的肋部有个肿块，这可能非常危险。他们不该拖这么久。

在医院，她做了 X 光检查，发现左肾上有一个很大的肿瘤，膀胱上也有一个肿瘤，不过小一点儿。她体内还有血吸虫，但可以肯定的是，肿瘤已经发展到晚期，而且很可能是恶性的。印度医生告诉他们，医院已经要求她回去进一步做 X 光检查，看看还有没有其他肿瘤，但医生又说，这要由她自己来决定。医院发现的肿瘤已经没法治了，但他可以给她开些治疗血吸虫病的药。他对哈利法说，她现在只剩下几个月的光景了，他能做的就是给她打止痛针。哈利法认为，应该把医生的话告诉她，这样她可以为自己和自己的身后事做些准备。他告诉她，如果她愿意，医生会给她打止痛针，但在告诉她时，他还是忍不住笑了。打针医生，他说。他不知道现在这个时候是不是该让自己的妻子与她的表弟纳瑟尔·比亚沙拉和解，虽然他这人不值得去和解，但他没跟阿莎太太说，而是把自己的想法告诉了阿菲娅。留下这种仇怨是不对的。不过，这样的话他没有对阿莎太太说，因为她听到的消息已经让她无法承受了。他从没有想过她会走在他前面。她总是那么坚强。

于是，阿菲娅绕了个弯子，去看纳瑟尔·比亚沙拉的妻子哈立达，把阿莎太太的病情告诉了她。阿菲娅现在挺着大肚子，快要临盆了，爬他们家的楼梯都已经很吃力。"阿爸让我告诉你的。"阿菲娅对她说，而且还明确告诉她，这样的话就是暗示请他们去探望即将死去的亲戚。

　　当天下午,哈立达第一次来到这个家。她坐在阿莎太太床边的凳子上,身体伏在她的床上,吻着她的手,像人们在病床边跟病人聊天一样跟阿莎太太说话。这是一次低调的和解,哈立达和阿莎太太都没有大惊小怪。聊了大约一小时后,哈立达祝她早日康复,便起身走了。她离开后,阿莎太太长长叹了一口气,仿佛一场煎熬终于结束了似的。在她最后的弥留之际,她已经没有了任何抵抗力。她动不动就说胡话,嘴里嘟囔的话谁也听不懂,还时不时流下眼泪。

十四

城里有许多孩子都是接生婆接生的,所以阿菲娅也准备在家里让接生婆接生。和许多人一样,阿菲娅宁可在她认识的妇女面前生孩子,也不愿意让根本不认识的人接生。所以,尽管殖民政府大张旗鼓地开展了妇产保健运动,她还是没有去新建的保健站分娩。她的羊水一破,马上就派人把接生婆叫了来。此前,贾米拉答应过,她生产的时候,她会陪着她,所以也把贾米拉叫来了。她的分娩从傍晚开始,艰难地熬过了一整夜,一直持续到第二天傍午。哈姆扎被打发到客房,哈利法也在客房里待着。在那段紧张的时间里,在场的人都没怎么睡。他们把房门都打开,这样可以听到阿莎太太的声音。她总是有气无力地呻吟,还时不时召唤哈利法,他动不动要跑过去看一看。通向后院的房门也开着,结果,搞得阿莎太太奄奄一息的呻吟声与阿菲娅时断时续的痛苦喘息声搅在一起,不绝于耳。哈姆扎觉得坐在客房里反正也没事,于是便在后门台阶上坐一会儿,以防需要他帮忙。接生婆出来看到他坐在那里,就把他撵走了。这一夜还长着呢,她说,老公就这样坐在旁边等着不太好。他不知道这样坐着有什么不太好,但他还是听从了接生婆的话,回到了客房。

早上,一位邻居来照顾阿莎太太,这样哈利法就可以去上班了,女人们也都劝哈姆扎去上班。他什么也做不了,一有消息，她们会派人去叫他的。他很不情愿地走了，本来他是想在阿菲娅承受分娩痛苦的时候陪在她身边，小生命到来时他也能马上看到，所以这让他觉得被女人们欺负了。整个上午没人来叫他，搞得他也没什么心思专心干活。穆安津召唤人们做晌礼的时辰刚过，哈利法便来到车间，出于不同的原因，他也着急回家，于是两人便一起回了家。那位好心照顾阿莎太太的邻居告诉他们，阿菲娅生了个男孩。哈姆扎看到她躺在床上，虽疲惫不堪，却很得意，而贾米拉站在一旁咧嘴笑着，接生婆还在默默地忙活着。

"我们正想收拾干净以后，再派人叫你去呢。"贾米拉说。

他们给孩子起名叫伊利亚斯，这在孩子出生前就已经定好了。如果是男孩，就叫伊利亚斯；如果是女孩，就叫鲁基娅。

孩子出生后，阿莎太太似乎进入了昏睡状态，既没有完全睡着，但也没有醒着。她没有吃任何东西，邻居或哈利法给她翻身，换掉裹在身上充当尿布的毛巾布时，似乎也没有醒来。她的呼吸很重，很吃力，但不再像过去几天一样发出有气无力的呻吟声。孩子出生后第三天，贾米拉帮一家人做好午饭，便回家了。她说她第二天上午再来。阿菲娅已经下了床，趁孩子睡着，又做起了家务。阿莎太太在孩子出生后再也没有醒来，当天傍晚，便异常安静地走了。

在接下来的几天里，他们少不了为她举行葬礼，直到葬礼结束后，一家人才开始呈现出没有阿莎太太的新气象。在公开场合，出于对阿莎太太的尊重，哈利法脸上还挂着居丧丈夫的那副阴沉表情，就连在家里，虽然几个月前他们就知道阿莎太太要走了，但他还是时不时长吁短叹。

"就这么结束了，真让人想不到，我还没搞明白怎么回事，"他说，"这个人就永远走了。"他看了看哈姆扎，还是忍不住要说句俏皮话："除非你相信死去的人终有一天都会死而复生这样的神话？"

"嘘，阿爸，别再说了！"阿菲娅说。

"对了，我们得做些改变，"他说，"我们不能让你们俩和小家伙住在后院的储藏室里，可我像个老爷似的住在空荡荡的房子里。所以，我建议，你们两个搬进去，住那两个房间，我搬到后院去。你们需要空间，我也想呼吸点儿新鲜空气。你们觉得呢？我们买些家具放在那个房间，这样你们可以坐着招待客人，小王子可以在里面玩，也可以请他的小朋友来玩。"

阿菲娅建议，他们可以把房前的储物间凿个洞，把它与内室连起来，这样他们仍可以保留客房，一来接待客人，二来万一有人来，也可以住一住。谁会来住呢？话虽然没有明说，但他们都明白她的意思，万一老伊利亚斯回来，可以住一住。对她的建议，一家人经过一番讨论，最后决定就这么办。但哈姆扎提醒他们俩，房子不是他们的，最好先跟纳瑟尔·比亚沙拉说一声，再去拆什么墙。不管怎么说，房子现在是纳瑟尔·比亚沙拉的，说不定他想让我们搬出去呢，他说。哈利法挥了挥手，他不敢，他说。

虽然哈利法遇事冷静，态度务实，但他再也不是以前的哈利法了。每天早上，他一到仓库，就不停地发牢骚说在浪费时间。到了晚上，他和老友们坐在门廊上宣泄自己的怨气时，也比过去多了分克制，就连听到托帕斯的小道消息讲得太离谱时，他也只是咂咂嘴，而从前他可是会幸灾乐祸地大加评论一番。他对阿菲娅和哈姆扎说，他要重新规划一下，做些比坐在仓库外的长凳上度过余生更有益的事。政府在陆续开办学校，没准儿我可以去教教书，他说。

纳瑟尔·比亚沙拉也有新规划。新车间正在建，新机器也已经订购。"还有几个月新车间就建好了，"他对哈姆扎说，"等车间准备好，我想让你负责。机器到了以后，我会安排一个人从达累斯萨拉姆来培训你。到时候，苏莱曼尼老人还负责那个车间，继续做我们原来的产品。同时，我们需要再找个木匠，跟他一起做沙发和扶手椅……也许小塞富可以上手了，你觉得呢？你的朋友阿布怎么样？他是木匠吧？我觉得，他现在只是给人家打零工。问问他想不想跟我干，有份稳定的工作。你还需要一个人给你打下手，一个训练有素的人，一旦运作起来，可能需要不止一个。也许塞富更适合干这个。他年轻，学得快。"

"让阿布跟我干吧，他会学得跟我一样快。塞富已经跟老人干了，熟悉车间里该干什么。"哈姆扎说。

"随你吧！"纳瑟尔·比亚沙拉说。

"涨工资吧？"哈姆扎说。

"我会给你涨工资。其实，一旦你把新车间开起来，我会给你加倍。自己找个地方租房子吧，离开那个让人难受的房子。"

"哈利法怎么办？"

"他也可以找地方租房子呀!"纳瑟尔·比亚沙拉说。

"你想把他赶出去?"

"我倒是想这么做。那个房子可以让我拿到不错的租金呢!"他说。

"那就租给我吧。"哈姆扎说。

纳瑟尔·比亚沙拉吃了一惊,便哈哈笑了起来。"你真是多情的傻瓜!"他说,"你为什么要担心那个老牢骚虫呢?"

"因为他是阿菲娅的阿爸。"哈姆扎说。

"我会考虑的,"纳瑟尔·比亚沙拉说,"你凭什么觉得自己能付得起租金呢?"

"你是个心地善良的企业家。你不会乱收租金,让你新上任的车间经理难受的。"

"你年纪轻轻,就成了算计别人的高手啦!你先是哄骗那个老牢骚虫,让他把你带回家,然后你勾引他女儿,用你的德语翻译忽悠老木匠,现在又跑来敲我的竹杠啦!"纳瑟尔·比亚沙拉说,"我告诉你了,我会考虑的。"

*

新车间的施工建设进展很快。与几年前螺旋桨到的时候一样,新规划让纳瑟尔·比亚沙拉兴奋不已。这又是一记高招儿,他说,就连哈利法这次都没有说风凉话。对新上的项目,苏莱曼尼老人怀着豁达的态度袖手旁观,把精力转到培养他们年轻的徒弟,好让他在哈姆扎走了以后接手。崭新锃亮的设备运到,通上电以后,一名既是机工又是木工的印度人从达累斯萨拉姆赶来培训哈姆扎和阿布。印度人的父亲是机械进口经销商,也是一家锯木厂和一家运输公司的老板。他为哈姆扎和阿布演示了三天,纳瑟尔·比亚沙拉也站在一旁看着。经过三天对锯片、螺纹磨床和回纹磨床进行反复测试,印度机工准备走了,同时承诺说,如有需要,他再回来,当然,到了年底,机器需要检修一次。别着急!别拿机器冒险,他说。纳瑟尔·比亚沙拉当然希望新建立的合作关系能够继续发展,希望锯木厂能成为他们这个新项目的木材供应商,所以他不停地向年轻人道感谢,献殷勤。

对阿菲娅和哈姆扎来说,这几年过得倒还安逸。他们的孩子很好,学会了走路和说话,似乎没有什么先天缺陷。在他还在襁褓中的时候,哈姆扎便带他去医院接种政府推荐的疫苗,细心呵护他健康成长。那年头,儿童夭折是常有的事,但夺走儿童性命的许多疾病都是可以避免的,这一点他在驻防军时就知道,驻防军就很关心阿斯卡利的健康。伊利亚斯出生那年,经国际联盟①授权,在托管旧德属东非地区的初期,英国人负责管理该地区,并为其独立做准备。当时,并不是所有人都注意到,最后那一条条款意味着各欧洲帝国行将走向终结,但到目前为止,还没有哪个欧洲帝国准备让哪个国家独立。英国殖民政府倒是认真履行托管职责,而不仅仅是提一提议案,走一走程序,然后把事情办得越来越糟。或许这只是因为两个负责任的殖民政府幸运地交集,

---

① 国际联盟(the League of Nations):《凡尔赛合约》签订后成立的国际组织,二战后被联合国取代。

抑或是在经历了德国人的统治、战争以及随之而来的饥荒和疾病大爆发之后，殖民地人民业已筋疲力尽，只好屈从，现在只要让他们平平安安地过日子，他们就愿意去坦然服从。英国殖民政府不惧怕当地的游击队或土匪，只要殖民地人民不抵抗，他们就可以继续经营殖民地。教育和公共卫生便成为他们的头等大事。殖民政府投入了很大的精力，向人们宣传卫生知识，培训医疗助手，在殖民地偏远地区建防治站。他们印发传单，派医疗队四处巡查，指导人们预防疟疾和健康育儿。阿菲娅和哈姆扎听从了政府的建议，尽其所能保护好自己和孩子。

他们还对房子做了一些改动。经纳瑟尔·比亚沙拉同意，他们在旧储物间的墙上开了个门，把储物间改成他们的卧室。这样一来，现在卧室不但很大，而且由于储物间的窗户开向街道，所以卧室的通风也很好。等伊利亚斯长到可以到处跑的时候，所有房间和后院，甚至哈利法的房间，都成了他的天下。哈利法喜欢他跟跟跄跄地走到他房间来，跟他一起爬到床上玩。

让哈姆扎和阿菲娅难过的一件事是，他们没能给伊利亚斯生个弟弟或妹妹。在接下来的五年里，阿菲娅怀过两次孕，但都是在三个月的时候流了产。他们只好面对这样的失望，因为除此以外，日子总的来说过得还很称心，或者说，每当阿菲娅因没能再怀上孩子伤心难过时，哈姆扎就是这么跟她说的。让他们失望的还有一件事，老伊利亚斯仍然杳无音信，既没有收到他的信，也没有听到他的消息。战争结束六年了，她不知道自己是该放弃希望和悲伤，还是坚持认为他还活着，正在回来的路上，这让阿菲娅非常苦闷。毕竟，她以前曾经失去过他近十年，可后来他却奇迹般地出现了。

"一切都会好的。"哈姆扎总是这句话。新车间开得很成功，生意做得红红火火，纳瑟尔·比亚沙拉对他们也很慷慨。"我让阿卜杜拉老师再去打听。"

阿卜杜拉老师现在是一所规模很大的学校的校长了，通过他在地区长官办公室做职员的朋友，与英国殖民政府的关系非常好。他主动给了哈利法一份工作，让他去小学教英语。不过，哈利法还在犹豫，他不知道自己是不是真想让那些调皮捣蛋的十二三岁孩子来淘他的气。随着生意越做越红火，他在仓库里忙里忙外，倒也快活；在家里，重新做了安排，他搬到了后院的房间里，觉得非常舒服，所以表面上他倒是怡然自得。说心里话，到了这把年纪，他不知道自己是不是还想另谋职业。他正忙着当爷爷呢。他总是给伊利亚斯买点儿小东西：市场上最甜的香蕉啦，一块熟透了的红瓤洋石榴啦，一块烙饼什么的。一进门，他就吆喝：我孙子哪去啦？祖孙俩最喜欢玩捉迷藏，伊利亚斯有时藏起来，虽然藏的地方往往很容易猜得到，但哈利法还是装模作样地去找。

小男孩长得帅气，身材纤弱，但随着年龄的增长，他明显不愿意说话了。阿菲娅也说不清楚，心想这大概是他心里有什么不痛快、又不知道该怎么说出来的缘故。所以，对他的沉默寡言，一家人似乎并没有放在心上。哈姆扎耸了耸肩，但并没有说，心里不痛快总是在所难免的。有时候，伊利亚斯跟他坐在同一个房间里，哈姆扎躺在垫子上，父子俩会长时间谁都不说话。在哈姆扎看来，儿子这是在沉默中寻求精神慰藉。

伊利亚斯五岁那年，世界经济陷入了大萧条，只是他不太懂罢了。纳瑟尔·比亚沙拉的生意再次走了下坡路，所有的日用品又缺又贵，伊利亚斯就是在这几年节衣缩食的日子中长大的。政府放弃了新建医院和学校的计划，城镇、村庄乃至整个国家的工人纷纷遭解雇，忍饥挨饿。苦难岁月似乎没有离他们远去。纳瑟尔·比亚沙拉没有解雇一个工人，而是削减了工人的工资，悄悄地重操起他在战争期间做过的走私生意，从奔巴岛购买物资，逃过关税，把物资运过来，然后高价卖出。他们都得活下去呀！

既然手头上有时间，哈利法便开始教伊利亚斯识字。你很快就要上学了，所以最好现在就开始认字，他说。伊利亚斯张着嘴巴好奇地听哈利法讲故事，为了让孩子感兴趣，他还把讲故事与练习读写结合起来。从前，他开始讲道，而伊利亚斯的眼睛会顿时亮起来，随着他越听越入迷，嘴巴会慢慢地耷拉下来。

"一只猴子住在海边的一棵棕榈树上。"

这个故事伊利亚斯听过，但他并没有因为已经听出是什么故事而得意地笑，只是眼神中少了些期待。

"一条鲨鱼从附近的水中游过，它们便成了朋友。鲨鱼给猴子讲了它生活在海对面鲨鱼王国的许多事，讲了那里美丽的风光和快乐的鲨鱼族。它给猴子讲了自己的家人和朋友，还有鲨鱼们一年中什么时候举办喜庆活动。猴子说，鲨鱼的世界听起来太棒了，它真希望能去看看，可它不会游泳，如果它想去，就会被淹死。没关系，鲨鱼说，你可以骑在我背上。你只要抓住我的鳍，就会没事儿。就这样，猴子从树上溜下来，坐在了鲨鱼的背上，漂洋过海去了……"

"鲨鱼王国！"伊利亚斯填补了哈利法故意留给他的空白。

"去鲨鱼王国一路上太刺激了，猴子大声嚷道，你能带我去，真是我的好朋友。听了猴子的话，鲨鱼很难过，于是它说，我不得不坦白告诉你。我带你去鲨鱼王国，是因为我们的国王病了，医生说只有吃猴子的心脏才能让国王好起来。所以，我这才带你去的。猴子马上说道，你为什么不早告诉我呀？"

"我没把心带来。"伊利亚斯大声说道，高兴地咧嘴笑着，说出了故事的下文。

"哦，可别呀！鲨鱼说。我们现在该咋办？猴子说，带我回去，我到树上把心取来。就这样，鲨鱼带着猴子游回到岸边的树前，猴子赶紧爬上棕榈树，鲨鱼就再没能看到它。你不觉得小猴子聪明吗？"

刚开始上学时那段日子是怎么过的，伊利亚斯记不太清了，但后来老师们都夸奖他作业写得很工整，学习也很听话。有时候，老师们还让其他学生向他学习：看看伊利亚斯，你们其他人为什么就不能坐下来安静地做算数题呢。话虽如此，其他孩子虽没有排挤他，但也没有谁把他太当回事。其他男孩子嬉戏打闹，他就站在一旁看着，有时如果再需要人手组成一个队，才把他拉进去。

当然，童年时期在所难免的丑，他也出过。有一次，他没料想到自己小便这么急,又低估了教室到厕所的距离。还有一次,班上的一个男同学发现他头上招了虱子,他只好剃了个光头。一天,在放学回家的路上,他的脚不小心踢到地上露出来的一块石头,一下子给绊倒了,结果被一块碎瓶渣划破了小腿。到家时,他的脚上全是血,看到儿子受了伤,阿菲娅难过地哭了起来。她先给他的小腿包扎一下,然后带他去了医院。在医院里,母子俩在诊室外候诊时,他的眼睛不停地环顾医院大院,一次又一次地盯着木麻黄树在微风中轻轻摇曳。

有一天,他走丢了。他和父亲一起去海边看帆船比赛。参赛船只要冲过终点时,哈姆扎伸长脖子去瞅一眼比赛结果,这时他才意识到,伊利亚斯已不在自己身边。他赶紧四处寻找,可根本没有他的踪影。到头来,自己把宝贝儿子给弄丢了,哈姆扎着急忙慌地跑回家,心里巴望着有哪个熟人见他在大街上游逛,把他领回了家,但他没有回家。于是,他赶到政府医院,看看儿子是不是不小心受了伤,结果发现,儿子静静地坐在安详的木麻黄树下,盯着木麻黄树在微风中轻轻摇曳。哈姆扎坐在他旁边,长喘了几口气,让自己平静下来。

"他有什么毛病吗?"阿菲娅问哈姆扎,哈姆扎用力摇了摇头。

"有时候,他就是忘我了,仅此而已,"他说,"这孩子就喜欢想象。"

"跟他父亲一样。"阿菲娅说。

"在我看来,他长得像母亲。"

"你觉得他长得像我哥哥伊利亚斯吗?"

他摇了摇头。"我不知道,我没见过老伊利亚斯。"

"不,"她说,"我们的伊利亚斯帅多了。我去问问阿爸。"

因为哥哥下落不明,她思想上总是放不下。哈姆扎有时想,用他的名字给自己的儿子起名是不是个错误,会不会让那个不在眼前的伊利亚斯永远浮现在眼前,而且因为他下落不明,不停地给她带来痛苦。有时候,她会回忆起与哥哥一起度过的快乐时光,但对哥哥的思念还是时不时让阿菲娅伤心难过。每次他们说起他,他才马上意识到,她有时会陷入沉默,需要过一会儿才能从这种回忆中回过神来。

"真希望能知道他究竟是怎么回事,"她说,"真希望能知道该怎么才能得到准信儿,但我不能。你到处跑过,在许多地方干过活,在许多地方打过仗。有时候,听你谈起你见过的人、到过的地方,想到我一辈子都圈在这里,我心里就很苦闷。"

"别不开心。外面并不像你想象的那样。"他搂着她说,而她在黑暗中默默流泪。

他再一次问阿卜杜拉老师,他在英国殖民政府的朋友有没有什么消息,他说没有。没有人会关心一个下落不明的阿斯卡利。战争期间,许多人都不明不白地死了,根本不可能了解具体某个人的情况。算上交战双方的运输队和南方饿死的或死于大流感的平民,究竟死了多少人,根本没人知道,大概有几十万吧。即便是阿斯卡利,也有许多是病死的。他妹妹已经很久与他断了联系,老师说。我担心,这只能说明一种结果。

阿菲娅从哈利法那里听说,政府正在招募年轻母亲接受培训,做助产师助手。新建的妇幼保健站取得了巨大成功,但待产妇女只去做产前检查,大多数人还是不愿意去保健站分娩。所以,保健站要招募更多的助产师助手,给产妇提供全方位的服务,包括到产妇家里去随访待产的妇女。招募对象要求具备一定的读写能力,能够简单地记笔记,阅读简单的说明书,而且能流利地讲斯瓦希里语。妇幼保健站认为,招募对象有过分娩经历,对其他待产母亲会有帮助,因为她们可以与待产母亲进行细致入微的交流,而不是发号施令,告诉产妇们该怎么做,不该怎么做。她把这个消息告诉了哈姆扎,他也很感兴趣。所有的条件你都符合,他说。这太有必要了,再说,你自己也能学些新本领。

*

伊利亚斯十一岁那年,开始自言自语起来。他是家里的独生子,已经习惯了自己一个人玩。在哈姆扎看来,他的性格也许就是这样,沉默寡言又自得其乐。在他玩的游戏中,他让各种平白无故的东西在他编的故事中充当主角:火柴盒变成房子;小鹅卵石变成他在港口看到的英国战舰;废弃的卷线轴变成轰鸣着驶进市中心的火车头。他一边操纵着这些东西,一边用只有他和他的玩具才能听得见的自言自语讲故事。

一天傍晚,天快要黑的时候,哈姆扎下午在海边散完步回到家。他已经养成了习惯,下午晚些时候先到海边去散散步,然后直接去清真寺做昏礼。但这一次,散完步后时间有些早,所以他决定先回家。他准备在去清真寺前先到后院厕所沐浴净体。这时,他看到伊利亚斯背对着门口,坐在靠边墙的凳子上。看样子他没有注意到哈姆扎回到家。他正异样地低声说话,仰着脸,不是在讲故事,也没有装扮成房子或兔子,但显然是在跟站在他面前的某个高个子说话。哈姆扎肯定弄出了动静,或者是他的出现搅扰了氛围,伊利亚斯赶忙四下里看了看,不再讲话了。

哈姆扎事后心想,也许他是在背英语课上布置的诗或课文。他的老师喜欢这种学习方法,让学生把诗抄到练习本上,熟记于心,再去背诵;然后老师再给他们纠正发音,给他们打分。这对老师来说,工作又轻松,又节约时间。他更希望学生把这些诗当成他们一辈子都要珍惜的东西——或者说,每次学生们稍微不听话,他就是这样告诫他们的。哈姆扎每次读老师选的一些诗,都觉得诧异。他不了解这些诗,对英语诗也不甚熟悉,但在他看来,这些诗对他儿子这个年龄的孩子来说,似乎太难了,他们根本理解不了。哈姆扎自己的英语水平虽然有限,但他知道,自己读起英语来总比伊利亚斯熟练。他不知道一个十一岁的孩子能从《生命礼赞》或《孤独的收割者》①中学到什么。可话说回来了,牧师也曾认为,席勒和海涅的作品对他来说太难了,但哈姆扎用自己的方式从中发现了真谛。因此,他第一次看到伊利亚斯用

---

① 前者是美国诗人朗费罗的诗;后者是英国浪漫主义诗人华兹华斯的诗。

这种方式自言自语，又对这一幕认真思考之后，他猜想这孩子在练习课堂上的背诵。

第二天晚上，他又在同一时间回到家，但伊利亚斯没有在后院用异样的方式说话，而是跑到外面的什么地方去了。哈姆扎一连观察了好几天，想弄清楚其中的缘故。一家人睡觉的地方是这样安排的：他和阿菲娅睡在前面的旧储物间里，储物间现在有一道门，连通阿莎太太和哈利法曾住过的那间卧室。伊利亚斯睡在里面的房间，为了让他在房间里做功课，他父亲专门为他做了一张书桌。两个房间之间的门很少关，不过挂了个门帘，这样也好给父母一些私密空间。有几天夜里，哈姆扎站在门口，聚精会神地去听伊利亚斯自言自语，但什么也没听到。他连续几个晚上站在门口偷听，直至确信那天傍晚他听到的是儿子在练习背诵的声音为止。

哈利法现在快六十岁了，总说他自己已行将就木。有时候，他盘腿坐的时间长了，如果突然转身或是站起来，确实有些摇摇晃晃，但他这么说还是会惹得阿菲娅很生气。她告诉他，别诅咒自己，说不定哪天真的一语成谶了呢。他这样的话惹得阿卜杜拉老师也一脸的不高兴。老师现在已经不再是教师，而是一名督学，是教育局里赫赫有名的官员了。他总是对哈利法说，如果他有一个正当营生去做，而不是在仓库里偷偷摸摸地搞走私，他就不会老说自己行将就木了。大多数晚上，哈利法、阿卜杜拉老师和托帕斯三个老友仍聚在门廊上，笑谈原汁原味的小道消息，追踪国际新闻，揭发这个世界上没完没了的暴行。有时候，哈姆扎与他们坐一会儿；有时候，像往常一样，跟伊利亚斯一起给他们端上咖啡，但他晚上喜欢抽些时间待在屋里，坐在客房里听阿菲娅讲她这一天在保健站是怎么度过的，浏览哈利法和阿卜杜拉老师传给他们的旧报纸。近年来，又多了几种报纸：斯瓦希里语报纸、英语报纸，还有供战后自愿留下来的移民看的德语报纸。伊利亚斯有时和他们坐在一起，听他们读报，或者自己看报，但他通常是第一个上床睡觉。

"这里有一条给驻防军发放抚恤金和补发工资的新闻，"一天晚上，哈姆扎在看德语报纸时说，"报纸上说，德国经济正走出大萧条，所以人们发起了一场运动，说服德国政府恢复发放抚恤金。你还记得，他们几年前就停发了。"

"不，我不记得了，"阿菲娅说，"你收到过钱吗？"

"你得拿出退伍证明来。我什么证明都没有。我是个逃兵。"哈姆扎说。

"我哥哥伊利亚斯会拿到抚恤金吗？通过查领取抚恤金的档案，我们说不定能查到他。"

"那他得还活着才行啊！"话刚说出口，哈姆扎就后悔了。阿菲娅把手放在嘴上，像是欲言又止，他看到她眼睛里突然浸满了泪水。她曾说起过这种可能性，是他让她不要放弃希望的。现在又是他突然说伊利亚斯不在人世了。

"我们不知道他的消息，真让我难过。"她哽咽着说。

"对不起……"他刚要说话，可她让他闭上了嘴，瞅了一眼还在房间里的伊利亚斯。他委屈地睁大眼睛，看着母亲。

"不管怎么说，你不是逃兵，你受了伤，而且是被一个发了疯的德国军官砍伤的。报纸上没说要给伤员发抚恤金吗?"她问。

他明白,她没话找话,是为了分散伊利亚斯的注意力,所以就没有说牧师告诉他,在德帝国军队里,他会因为逃跑和丢弃军服,被送上军事法庭,而且会被枪毙。他不知道是不是真有这样的规定,还是牧师再一次提醒他要有自知之明。他离开布道院众人,并不是要逃跑;是牧师命他烧掉军服的,因为他担心英国人会以救助驻防军为由,把他和他的家人关进拘留营。哈姆扎反正也不想要他们的抚恤金。"报纸上说,将军①仍在柏林为他的部队努力争取,所以,说不定大家都能拿到抚恤金,"他说,"这里的移民都喜欢这位将军。"

学校放假期间,如果阿菲娅去妇幼保健站帮忙,伊利亚斯就跟着父亲去木材场。有时候,他整个上午都待在木材场;有时候,他会单独在周围逛一会儿,待到该回家的时候再回木材场。苏莱曼尼老人每次都是笑着跟他打招呼,还让他在车间里干些无关紧要的杂活。他甚至教他怎么绣帽子。除了迪比,现在又多了伊利亚斯这个入迷的听众,伊德里斯更是污言秽语地唠叨个没完。有时候,为了逗伊利亚斯开心,他甚至卖力地把话说得更荤味儿十足。虽然生意做大了,但纳瑟尔·比亚沙拉还是在他那间小办公室里工作。他经常不得不出面干预,让那个满嘴喷粪的司机闭嘴。你那些

---

① 一战期间指挥东非战争的德军指挥官是号称"非洲雄狮"的保罗·E.冯·莱托-福贝克将军(Paul E. Von Lettow-Vorbeck),在当时的德国和德属东非有很高的威望。

脏话在毒害这孩子的心灵。看到这一幕,伊利亚斯会咧着嘴笑,等着看下面的热闹。在回家吃午饭的路上,父子俩会去市场买些水果和沙拉,有时候下午下班后,伊利亚斯会跟着哈姆扎先到海边去散会儿步,然后再回家。父子俩都不太爱说话,聊天不是两人的沟通方式,但有时候父子俩一起走路时,伊利亚斯会边走边牵着父亲的手。

门廊上的巴拉扎结束后,哈利法通常锁上前门,回到后院自己的房间。在回房睡觉的途中,如果他们还没睡,他有时会停下来说句话,但经常只是挥挥手就走过去了。一天晚上,他走过时叫了一声哈姆扎的名字,但没有停下脚步。阿菲娅和哈姆扎对视了一眼,他突然这么叫了一声,让两口子很是惊讶。她动了动嘴,不出声地说:你做什么了?他耸了耸肩,两人相视而笑。他用大拇指朝门廊指了指。也许他们在外面门廊上因什么事吵起来了。最好去看看。

哈姆扎发现哈利法盘腿坐在床上,于是便像往常一样,小心翼翼地躬身站在床前,这样两人就可以面对着面说话了。

"刚才托帕斯跟我说了以后,我想跟你单独聊一聊,"哈利法说,"没什么大事,不过我想先跟你谈一谈,看看你知道不知道。是伊利亚斯这孩子的事。人们都在背后议论他。他独自一人大老远走到乡下。大家觉得很奇怪,一个十二岁的城里娃,居然独自一人步行几英里跑到乡下去。"

"他喜欢走路。"沉默了一会儿后,哈姆扎说。虽然脸上挂着笑,但这孩子以这种方式成为人们茶余饭后的谈资,还是让他心里不爽。"我瘸着腿走路的时候,他经常陪着我

...... 298

慢慢走。说不定有时候他想适当遛一遛腿。"

哈利法摇了摇头。"他边走边自言自语。他一边沿着宽阔的乡间小路走,一边自言自语。"

"什么!他说什么?"

哈利法又摇了摇头。"一有人走近,他就不说了。没有人听见他说的话。你知道,在许多人眼里,这说明……"他停了一下,那个字眼儿他说不出口,但脸上的表情还是表现出了对这种乱扣恶名的厌恶。

"没准儿他是在背诵老师在学校布置的诗。我听过他背诵诗。没准儿他在编故事。他喜欢编故事。我告诉他,让他以后小心点儿。"

哈利法先点了点头,然后又摇了摇头,目光转向就站在门里的阿菲娅。他招手示意她进屋来,等她把门关好后,说道:"你没有告诉他。"她摇了摇头。"两天前的傍晚,我躺在这里休息,"哈利法把声音压低到耳语的程度,对哈姆扎说,"你知道,那个时候,我一般不在家。冲院子的窗户开着,但我房间的门是关着的。我听到有人在说话,非常近,声音很奇怪,是女人的声音。虽然听不到她说什么,但听那语气很悲伤。我寻思了一会儿,是她,阿菲娅,但我马上回过神来,不是阿菲娅。不是阿菲娅的声音。我当时以为是什么客人在给她讲什么伤心事,可后来我想起来了,我刚才还听到阿菲娅大声对伊利亚斯说她出门了。真吓人!家里突然来了什么人。

"我从床上爬起来想看一看究竟,可我肯定是弄出了动静,声音马上就没了。我拉开窗帘,正是伊利亚斯,坐在靠墙的凳子上。他很惊讶，没想到我在家。谁在和你说话？我问他。没有人，他说。我听到有女人在说话，我说。他一脸的困惑，然后耸了耸肩。我不知道。你笑什么？"

最后这句话是对哈姆扎说的。哈姆扎说："我能想象得到。如果他不想回答你的问题，他就喜欢这样说。我不知道……阿爸，你在担心什么？他肯定是在他编的故事中假扮成伤心的女人。"

哈利法用力摇了摇头，开始有些不耐烦了。"阿菲娅回来后，我跟她说了。我告诉她，我听到了一个奇怪的声音。哈姆扎，你当时不在场。那是个老女人的声音，很奇怪，很伤心，还充满怨气。我刚开口就发现她知道这个声音是谁了。告诉他。"

此时，哈姆扎已经站直了身，倚靠在床柱上，面对着阿菲娅。"我听见过，"说着，她走近一点，压低了声音，"他一直这样，玩些游戏，在其中扮演所有角色说话。我已经有两次听到过他这样说话了，就跟阿爸说的一样，用伤心的声音说话。他没有看到我站在门口，所以我就等着，因为我不想吓到他，或是让他难堪。我原以为，这就像梦游，等适当的时候应该把他唤醒。一天夜里，你睡着了，我听到他房间里有动静，结果发现，他面部扭曲，翻来覆去，还用那种声音悲啼。"

"有什么东西在折磨这孩子。"哈利法说。

哈姆扎一脸怒气，转身看着他，但没有马上说话。他知道他们在等他表态。"没准儿他是在做噩梦。没准儿他想象力丰富。你为什么这么说他，就好像他的情况……很不好？"

"他走在乡间小路上自言自语。"哈利法说，气得嗓门都提高了。阿菲娅赶紧冲他"嘘"了一声，可他的话还没有说完。"人们都在议论他，如果我们不想办法帮他，让他很不好的就是他们了。这孩子心里肯定有事。"

"那我和他聊一聊。"哈姆扎带着一副就此打住的口气说道。他瞅了阿菲娅一眼，便朝门口走去。

等到两口子单独在一起时，她说：别吓着他。

我知道该怎么跟儿子说，他说。

但是，他不知道这事该怎么跟他说。几天过去了，他不动声色地顶住了哈利法投来的探询的目光，没有找儿子谈话。连续几天再没听到有人说起过伊利亚斯稀奇古怪地自言自语的事，于是，哈姆扎心想，这段插曲也许已经过去，他们已经安然无恙了。后来，到了星期六，哈姆扎准备去音乐俱乐部，伊利亚斯问他可不可以跟着去。俱乐部是他几年前第一次听过的那帮乐师开的。现在，他们已经是管弦乐队了，每逢星期六，他们都会免费为一小部分听众演出。乐队只演奏一个小时，五点钟就结束，然后关起门来继续排练。之后，父子俩从海边走回家；哈姆扎喜欢听音乐，看到伊利亚斯默默地坐在他身边专心致志听，他心里热乎乎的，这让他觉得儿子也喜欢听音乐。父子俩在海边看到有一条长凳空着，便停下脚步，背着夕阳坐在长凳上，眺望大海。哈姆扎挖空心思地想，该先说些什么，才能扯到自言自语的话题上去。有几次，他欲言又止，最后才说道："这个周末有功课要做吗？"

"我要复习代数，星期一要考试。"

"代数？听上去很难嘛！要知道，我没上过学，没学过代数。"

"是的，我知道。其实没什么难的，我们现在学的代数很简单，"伊利亚斯说，"估计以后会很难。"

"不学诗了？你们英语老师这个星期没让你们背东西吗？"

"让背了，他让我们一遍又一遍地背诵同样的内容。"伊利亚斯说。

"你在乡间长时间散步，背的就是这个？老师布置的那些诗？"伊利亚斯转过脸来，看着哈姆扎，似乎在等父亲进一步解释。哈姆扎微微一笑，表示他这么问没有责怪他的意思。"我听说，你经常走很长的路，还有你怎么大声说话。你那是在背诵诗吗？"

"有时候是，"伊利亚斯说，"那样不对吗？"

"没什么不对，不过有人觉得那样很奇怪。他们说，你在自言自语。所以，以后再练习背诵诗歌或编故事，最好在家里或学校里做。你不想让那些无知的人说你痴狂吧？"

伊利亚斯摇了摇头，貌似很沮丧。就在这一刻，火红的太阳慢慢落在两人身后的城市天际线下，哈姆扎换了个话题。没多久，天快黑了，于是父子俩便往家走。

*

1935年10月，意大利人入侵阿比西尼亚①，人们又开

---

① 阿比西尼亚（Abyssinia）：埃塞俄比亚的别称。

始谈论起战争来。1936年5月,意大利人占领了亚的斯亚贝巴,英国人大为震惊,于是在接下来的两年里,便开始为其殖民地军队——国王陛下的非洲步枪营——招募新兵。在大萧条时期,由于经济紧缩,英国人把这支部队大部分都遣散了。殖民政府不仅担心意大利觊觎其殖民地,而且担心旧德属东非地区的德国残余势力。在他们眼里,这些残余势力都是反英和亲希特勒的。英国人还担心,针对阿比西尼亚人的抵抗,意大利人采取暴力镇压,包括对平民使用化学武器,会激怒索马里人、奥罗莫人和盖拉人①,而在北部边境地区,这些民族还没有完全接受英国人的统治。报纸上连篇累牍地报道战争和战争的种种传闻。

伊利亚斯莫名其妙地自言自语的问题让他母亲和哈利法惊慌失措,但在海边哈姆扎与他谈过之后,这个问题消停了几个月。搞了半天,这只不过是孩子过家家的小插曲,他们这才放下心来。可后来,人们谈论战争和征兵的话题又让他自言自语起来。一天深夜,阿菲娅发现儿子从床上"扑通"摔到地上,双手捂着耳朵。

"怎么啦?头摔着了吗?"她跪在他身边问道。她看到他泪流满面。他现在已经十三岁了,看到他泪流满面,这可不多见。

他摇了摇头。"是那声音。"他说。

"什么声音?什么声音?"阿菲娅惊恐地说。她原认为

---

① 奥罗莫人(Oromo)是埃塞俄比亚和肯尼亚操奥罗莫语的民族,是埃塞俄比亚最大的民族。盖拉人(Galla)是历史上对该民族的蔑称。

他们已经没事了,可现在知道麻烦又来了。

"是那个女人。我没办法让她停下。"

"她说什么?"阿菲娅问道,但伊利亚斯摇了摇头,没再说话。他轻轻啜泣着,似乎停不下来,最后阿菲娅把他扶起来,让他躺在床上。没多久,他就睡着了,或是假装睡着了,阿菲娅这才松了口气。第二天早上,她问他有没有事,他只是说了声,他还好。那个女人还在吗?她问道。他摇了摇头,就上学去了。

但这只是短暂的喘息。几天后,那一幕又出现了,他们半夜醒来,听到他在哭。他呼唤着自己的名字,伊利亚斯,伊利亚斯,只不过是用女人的声音喊出来的。哈姆扎爬进他的被窝,把他紧紧搂在怀里,可他还是不停地挣扎。就这样大概过了几个小时,他终于安静下来。哈姆扎问道:"她想干什么?"

"伊利亚斯在哪里?"男孩子说,"她说,伊利亚斯在哪里?没完没了地说。"

"你就是伊利亚斯呀!"哈姆扎说。

"不是。"他说。

哈利法对阿菲娅说:"他在找你哥哥伊利亚斯。我就知道给他起这个名字有问题。大家都在谈论战争,又把这事儿给勾起来了。说不定他在责怪自己。或者责怪你。说不定因为这样,他才用女人的声音说话。他在帮你说话。这里谁也帮不了他。如果你带他去医院,他们会把他送到离这里一百英里以外的某个疯人院,把他锁起来。我们得自己照管他。"

自那以后,那个声音每天晚上都来找伊利亚斯。"我们不能干等着,"阿菲娅说,"贾米拉认为,我们也许该看看医师能不能帮他。"

"她是在乡下长大的,"哈利法戏谑地对哈姆扎说,"乡下人都相信巫婆和神鬼那种事。你是个教徒,说不定你也可以看看医师能不能给你点粉末把恶魔赶走。"

"为什么不行呢?"哈姆扎虽然不相信此类的宗教信仰,但还是说道。就这样,阿菲娅就像阿莎太太生病时那样,再一次去了医师家,带回一个上面写着《古兰经》经文的镀金盘子。她往盘子里倒了些水,待经文溶解后,让伊利亚斯喝了下去。可喝了几剂溶解的经文之后,症状并没有减轻。现在伊利亚斯只能待在家里了。由于夜里不停地闹腾,他的身体开始消瘦,白天也长睡不醒。阿菲娅心烦意乱,也越来越感到无望了。一天晚上,听到伊利亚斯躺在床上轻轻念叨自己的名字,她痛苦地大声说道:哦,真主啊!这种折磨我实在受不了啦!那天晚上过后,她决定去请一个谢赫亚。这个谢赫亚的名字是阿莎太太弥留之际,来给她看的那个姆甘尕邻居告诉她的。

"她能做什么?"哈姆扎问道。

"如果他被附了体,谢赫亚会告诉我们的。"

"被什么附体?我告诉过你,她是在乡下长大的。我们这是准备在家里降妖除魔呀!"说完,哈利法嫌弃地进了自己的房间。

谢赫亚走进屋子,身上貌似还有一股焚过香的气味。她身材矮小,肤色浅白,长着一张棱角分明、端庄俊美的脸。她先是轻快地与阿菲娅打了个招呼,然后便一边乐呵呵地说话,一边脱布依布依。她的布依布依又散发出一股焚过香的气味和香水味。随后,她便在客房的垫子上安坐下来。"外面的日头太毒了。碰到阴凉,我都要停下来凉快凉快,可你瞅瞅,还是弄了我一身汗。这种天气让你盼着卡斯卡济赶紧来,好给我们吹点儿凉风。好啦!我的孩子,你还好吗?你家里人好吗?感谢真主!没错,我知道,你的宝贝有了事儿,不然你就不会叫我来了。看在真主的分儿上,快点吧!告诉我他怎么回事儿。"

谢赫亚一边低着头听阿菲娅描述事情的经过和反复出现的声音,手里一边拨弄着一串褐色石念珠。她披着一条薄薄的红色披巾,全身裹着一条宽松的白色直筒连衣裙,只露出脸和手。阿菲娅说话的时候,谢赫亚没有问什么问题,但她时不时抬起头,仿佛某个细节突然触动了她。阿菲娅反复讲述事情的经过,不知道自己是不是已经表达出想要表达的意思,到最后,她感觉到自己在漫无边际地瞎扯,便停了下来。

"他总是叫伊利亚斯这个名字。伊利亚斯是他的名字,也是你哥哥的名字。自从上次那场战争,你哥哥就再也没回来。你不知道你哥哥是没了,还是还活着,被绊在了什么地方。他父亲也参加了那场战争,可是回来了,"说完,谢赫亚等着阿菲娅证实她讲的没有错,"现在我要看看这孩子。"

阿菲娅喊了一声,伊利亚斯走了进来。他看上去很虚弱,还有些紧张。谢赫亚粲然笑了笑,拍了拍她旁边的垫子,让他坐下来。她依然面带笑容,盯着他看了一会儿,但没有问他问题。然后，她一脸的严肃、沉着，闭上眼睛，貌似过了很长时间。有一会儿，她举起双手，手掌外翻，但没有碰伊利亚斯。随后，她睁开眼睛，又冲伊利亚斯笑了笑，伊利亚斯打了个寒战。"好啦，你去歇着吧！"她说，"让我和你母亲单独说说话。"

"毫无疑问，你儿子被附身了，"谢赫亚说，"一个鬼魂上了他身。你明白我在说什么吗？是个女人，这让我觉得有希望了。女人附身是借着人的肉身说话，男人附身有时候借着人的肉身发泄怒气，到处闯祸。她和他说话——这让我觉得多了分希望。你告诉过我，她没有伤害他。从这一点来看，也从孩子在我身边给我的感觉来看，我觉得，附在他身上的人并不想伤害他。不过，我们必须弄清楚她想干什么，什么才能安抚她，再看看能不能满足她的要求。如果你们同意，我会把我的人带来，我们就在这个房间里先给孩子净净身，听听附在他身上的女人想干什么。不过，搞这么个仪式可不便宜啊。"

*

不少人知道了即将举办驱魔仪式的事，哈姆扎本来担心人们会嘲笑他们，可是除了哈利法，没有人嘲笑。苏莱曼尼老人问了伊利亚斯的情况，但没有提办仪式的事。哈姆扎没想到老木匠也会赞同。我会为他的健康祈祷，他说。阿菲娅把情况一五一十地告诉了纳瑟尔·比亚沙拉的妻子，而他又从妻子那里知道了详细的情况。问候了伊利亚斯之后，他耸了耸肩说，不妨什么都试试吧。哈姆扎心里清楚，虽然他自己对这样的仪式持怀疑态度，但现在他们别无选择，只能这么办了。这种仪式他在驻防军时就听说过，博马军营附近的村子里，那些努比人家里每周都定期举办这样的仪式，但他知道，仪式却让阿菲娅心烦意乱、担惊受怕，已经让她焦虑到发狂的程度。她这是在自己找难受。

他没有像哈利法那样对仪式提出质疑，或冷嘲热讽。他一直感到内疚，认为正是他自己内心里的创伤才让儿子这么饱受折磨，是他在战争中做过的什么事带来的报应。可他实在想不出究竟是什么事，所以也就认为，自己做过的事造成这种恶果的想法根本不合逻辑。然后是那个下落不明的伊利亚斯。他们用他的名字给自己的儿子起名，结果鬼使神差地把两个伊利亚斯连在了一起，让这孩子承受了阿菲娅丧兄的悲剧，分担了她没能找到哥哥或发现哥哥下落所带来的内疚感。

牧师夫人的住址写在海涅的那本《德国宗教与哲学史论》里。看到哈姆扎手里拿着海涅的书，牧师问道："你拿这本书干什么？"

"夫人借给我的。"他说。

"她居然把海涅的书借给你！"虽然时隔多年，但回想起牧师当时大吃一惊的样子，哈姆扎仍然开心地笑了。"读到现在，你有什么体会呀？"牧师问。

"我的德语进步很慢，"哈姆扎知道，牧师听到夫人夸赞他的德语阅读能力后受了很大的刺激，于是便谦恭地说，"但我很想知道，从前在德国，人们一听到夜莺叫，就在胸前划十字。如同人们做什么事都是找快乐，人们也把夜莺当成邪恶的象征。"

"我就知道一个什么都不懂的人读海涅的书会这样，"牧师说，"你只看到了海涅作品中无聊的东西，根本没有领会他更深层次的思想。"

在牧师决定返回德国，哈姆扎也准备离开时，牧师夫人把书送给了他，而且在扉页上留下了她的名址。是柏林的一个地址。有什么好消息，写信告诉我，她说。哈姆扎曾想写信给她，问一问有没有办法从德国的档案中查找到伊利亚斯的情况。但这个想法太大胆，每次都让他打消了念头。她为什么要操心去查呢？她怎么会了解驻防军阿斯卡利档案的事呢？谁会在乎一个下落不明的驻防军出了什么事呢？此外，让他打消念头的是，他自己没有回信的通信地址。不过，最近比亚沙拉家具及日用百货公司申请到一个邮政信箱，所以这个问题现在解决了。他给牧师夫人写了封短信，信中，他先道明了自己的身份，然后说明了他寻找兄长的理由。她知道他们怎么才能查到他的下落吗？他把信抄在一张有比亚沙拉公司抬头的纸上，在航空信封上写下地址，当天就把信送到了邮局。那是1938年11月的事。

*

哈姆扎把信寄出去后不久，在约定日期的晚上，宵礼过后，谢赫亚带着随从来到家里。谢赫亚从头到脚穿了一身黑，眼睑和嘴唇都涂了一层黑色眼影粉。她带来的女唱手和两名男鼓手则较随意地穿着便装。她关上窗户，点上两支香味蜡烛。然后，她在房间里喷洒了玫瑰水，点上两个香炉，一个是沉香炉，一个是乳香炉。一直等到房间里充满了香气和烟雾，她才把伊利亚斯和阿菲娅叫过来，让母子俩背靠墙坐下。她虽然没关房门，但其他人都不准进来。她闭上眼睛，盘腿坐在伊利亚斯和阿菲娅面前。然后，两个鼓手开始轻轻敲打节奏，女唱手便哼唱起来。

哈姆扎独自坐在卧室里，开着房门，以防需要他帮忙。他记得，这样的仪式会持续很久，有时声音会很吵，场面很乱，而且还会有人受伤。哈利法和他的两个老友坐在门廊上，尽量不去理会里面的鼓声和哼唱声。那天晚上，从他们门前走过的人比往常要多，都好奇地想瞅一眼屋子里在干什么，但很失望。前面的门窗紧闭，所以人们只能看到三个老人坐在门廊上，装出一副若无其事的样子。

鼓声持续了一小时，两小时，虽然单调，却越敲越响。女唱手的嗓门虽然越来越高，但她哼唱的是什么词儿（如果是歌词的话），谁也听不懂。谢赫亚嘴里不停地念叨着，但与女唱手的哼唱声和鼓点声搅在一起，根本听不见她念叨的是什么。她不停地从身边的一个罐子里取出木炭，添加到香炉里，让香炉冒烟。一个多小时过去了，阿菲娅的脑袋耷拉下来，几分钟后，伊利亚斯的脑袋也耷拉下来。谢赫亚嘴里开始嘟嘟囔囔，不一会儿，嘟囔声就变成了一个词：来呀！来呀！仪式进行到第三个小时的时候，阿菲娅和伊利亚斯开始随着谢赫亚恍恍惚惚地来回摇晃起来。突然，伊利亚斯向一边倒了下去，阿菲娅吓得尖叫了一声。两个鼓手和女唱手根本没有理会，谢赫亚也没有停止念叨。

到这时，哈利法已经关了房子的大门，坐在自己房间的床上,哈姆扎坐在旁边,等着仪式结束。快到半夜的时候,鼓声停了,两个男人朝客房凑了过去。他们看到伊利亚斯侧躺在地板上,阿菲娅则兴奋地睁大眼睛,倚靠在墙上。谢赫亚没有转身,便招了招手,示意两个男人进去,两个鼓手和女唱手疲惫地站起身来,走到后院,去吃事先要求为他们准备好的饭。

谢赫亚告诉他们:"附身的鬼魂就住在这个房子里。孩子出生时,她已经在这里了。他出生后没多久,有人死了,附身的鬼魂就离开了死的那个人,附在了这孩子身上。鬼魂在等伊利亚斯,所以她苦闷的时候,就折腾这孩子。在你们找到他或查清楚他的下落前,根本没办法彻底治好他。只有找到他或弄清楚他的下落,附身的鬼魂才能学会忍受他不在跟前的痛苦,不再折磨这孩子。在没找到伊利亚斯之前,如果鬼魂再折腾这孩子,你们就去叫我,我们就再办这样的仪式来安抚她。她并不想伤害孩子。她自己也很痛苦。她想见伊利亚斯。"

说完后,谢赫亚收了钱和她预先要的礼物,在大半夜与随从一起走了,留下一片溢满香气的寂静。

哈姆扎把筋疲力尽的伊利亚斯扶起来,把他搀到他们的床上,以防他在夜里需要照顾。我就睡在孩子的床上吧,他说。他回头去查看是不是都收拾好了,结果发现哈利法还站在客房的门口。

"真是一派胡言!香水、鼓声,还有什么愚蠢的哀号,"他说,"那女人一瞅到机会,就知道赚钱的财路来了。她算准了阿菲娅想听什么:找到你哥哥。这种痴迷于恋情的鬼故事简直就是垃圾,就连托帕斯都不会信。但不管怎么说,没准儿能让孩子消停下来,平息他的噩梦或是什么的。唯一讲得通的是,那个鬼魂一直附在阿莎身上。我听了一点儿都没感到意外。"

*

谢赫亚的仪式连续办了几个星期,随后卡斯卡济季风来了,随之而来的是干燥的常定风,此时恰逢新学年也要开始了。在这几个星期里,胡言乱语的声音再没有出现过,伊利亚斯这段时间里既紧张又期盼的表情也渐渐消失了。起初,他虽然闷闷不乐、沉默寡言,但一举一动倒是既听话又体谅。看样子这种治疗已经让他摆脱了那种声音的困扰和给他造成的心理恐惧,至少目前看来是这样。哈利法说,这是因为老巫婆已经把孩子吓傻了,让他放弃了悄悄的胡言乱语。阿菲娅焦急地留意儿子,暗自担心这种治疗可能除不了根儿。

新学年伊始,伊利亚斯的学校任命了一位新校长。他还是伊利亚斯的英语老师,不过,他没有要求学生去背诵诗歌,相反,对写字和基础写作倒是很积极。他们每节课都练习写字,把老师写在黑板上的短文仔仔细细、认认真真地抄下来。老师惬意地坐在教桌后面让学生挨个站起来背诵同一首诗的那种懒惰、单调的课再也没有了。他们每个星期的家庭作业是写一篇命题作文,班长星期一早上要做的第一件事就是收作业。伊利亚斯满腔热情地喜欢上了这种新做法。在老师的鼓励下,他的故事越写越长,而且每次都尝试新的写法，再加上字写得很工整，老师总是表扬他。在那年的几个月时间里，他写的故事讲述的都是猴子啦，野猫啦，在乡间道路上偶遇陌生人啦，残暴的德国军官狂怒之下挥舞佩剑啦，甚至还写了一篇讲述附近一个一千五百岁的精灵①附体一个十四岁男孩的故事。看到他写故事这么投入，而且明显乐此不疲，哈姆扎便把书桌搬到了客房，这样儿子就可以坐在那里写作而不受干扰。伊利亚斯在书桌前一坐就是几个小时，先写在笔记本上，然后在星期天晚上把写好的故事誊到作业本上。他写的故事他们——阿菲娅、哈姆扎和哈利法——都读。如果他对哪一个故事特别满意，有时会主动要求读给他们听。

"这孩子想象力真丰富！"哈利法无不佩服地说，"他喜欢上了写作，不再自言自语，真让人松口气。"

"我就说过嘛，说不定他一直在干这个，"哈姆扎沾沾自喜地说，"编故事。"

阿菲娅疑惑地看着他们两个。难道他们果真忘了那个令人毛骨悚然的声音、眼泪，还有深更半夜痛苦不堪的啼哭声？难道那些只是等着他去讲的故事？在她看来，那种场景似乎更像是折磨。她觉得，自己再也忍受不了谢赫亚和她的随从没完没了的鼓声和焚香的烟熏火燎了。虽然取得的成绩让这孩子现在看上去很高兴，也让他充满了自信，但她还是担心那个可怕的声音再一次出现。

---

① 精灵（jinn）：伊斯兰神话中地位比天使低、能变成人形或动物，并能附在人身上操纵人类的灵怪。

十五

第二年三月的一个上午，一个警察骑着自行车，朝着比亚沙拉家具及日用百货公司的木材场走来。天上下着小雨——临近末了的秋雨，短时的雨——让人几乎辨不清他身上的卡其服。这个警察中等身材，长着一张瘦削而又温和的脸，左眼圈的神经时不时微微抽动。他把自行车靠在挡雨的地方，走进纳瑟尔·比亚沙拉的办公室。

"您好！"他客客气气地说。

"您好！"纳瑟尔·比亚沙拉将身体向后一靠，把眼镜推到脑门儿上，狐疑地回了一句。警察找上门，没有什么充分的理由呀！

"哈姆扎·阿斯卡利在吗？"他用与外表一样温和的语气问道。

"这里有一个哈姆扎，但他不姓阿斯卡利，"纳瑟尔·比亚沙拉说，"很久以前他是阿斯卡利。你找他有什么事？"

"那一定是他。他在哪儿？"

"你找他有什么事？"纳瑟尔·比亚沙拉又问了一遍。

"大老板，我有我的事，您有您的事。我不想浪费您的时间。总局的人在找他，我要把他带过去，"警察客气地说，甚至还笑了笑，"麻烦您帮我叫他来。"

纳瑟尔·比亚沙拉站起来,把他带到车间。警察告诉哈姆扎,立即跟他去警察总局。他做了什么?纳瑟尔·比亚沙拉问道,但警察根本没有理睬他,而是看着哈姆扎,伸出左臂,朝门口一挥。

"这是怎么回事?"哈姆扎问道。

"这不关我的事,我们走吧。我相信你很快就会知道。"警察说。

"你不能来抓一个人,可又不告诉他究竟是为什么。"纳瑟尔·比亚沙拉愤愤不平地说。

"老板,我有我的事。我不是来抓他的,但如果他不愿意跟我一起走,我会抓他走。"说着,警察伸出右手去摸挂在腰上的手铐。

哈姆扎赶紧抬起双手,去安抚警察。他们步行走在大街上,哈姆扎稍微走在前面,警察推着自行车紧随其后。一路上虽然引来人们好奇的目光,但没有人跟他们说话。在警察总局,另一个警察在本子上写下了哈姆扎的名字,指了指一条长凳,让他坐下等着。他心里在嘀咕,这次传唤是因为什么事。警察问他是不是哈姆扎·阿斯卡利,所以肯定与驻防军有关。他从来没管自己叫阿斯卡利。这么多年过去了,他们还准备拘押他?大家都在传,这个国家的一些德国移民正准备撤离。英国人和德国人要打仗的传言越来越多,敌对双方的侨民也越来越担心遭对方拘押。

感觉过了一小时,但可能不到一小时,他被叫到名字,然后被带着走过一段不长的走廊,来到一间办公室。一个头发稀疏、小胡子浓密粗硬、目光炯炯有神的欧洲裔警察坐在一张桌子的后面。他没有穿警服,而是一身英国殖民官的打扮: 白色短袖衬衫、卡其色短裤、白色长袜和擦得锃亮的棕色皮鞋。另一个警察身穿卡其色制服,但没戴帽子,坐在一旁的小桌前,准备做笔录。英国警官指了指一把椅子,没有说话。等哈姆扎坐下后,他又拖延了片刻。

"你叫哈姆扎?"他用斯瓦希里语问道。他说话的声音既粗哑,又带着威逼的味道,就像是从嘴角里挤出来的。他眼睛里突然闪过一丝饶有兴趣的亮光,然后换了一副更平和的语气,又问了一遍:"哈姆扎?"

哈姆扎感觉自己听出了这种语气背后隐藏的暴力,这种语气他过去从德国军官们的嘴里听得太多了。他没有与英国官员打过交道,眼前的这位警官也是他在城里见过的头一个。"没错,我是哈姆扎。"他说。

"哈姆扎,你识字吗?"英国警官声音粗哑地问道。

"是的。"他惊讶地说。

"认识德语?"英国警官问道。哈姆扎点了点头。

"你在德国认识什么人吗?"警官问。

"我谁也不认识。"哈姆扎说。虽然嘴上说不认识,但他并没有忘记牧师夫人的事。

警官举起一个信封。信封已经拆开了。"这封信是写给哈姆扎·阿斯卡利的,用的是比亚沙拉家具及日用百货公司的邮政信箱。这是你吗?"

她回信了!他站起来伸手去拿信。穿制服的警察也站了起来。

英国警官分别看了两人一眼,口气强硬地说了声:

"坐下!"

"这是我的信,"哈姆扎说,但没有坐下。

"坐下!"警官换了一副更温和的语气,一直等到哈姆扎坐下,才说出了她的名字,又问道:"你是怎么认识这个女人的?"

没错,她回信了!"多年前,我曾为她工作过。"他说,警官点了点头。当地人为欧洲人工作并没有什么不正常的。警官从信封里抽出信,似乎默默地看了一遍。

"这是我的信。你们为什么不给我?"哈姆扎大声质问道。

"出于安全考虑。别对我大声吵吵,否则你看不到信,永远,"警官用流利的德语说,"一个有身份的德国女人为什么会写信给你呢?用这么高水平的语言写的信,你这样的人怎么能看得懂呢?你跟她还有书信往来吗?"

"我这辈子从未收到过什么人的信,"哈姆扎现在弄明白眼前这位警官为什么对他的信感兴趣了,于是便用斯瓦希里语回答道,"多年来,我们一直在等我哥哥的消息。他当过阿斯卡利。我懂点儿德语,所以最后给这位夫人写信请她帮忙。信上提他的名字了吗?"

警官递过信,哈姆扎站起来接了过来。"告诉我信上说什么。"警官说。

哈姆扎先把信默读了一遍,然后再读给警官听。这是一封长信,有两页;他不慌不忙,装出一副很吃力才能看懂的样子。"信上说他还活着,在德国,"他说,"感谢真主!她终于查到了。帮助夫人查找的人发现,在管理阿斯卡利档案

317

的办公室里，他的名字出现过两次：1929年他申请抚恤金，1934年他申请奖章。这么说，他还活着，感谢真主！可她现在别的就不知道了。她说，她会继续查。真不敢相信。她说，他们搬家了，我的信费了很多周折才送到她手里，但还是收到了，还说，她会再联系……"

"够了！"英国警官打断了他的絮叨，说，"信我已经看过了。海涅的一本书到底是怎么回事？你看过这本书？"

"哦，没有，是夫人给我的，"哈姆扎说，"我觉得这就是个笑话。她明明知道，这本书我根本看不懂。很多年前，我就把书弄丢了。"

英国警官想了想，决定这事就这么算了。"眼下与德国的关系非常紧张。如果再与德国的什么人有书信往来，我们会介入调查，还可能扣留信件。这可能会给你带来严重后果。记住，从现在起，我们会紧盯着你和这个地址。你可以走了。"

哈姆扎把信封装进口袋，不慌不忙地回到木材场，心里巴望着稍后该如何把这个消息告诉阿菲娅。他回到木材场后，众人都围拢过来问这问那，他轻描淡写地说，一个英国警官问他是什么时候在驻防军服役的。他要把信的事先告诉阿菲娅。"他们大概在统计阿斯卡利老兵的信息，"他说，"准备招募这些老兵参加步枪营。我告诉他们我受了伤。事情就是这样。"

他等着一家人回家吃午饭。哈利法已经不在仓库上班了，他每天上午都待在家里，或者找家咖啡馆跟人扯一扯当天的新闻，然后按照阿菲娅的吩咐，去市场买水果和蔬菜。

阿菲娅上午都是去妇幼保健站上班，等到她回家做午饭时，伊利亚斯也放学回来了。一家人通常是直到下午两点才吃午饭。哈姆扎默不作声、津津有味地吃着咸鱼蒸香蕉，一直等到午饭后洗了手，才招呼一家人注意听。

"你在做什么？"阿菲娅笑着说，"我就知道你有什么事。"

哈姆扎从衬衣口袋里掏出信封，大家马上明白是怎么回事了。一家人谁都没有收到过信。他一边念给他们听，一边翻译：

亲爱的哈姆扎，来信收悉，倍感欣喜。一晃多年过去，我们仍时常谈起在东非和布道院的岁月。听闻你身体康健，现已是木匠，且已成家，我们甚是高兴。

我们现已不住在柏林，而是住在维尔茨堡，故你的来信需经周转方到我们手上。听闻你兄长之事，我们甚是难过，于是便立即着手查询。所幸天从人愿，我们的一位朋友在柏林外交部供职，他从保存于外交部的驻防军档案中发现，有两处提及伊利亚斯·哈桑。由此推知，你兄长现在德国。此名字如此醒目，概当时整个驻防军只此一个伊利亚斯·哈桑。档案中首次提及此名字是1929年，其时他在申领抚恤金；再次提及是1934年，其时他在申领东非战役功勋奖章。两次申请均于汉堡提出，由此看来，他此时概住在汉堡。许多外国人均住在汉堡，因他们在船上工作，由此推断，他抑或在船上工作。因缺少退伍证明，他未能领到抚恤金；因功勋奖章只授予德国军人，而非阿斯卡利，他亦未能申领到。

近几年,德国岁月艰难。身为外国人,你兄长大概生活并不轻松,但你现在至少知道他仍活着。我们的朋友未能查到他何时来到德国,来德前又在何处。希望能有更多信息,如此我们便可进一步查询。如有进一步信息,我们会告知你;如能找到他,我们会将其住址告知你。如你能再联系,我们将倍感欣慰。

借此提一事,我们的邮件从布道院转寄来时,其中有一封中尉的来信,即把你送至布道院的那位老长官。1920年,他被遣返回德,便给我们写信,其时我们也已回德。他貌似先被拘押在达累斯萨拉姆,后转至亚历山大。他写信询问你的情况,我写信告诉他,你已完全康复,你的德语进步神速,还告诉他,你已是席勒的忠实读者。代牧师向你问好,他很想知道海涅的书你读得怎么样了。在他记忆中,你已不是那个他挽救了一条腿乃至生命的人,而是那个渴望读懂海涅作品的阿斯卡利。即我送你的那本。祝你和家人诸事顺意。

*

此后,一家人再也没有收到过信。哈姆扎回信向牧师夫人表示感谢,但信可能就没有从这个国家寄出去。不然的话,她肯定会回信告诉他们更多的消息,也许她的信没有逃过警官虎视眈眈的眼睛。当年九月,英国和德国宣战,两国间的邮政业务也就此中断。英国人在整个坦噶地区部署的步枪营投入到与部署在阿比西尼亚的意大利人的战役中。但他们生活在小城,远离这场战争,只能偶尔听到战争的一些消息。哈利法没能活到战争结束。1942年的一个晚上,他悄然离世,终年六十八岁。他的尸体用棺材抬到清真寺,举行了葬礼祈祷,这是几十年来他第一次进清真寺。除了几件破衣服和一堆旧报纸,他没有给别人留下任何东西。

1940年,伊利亚斯读完了八年级,这是城里学校教育的最高等级,所以在许多人眼里,读完八年级已经是了不起的成绩了。这样的受教育水平对于在卫生、农业或海关等政府部门培养作一个什么官已经足够了。1942年12月,在哈利法去世后不久,意大利人在阿比西尼亚战败几个月后,伊利亚斯应征进了步枪营。时年,他十九岁。一年多以来,他一直闹着要参军,但哈利法强烈反对,伊利亚斯不敢不听。他对伊利亚斯说,战争跟你没有任何关系,你父亲和你舅舅拿自己的命为那些自命不凡的战争贩子去冒险已经够蠢了,难道还不够吗?

在哈利法去世后,伊利亚斯整天软磨硬泡地恳求父母,两口子终于服输了。英国殖民当局承诺在战争结束后派合格的步枪营退役士兵去继续深造,伊利亚斯实在禁不住诱惑。他先是被派到地处肯尼亚殖民地高地的吉尔吉尔①接受训练,后被派往达累斯萨拉姆,在战争期间剩余的岁月中,与海岸团一起驻防达累斯萨拉姆。他没有参加任何战斗,但他对英国人和他们的追求了解了很多。他还学会了骑摩托车,

---

① 吉尔吉尔(Gilgil):位于肯尼亚西南部裂谷省的城镇,当时为英军肯尼亚第五步枪营驻地和战俘营所在地。

开吉普车,甚至会修理发动机。他踢足球、打网球,还穿着脚蹼用矛枪捕鱼。有一阵子,他甚至抽起了烟斗。

战争结束时,承诺的继续深造变成了在达累斯萨拉姆接受师资培训,之后,伊利亚斯在达累斯萨拉姆的一所学校谋到了一份教职,在卡里亚科街租了一间房。这些年,印度成功独立建国,恩克鲁玛①在黄金海岸取得胜利,荷兰在印度尼西亚一败涂地,在这种形势的鼓动下,反殖民情绪又重新蔓延开来。在这场运动中,异常活跃的是那些对政治非常敏感的学生,这些学生要么曾参加过马凯雷雷大学②学院非洲学生协会,要么参加过英格兰和苏格兰的学生组织。他们和所有了解这场运动的人都很担心新殖民政府的移民政策。伊利亚斯虽然后来参加了这场运动,但当时并没有参与。在这几年,正值他不到三十岁的年纪,他所做的就是参加体育活动,在学校教书。久而久之,他开始用斯瓦希里语写文章,有时在报纸上发表,由此开始崭露头角。二十世纪五十年代,殖民政府新建了一个无线电台,主要播出新闻和音乐节目,还播出改善卫生、农业和教育等方面的专题节目。不久,新闻节目演变成对肯尼亚茅茅③暴行义愤填膺式的抨击性报道,这些报道如此深入人心,乃至孩子们不听话时,母

---

① 恩克鲁玛(Kwame Nkrumah, 1909—1972):加纳政治家,曾领导黄金海岸人民推翻英国殖民统治,并于1957年获得民族独立。
② 马凯雷雷大学(Makerere University):乌干达最大、最古老的大学,前身是乌干达技术学院,1943年,英国殖民政府建议将其改为大学,此举被巴塔卡党称为"欧洲人移民、窃取非洲土地的阴谋",结果引发首都坎帕拉的骚乱。
③ 茅茅(Mau Mau):史称"茅茅起义",二十世纪五十年代肯尼亚人民反对英国殖民统治的武装斗争。

亲们都用茅茅来吓唬孩子。

每逢假期,伊利亚斯都会抽出几天时间,去看望哈姆扎和阿菲娅。小城有些地方,包括他们的老房子,通上了电。起初他还能兴致勃勃地在街上逛逛,但没多久便坐立不安,渴望回到达累斯萨拉姆。他父母喜欢听他讲他在达累斯萨拉姆的事,总是让他详细讲他在课堂上取得的成绩和他在报纸上发表的文章。他在体育运动方面的出色表现让阿菲娅万分惊喜,甚至故作惊喜,这让伊利亚斯很得意,也让他为自己已经战胜儿时的怯懦感到自豪。他问起舅舅伊利亚斯的情况,他们有没有再收到什么消息。他总是问,但没指望会有什么结果。他父亲告诉他,他又给牧师夫人写了信,但没有回音。后来,他们渐渐了解到,战争期间,德国遭到毁灭性的打击,他担心牧师和夫人可能没有躲过劫难。哈姆扎现在已经五十多岁了,做事虽然不像以前那样雷厉风行,但生活得倒也心满意足;他还在为纳瑟尔管理着比亚沙拉木材场。此时的纳瑟尔已不再是企业家,而是经营各种贸易——制药公司、家具店、包括收音机在内的最时髦家电产品——的大亨。哈姆扎和阿菲娅就有一台收音机。

广播电台一个受欢迎的专栏节目是邀请听众参与的故事性节目。节目制作人的助手把伊利亚斯的一篇文章拿给自己的老板看了。于是,这位制作人要求见伊利亚斯。他是个和善的英国人,身材高大,大脸庞,紫铜色的八字胡,身穿殖民官的制服:白衬衫、卡其色短裤、长及小腿的白袜和棕色皮鞋。裸露在外的胳膊和双腿肌肉健硕,跟他的脸上一样,长着一层紫铜色汗毛。

"我姓巴特沃思,是从农业部暂时借调过来的,"他对伊利亚斯说,"说到广播或讲故事,我是外行。他们还不如把我调到国家锚固与隧道管理局呢,但你必须加盟,而且要干好。我现在知道了,我喜欢对人们有教育意义的文章。这篇写执教经历的文章写得很好。你能不能再写一篇文章,讲一讲农耕方面的事?"

巴特沃思先生同时也是步枪营的预备役军官,当得知伊利亚斯是步枪营的退伍老兵时,便不断地给他一些小恩小惠。就这样,他有机会在电台节目中读自己写的文章,而且成了小有名气的人物。二十世纪五十年代中期,巴特沃思先生从借调岗位上调到西印度群岛,但到这时,伊利亚斯已经加盟广播电台,并在自己的新职业中获得了成功。后来,他成了广播电台制作团队的专职员工,主要负责新闻编辑,有空时便写写文章。二十世纪五十年代中期是坦盟①在尤利叶斯·尼雷尔领导下争取民族独立的时期。尤利叶斯·尼雷尔本是教会学校的一名老师,在成为主张独立的激进活动家之前,曾一度考虑皈依天主教。截止到1958年的选举为止,英国殖民政府显然处于混乱状态,而且正准备撤离。1960年,在殖民当局监督下举行的选举中,坦盟和尼雷尔赢得了百分之九十八的议会议席。这种选举结果不是腐败的选举委

---

① 坦盟(TANU):全称为"坦噶尼喀非洲民族联盟",是坦桑尼亚坦噶尼喀地区争取民族独立的主要政党,其前身是坦桑尼亚第一任总统尤利叶斯·尼雷尔(1922—1999)1954年在圣弗朗西斯公学教书时成立的"坦噶尼喀非洲联盟",1964年更名为"坦噶尼喀非洲民族联盟"。

员会像变魔术一样随便变出来的，而是在一脸不情愿的殖民官员牢骚满腹地监督下取得的。既然选举结果没有争议，英国人第二年就走了。

伊利亚斯的父母亲眼看见了坦桑尼亚的独立。独立两年后的1963年，伊利亚斯获得了德意志联邦共和国提供的奖学金，到波恩学习一年先进的广播技术。这一年，他三十八岁。德意志联邦共和国俗称西德，是战后由美、英、法占领的地区组成的联邦。德国被苏联占领的地区成为德意志民主共和国。民主德国积极参与殖民政治，与其他苏维埃东欧盟国一起，为非洲许多地区的造反解放运动提供保护、训练和武器。民主德国以去殖民化民族的斗士自居，于是，联邦德国设立奖学金，其宗旨一方面是与民主德国设立的奖学金分庭抗礼，另一方面是在联合国等国际论坛上赢得穷国的支持。经过面试和考评，伊利亚斯获得了奖学金，心里非常高兴。除了接受基础训练时在肯尼亚的吉尔吉尔待过几个月，伊利亚斯从没到过别的什么地方。现在，作为一个放眼看世界的成年人，他就要去旅行了。

他先是在波恩花了六个月的时间学习德语强化课程。在波恩期间，他过得很开心，一节课都不落，每天练上几个小时的德语之后，只要大街上有什么可看的，他便跑去看，逛商店，看展览，给父母和在谋生计的朋友们寄明信片。他住在一栋专为成年学生提供住宿的三层大楼里。每层楼都有六个大房间，共用洗浴设施。大楼离大学食堂不远，总体上很舒适，完全满足伊利亚斯的需求。从表面上看，他肯定是从父亲身上遗传了某种天赋，因为他的德语进步很快，老师们都夸赞他德语说得好。

前六个月结束后,他开始了培训项目中节目制作环节的学习。该培训环节要求他必须做一个需要调研和录音采访的新闻课题。为此,他得到一笔经费,同时给指派了一名导师,对他进行六个小时的技术指导。这一点在来之前他就知道了,而且也知道自己的选题是什么。他选择调查走访他舅舅伊利亚斯的下落。他从父亲那本海涅的书里抄下牧师夫人的地址,还在学习语言课程时,就开始阅读介绍维尔茨堡的文献。他了解到,1945年3月16日,数百架英国兰开斯特轰炸机空袭维尔茨堡,投掷了无数燃烧弹,百分之九十的维尔茨堡地区被夷为平地。这次空袭纯粹是为了挫伤平民的士气,在军事上根本没有紧迫的必要。他在大学图书馆里找到了维尔茨堡重建后的地图,查找夫人留下的地址中的街道。在了解了毁灭性打击的种种细节之后,他怀疑这条街道现在是不是还在,但查询结果证明街道的确还在。等他的德语足够好了以后,他写了封短信,解释说他是阿斯卡利哈姆扎的儿子,写信是想向牧师和夫人转达他父亲的问候。他把自己的地址写在信封的左上角。十天后,信原封不动地退了回来,信封的下面写着"查无此人"。

听伊利亚斯讲自己的选题时,指派给他的导师科勒博士皱起了眉头。"五十年前非洲的一场战争,"他说,"这么说,德国一直就不停地打仗啊。"

科勒博士四十出头,高个子,金发,在系里脸上总是挂着笑,走起路来大步流星,但他的不以为然让伊利亚斯大失所望。他犹豫了片刻,又继续解释说,他要查访的驻防军阿斯卡利是他的舅舅,他在东非战争后来到德国。科勒博士抬起下巴,然后稍微点了点头,示意他继续做自己的选题。伊利亚斯把挽救他父亲一条腿甚至整条命的那位牧师、基伦巴布道院、牧师夫人说明他舅舅下落的那封信等情况,向导师做了说明。他告诉科勒博士,他曾经按照信上的地址写信寄到维尔茨堡,但信被退了回来。科勒博士耸了耸肩。伊利亚斯觉得,自己明白他耸肩的意思了。

"'牧师'①一词意味着他是路德宗的传教士,"科勒博士说,"调查维尔茨堡天主教的一个路德宗传教士应该不太难。下一步你准备怎么办?"

"我准备亲自去一趟,看看有没有关于这条街或者牧师和夫人的档案。"

"越快越好,"科勒博士饶有兴趣地说,"你到哪里去找这些档案呢?"

"我不知道。到了以后再去打听。"伊利亚斯说。

科勒博士笑了笑。"换了我,我会从市政厅着手。你可以申请课题差旅费,不过只能在过后报销,这你是知道的。我们的官僚体制对资金的管理非常严格……哦,对什么都一样。全世界都羡慕德国的官僚体制。我希望,你身上的钱够你先花着,然后再去报销。这是你自己的课题,你想怎么做就怎么做,不过我希望我们就像现在这样,每周见一次面,向我汇报调研结果。对,去维尔茨堡市政厅查一下

---

① "牧师"一词在英语中有各种不同的叫法,到外国传教的牧师一般用 missionary,天主教的神父一般用 priest,此处原文是 pastor。

吧。维尔茨堡很漂亮,不过,自从爆发了战争,我就没有去过。"

伊利亚斯从波恩乘火车到法兰克福,然后换乘到了维尔茨堡。在市政厅,他被领到户籍室。在户籍档案中,他发现牧师一家住的那条街道已被彻底摧毁。在空袭引发的大火中,牧师、牧师夫人和一个女儿被推定丧生。他记得,牧师家有两个女儿,但其中一个显然当时已经不与父母住在一起了。这就是户籍室里保存的所有档案记录:他们的姓名、他们居住的街道,以及街道被毁。管户籍的女士解释说,如果他要找的人是路德宗的牧师,那他应该到纽伦堡的巴伐利亚路德宗档案馆去查一查。

他将自己的调研结果向科勒博士作了汇报,科勒博士建议他去之前先给档案馆打个电话。同时,他给他看了几个月前飞利浦刚推出的一款袖珍盒式录音机。系里买到了两台,他说,伊利亚斯为什么不带上一台,这样他就能录下与档案管理员的对话?他打过电话之后,再次途经法兰克福和维尔茨堡,去了巴伐利亚。上次旅行的时候,他居然不知道他距离纽伦堡这么近。管理员是一个形容瘦削的老人,身穿深色西装,不过西装穿在他身上有些松松垮垮。他把伊利亚斯带进一个房间,房间里有一张长桌,桌上放着一小摞文件。管理员手里拿着几张报纸坐在桌子的一端,大概是为了监视他。有什么需要,尽管问我,他说。

在文件中,伊利亚斯看到,牧师从东非回来后,被安排到维尔茨堡的福音派路德宗圣司提反教堂。教堂在1945年3月被彻底摧毁,在五十年代得以重建。牧师还在维尔茨堡朱利叶斯-马克西米利安大学①做兼职教师,讲授一门名为"新教神学"的课程。档案中没有记录夫人的职业。在空袭中,夫妻俩与小女儿一起丧生。您知道牧师另一个女儿的下落吗?伊利亚斯问管理员。对方摇了摇头,没有说话。在文件中,有一份不知是从报纸上还是杂志上剪下来的、简要介绍基伦巴布道院的剪报,上面只有一两段文字,介绍了诊所、学校和牧师的姓名。没有照片,标题和发行日期都被剪掉了。伊利亚斯问管理员,他知不知道这份剪报的来源。

管理员走到伊利亚斯跟前,盯着剪报看了一会儿,说道:"很可能是《殖民地与宗主国》②,帝国殖民联盟接管前的旧刊。"

"帝国殖民联盟是什么?"伊利亚斯问道。

档案管理员一脸的冷峻,简直是在鄙视他的无知。"是同盟,推动再殖民化运动一体化的组织。当时掀起了一场运动,目的是拿回被《凡尔赛合约》夺走的殖民地。"

"这个词是什么?一体化?"伊利亚斯问道,"求您了,蒙您襄助,晚辈万分感激。"

也许是伊利亚斯恳求的语气平复了管理员的怒气,他点了点头:"一体化说的是纳粹政府将所有组织合并在一起、集中管理的方式。就是说……协调、控制。帝国殖民联盟将那

---

① 朱利叶斯-马克西米利安大学(Julius-Maximilians-Universität Würzburg):亦称"维尔茨堡大学",成立于1402年,位于巴伐利亚州维尔茨堡市区。
② 《殖民地与宗主国》(Kolonie und Heimat):十九世纪末德意志第一帝国时期创办的期刊,一战德国战败后停刊,后由帝国殖民联盟复刊,成为1937年至1943年间宣传纳粹殖民主义纲领的重要喉舌。

些鼓吹再殖民化的社团全部统一起来，置于党的控制之下。"

"我对再殖民化运动一无所知。"伊利亚斯说。

管理员耸了耸肩。傻瓜。"《殖民地与宗主国》在帝国时代就有，他们又把它复刊了。我觉得这份剪报是从旧刊上剪下来的。"说完，他回到原来坐的地方，伊利亚斯把他的话记在了笔记本上。直到这时，他才意识到自己忘了打开飞利浦袖珍录音机。他觉得，关于帝国殖民联盟的信息，不可能再请这个冷面老人重复一遍了。就在他正准备离开的时候，伊利亚斯突然冒出一个想法，问道：您当时在东非吗？他问这句话的时候，两人正站在档案馆的大门口，管理员回了一声"没错"，没等伊利亚斯再问，便转过身去。

听到伊利亚斯居然没有听说过再殖民化运动，科勒博士也很惊讶。"这可是大事，被民族社会主义者利用的积怨。我还记得一次又一次的游行。你用录音机了吗？哦，真可惜。你正在制作广播节目，所以最好能从管理员这样的人那里搞一些录音剪辑。也许你下次调研的时候用上吧。"

伊利亚斯发现，帝国殖民联盟的档案在科布伦茨，距离莱茵河和摩泽尔河交汇处的美丽古城波恩不远。他先打电话请求查阅《殖民地与宗主国》的档案，等他到了档案馆之后，一位女管理员接待了他，把他领到一个摆着一排排书架的大房间。管理员说，如果需要她帮忙，她的办公室就在隔壁。在档案中，他发现，帝国殖民联盟成立于1933年，1936年并入民族社会主义党[①]。《殖民地与宗主国》既是期

[①] 民族社会主义党（the National Socialist Party）即纳粹党。

刊，又是摄影杂志，于 1937 年复刊。在他翻阅这些期刊的过程中，他不但看到了在丧失殖民地之前拍摄的许多殖民地农庄和各种仪式的照片，还看到了帝国殖民联盟为推动和鼓噪殖民地回归组织活动的照片。在各种集会和讲台上，照片上帝国殖民联盟的成员都穿着驻防军军装，打着专门设计的旗帜。在 1938 年 11 月的那一期中，他看到一张模糊的照片，照片中几个人站在讲台上，其中有两个身穿军装的德国成年人，一个身穿白衬衫和黑短裤的德国少年站在麦克风前，在少年身后相框的左边是一个身穿驻防军军装的非洲裔男子。在几个人的身后，挂着一面帝国殖民联盟的旗帜，旗帜的一角上有纳粹的卍字党徽。照片的文字说明是帝国殖民联盟汉堡庆祝大会，但照片上没有标注四个人的名字。他问管理员，能不能找到照片的原件或说明照片来源或场合的什么细节。这一次，他没有忘记打开随身携带的飞利浦袖珍录音机。

"我们有很多原始照片，但我不知道这些照片放在哪里，也不知道照片是不是分过类，"她带着歉意说道，"我们的档案都有保管期限，不过如果你给我几天时间，我会给你答复。我这里有你们大学系部的电话号码。"

几天后，他回到科布伦茨，打开随身携带的录音机。档案管理员帮他在按照年份保存的几箱子照片中翻找，两人轻松地找到了照片的原件。照片的背面有备注，其中有摄影师的姓名和照片中人物的名字，期刊的图片编辑肯定是擅自做主把这些内容从照片的文字说明中删除了。照片备注还说，该活动是在汉堡放映了介绍德属东非的一部电影后举行的一次集会。身穿驻防军军装的非洲裔男子名叫埃利亚斯·埃森。那眼睛，那眉宇。

他请管理员把原件复印了一份，然后把复印件寄给了母亲。几天后，她回信说，照片上的人就是他舅舅伊利亚斯。

在波恩，他住的地方距离包括外事办在内的政府机关步行就可以走到。他既是获得联邦政府奖学金资助的广播项目的学生，又是职业记者，这种双重身份让他接触到许多政府官员。有时候，这些官员即便不能直接为他提供他需要的信息，也经常会建议他应该到哪里去查找。他把调研的进展情况写信回家告诉父母，但有些发现因为没有定论，无法写在信里。

他去过弗赖堡的军事历史研究所，去过柏林的殖民地联盟档案馆，还去过柏林的东方语言学院，走访了学院的语言学家，查阅了学院对管理已收复殖民地的警察和政府官员进行语言培训的文献档案。有些调研只是为了进一步证实他已经收集到的信息，有些调研只是为了掌握更多的背景资料。他走访过军迷，走访过业余的和专业的史学家，如果他走访的人同意，他便用飞利浦袖珍录音机进行录音。就这样，他逐渐勾勒出一个草图，一段故事。虽然仍需要更漫长、更持之以恒的调研去补充细节，但对他广播项目的课题来说，资料已经足够了。对他的这番努力，科勒博士很高兴，而且认为，袖珍录音机虽然录的音质很差，但还是给调研过程增添了不少感染力。

一直等到回到家中，他才把伊利亚斯舅舅的遭遇一五一十地告诉了父母。以下便是他告诉父母的内容。在1917年

10月的马希瓦战役中，伊利亚斯舅舅受了伤。（我也参加了，哈姆扎说，那场战役异常惨烈。）被俘后，他先是被关押在林迪，后来被关押在蒙巴萨。（这么说，他离我们这里只有一天的路程，阿菲娅说。）战后，英国人将德国军官遣返回德国，但把驻防军的阿斯卡利随便就给放了，只是把他们一放了之，任由他们自谋生路。伊利亚斯不知道舅舅伊利亚斯在哪里、什么时间被释放的。他没能查到任何相关的信息。他可能是在沿海的什么地方落了脚，甚至是漂洋过海。他也不知道舅舅获释后干过什么。不知在什么时候，他在船上做过侍应生或是普通的雇工。但可以肯定的是，他曾在一艘德国船上工作过，而且在1929年，人已经到了德国，这一点他们已经从牧师夫人的信中和伊利亚斯在外事办看到的档案中了解到了。到这时，他已经把自己的名字改为埃利亚斯·埃森，在汉堡以卖唱为生。在人们的记忆中，他叫埃利亚斯·埃森，在汉堡一家只有社会底层的人才去光顾的卡巴莱①夜总会当歌舞演员，在舞台上穿着阿斯卡利的军装，头戴有帝雕徽章的塔布什帽。1933年，他与一个德国女子结了婚，育有三个孩子。伊利亚斯之所以知道这一点，是因为他的档案中有一项是他妻子向法院提出的诉状，内容是反对把他们从租住的房子中赶出去。在诉状中，她说明了她结婚、生子等细节，还提供了她丈夫是驻防军退伍老兵的档案。另一条档案是，1934年他曾申请过战功勋章，不过这

---

① 卡巴莱（cabaret）：一种以音乐、歌舞、朗诵或戏剧为特色的娱乐形式。表演场地可能是酒吧、赌场、酒店、餐厅或有表演舞台的夜总会，此类娱乐节目通常面向成人观众，且具有明显的地下性质。

一点牧师夫人已经告诉过他们,他们已经知道了。他们不知道的是,因为牧师夫人当时也不知道,伊利亚斯舅舅参与了一个纳粹党组织——帝国殖民联盟。纳粹想夺回殖民地,伊利亚斯舅舅也希望德国人回来,所以他参加了帝国殖民联盟举行的游行,打着驻防军的军旗,站在台上为纳粹唱赞歌。所以说,你在这里为他伤心流泪的时候,伊利亚斯说,伊利亚斯舅舅正在德国的城市里载歌载舞,在游行队伍中挥舞着驻防军的军旗,高呼收回殖民地呢。在纳粹眼里,"生存空间"①不仅包括乌克兰和波兰。纳粹的美梦还包括非洲这座冰雪盖顶的乞力马扎罗山下的丘陵、山谷和平原。

1938年,伊利亚斯舅舅住在柏林,大概就在牧师夫人帮他们查询的时候,他因违反纳粹种族法、玷污一个雅利安女子而被捕。不是因为他娶了德国妻子!他们是在1933年结的婚,种族法到1935年才获得通过,所以种族法并不适用于他们的婚姻。他被捕的原因是,1938年他与另一个德国女子闹出了一段风流韵事。这就归种族法管了。1938年,他是明目张胆地犯法,但在1933年,他并没有犯法,因为当时种族法还没有通过。伊利亚斯舅舅被关进柏林郊外的萨克森豪森集中营②,他唯一幸存的儿子,用指挥东非战

---

① 生存空间(Lebensraum):十九世纪九十年代至二十世纪四十年代德国奉行的移民殖民主义政策。第一次世界大战期间,"生存空间"成为德帝国的地缘政治目标,希特勒上台后,纳粹向中东欧领土扩张的"东向计划"便是在"生存空间"的纲领下制订的。
② 萨克森豪森集中营(Sachsenhausen):二战期间所有德国占领区纳粹集中营的指挥总部所在地。从1936年到1945年,这里先后关押过22万包括战俘和犹太平民在内的囚犯,其中有10万人惨遭杀害或死于劳累与疾病。

争的将军的名字起名叫保罗，自愿跟着他进了集中营。现在不知道他妻子的下落。1942年，伊利亚斯舅舅和儿子保罗死于萨克森豪森集中营。伊利亚斯舅舅的死因没有记录，但一名幸存下来的囚犯写了回忆录，我们从中得知，自愿进入集中营陪父亲的那位黑人歌手的儿子在企图逃跑时被枪杀。

所以，我们现在能确定无疑的是，伊利亚斯对父母说，有人深爱伊利亚斯舅舅，为了陪伴他，宁愿跟他去集中营赴死。

附 录

2021年诺贝尔文学奖得主
阿卜杜勒拉扎克·古尔纳获奖演说

写 作

写作向来是一种乐趣。当年我还是个小男生的时候,课程表上的所有科目当中,我最期盼的就是上写作课,写一个故事,或是写我们的老师认为能激发我们兴趣的任何东西。这时所有人都会安静下来,伏在课桌上面,努力从记忆中或是想象中提取一些值得讲述的东西来。在这些青涩的作品中,我们并不渴望诉说什么特别的事情,或是回忆某段难忘的经历,或是表达个人坚信的观点,或是一诉心中的愤懑苦情。这些作品也不需要任何别的读者,只是写给催生它们的那位老师一个人看的,作为一种提高我们漫谈技巧的练习。我写作,因为老师让我写作,因为我在这样的练习中找到了如此多的乐趣。

多年以后,等到我自己也成了一名教师,我又重演了这段经历,只是角色颠倒了过来:我会坐在一间安静的教室里面,学生们则在伏案奋笔。这让我想起了 D. H. 劳伦斯的一首诗,我现在就想引用其中的几句:

引自《最好的校园时光》

我坐在课堂的岸边，独自一人，
看着身穿夏日短衫的男孩们
在写作，他们的圆脑袋忙碌地低垂着：
然后一个接着一个他们抬起
脸来看向我，
十分安静地沉思着，
视，而不见。

接着那一张张脸便又扭开，带着小小的、喜悦的
创作兴奋从我身上扭开，
找到了想要的，得到了应得的。

我所描述的以及这首诗所回忆的写作课，并非日后写作将会呈现在我眼前的模样。它不像后者那样被驱动，被指引，被回炉，被不断地重组。在这些青涩的作品中，我的写作是一条直线，可以这么说吧，没有太多犹豫和修改，有的只是纯真。写作之外我还如饥似渴地阅读，同样没有任何方向指引，当时我还不知道这两者之间有着怎样密切的联系。有时候，如果第二天不需要早起上学，我就会读书读到深夜，我的父亲——他自己也算是个失眠症患者了——都不得不来我的房间，命令我熄灯。哪怕你有这胆子，你也不能对他说，既然他也没睡，凭什么你不行呢，因为你不能这样子和父亲说话。再者说，他是在黑暗中失眠的，灯也关了，为

的是不打扰母亲，所以熄灯令依然有效。

与我年轻时那种随性的体验相比，日后我所从事的阅读与写作可谓有条不紊，但其中的快乐从来没有消失过，我也很少感到过吃力。不过，渐渐地，快乐的性质发生了改变。直到我移居英格兰以后，我才充分认识到了这一点。正是在那里，饱受思乡之苦与他乡生活之痛，我才开始深思此前我从未考虑过的许多事情。也正是在这一时期，在长期的贫穷与格格不入之中，我开始进行一种截然不同的写作。我渐渐认清了有一些东西是我需要说的，有一个任务是我需要完成的，有一些悔恨和愤懑是我需要挖掘和推敲的。

起初，我思考的是，在不顾一切地逃离家园的过程中，有什么东西是被我丢下的。1960年代中期，我们的生活突然遭遇了一场巨大的混乱，其是非对错早已被伴随着1964年革命巨变的种种暴行所遮蔽了：监禁，处决，驱逐，无休无止，大大小小的侮辱与压迫。在这些事件的漩涡当中，一个少年的头脑是不可能想清楚眼下之事的历史与未来影响的。

直到我移居英格兰后的最初那几年，我才能够深思这些问题，琢磨我们竟能对彼此施加何等丑恶的伤害，回首我们聊以自慰的种种谎言与幻想。我们的历史是偏颇的，对于许多的残酷行径保持沉默。我们的政治是种族化的，直接导致了紧随革命而来的种种迫害：父亲在自己的孩子面前被屠杀，女儿在自己的母亲面前被侵犯。身居英格兰的我，远离所有这些事件，同时却又在精神上深深地为它们所困扰——这样的处境，比起继续同那些依然承受着事件后果的人一起生活，或许反倒使得我更加尢力抵抗这种记忆的威力。但我同时还被另一些与这类事件无关的记忆所困扰：父母对子女犯下的残酷行径，人们因为社会与性别教条而被剥夺充分表达的权利，以及种种容忍贫困与依附关系的不平等。这些问题普遍存在于所有人类的生活中，并不为我们所特有，但它们并不会时时挂在你的心头，除非个人境遇迫使你认识到它们的存在。我猜这就是逃亡者所不得不背负的重担之一——他们逃离了创伤，自己找到了安全的生活，远离那些被他们抛在身后的人。最终我开始将一部分这样的反思付诸笔端，不是以一种有序的或是系统的方式，当时还没有，只是为了能够稍稍澄清一点心头的困惑与迷茫，并从中获得慰藉。

不过，假以时日，我渐渐认清了还有一件令人深感不安的事情正在发生。一种新的、简化的历史正在构建中，改变甚至抹除实际发生的事件，将其重组，以适应当下的真理。这种新的、简化的历史不仅是胜利者的一项必不可少的工程（他们总是可以随心所欲地构建一种他们所选择的叙事），它也同样适合某些评论家、学者，甚至是作家——这些人并不真正关注我们，或者只是通过某种与他们的世界观相符的框架观察我们，需要的是他们所熟悉的一种解放与进步的叙事。

如此，拒绝这样一种历史就很有必要了，这种历史不尊重上一个时代的实物见证，不尊重那些建筑、那些成就，还有那些使得生活成为可能的温情。许多年后，我走过我成长的那座小镇的街道，目睹了镇上物、所、人之衰颓，而那些两鬓斑白、牙齿掉光的人依然继续着生活，唯恐失去对于过去的记忆。我有必要努力保存那种记忆，书写那里有过什么，找回人们赖以生活，并借此认知自我的那些时刻与故事。同样必要的还有写下那种种迫害与残酷行径——那些正是我们的统治者试图用自吹自擂从我们的记忆中抹去的。

另一种对于历史的认识同样需要面对——这种认识是我在移居英格兰，接近其源头之后才渐渐看清的，比我在桑给巴尔接受殖民教育的时候看得更清。我们这一辈人，都是殖民主义的孩子，而在这一点上我们的父辈和我们的晚辈则并非如此，至少和我们不一样。我这话的意思并不是说我们对于父辈所珍视的那些东西感到生疏，也不是说我们的晚辈就摆脱了殖民主义的影响。我想说的是，我们是在帝国主义高度自信的那段时间里长大成人并接受的教育，至少在我们所处的世界区域是那样，当时的殖民统治使用委婉的话术伪装自我，而我们也认可了那套说辞。我指的那段时间，是在整个区域的去殖民化运动开始步入正轨并让我们睁眼看到殖民统治所造成的掠夺破坏之前。我们的晚辈有他们的后殖民失望要面对，也有他们自己的自我欺骗来聊以自慰，所以有一件事他们也许并不能看得很清，或是达不到足够的深度，那就是：殖民史彻底改变了我们的生活，我们的腐败和暴政从某种程度上讲也是殖民遗产的一部分。

这些问题中的一些我在来到英国后看得愈发清楚了，不是因为我遇到了什么人能在对话中或是课堂上帮助我澄清，而是因为我得以更好地认识到，在他们的某些自我叙事中——既有文字，也有闲侃——在电视上还有别的地方的种族主义笑话所收获的哄堂大笑中，在我每天进商店、上办公室、乘公交车时所遭遇的那种自然流露的敌意中，像我这样

341

的人扮演着怎样的角色。我对于这样的待遇无能为力，但就在我学会如何读懂更多的同时，一种写作的渴望也在我心中生长：我要驳斥那些鄙视我们、轻蔑我们的人做出的那些个自信满满的总结归纳。

但写作不可能仅仅着眼于战斗与论争，无论那样做是多么的振奋人心，给人慰藉。写作不是只着眼于一件事情，不是为了这个问题或那个问题，这个关切点或那个关切点；写作关心的是人类生活的方方面面，因此或迟或早，残酷、爱与软弱就会成为其主题。我相信写作还必须揭示什么是可以改变的，什么是冷酷专横的眼睛所看不见的，什么让看似无足轻重的人能够不顾他人的鄙夷而保持自信。我认为这些同样也有书写的必要，而且要忠实地书写，那样丑陋与美德才能显露真容，人类才能冲破简化与刻板印象，现出真身。做到了这一点，从中便会生出某种美来。

而那样的视角给脆弱与软弱、残酷中的温柔，还有从意想不到的源泉中涌现善良的能力全都留出了空间。正是出于这些原因，写作对我而言才是我人生中一个很有价值且十分有趣的组成部分。当然，我的人生还有其他部分，但那些不是我们此刻所要关注的。经历了这几十年的人生岁月，我演讲开头所提到的那种青涩的写作乐趣如今依然没有消失，堪称一个小小的奇迹。

最后，让我向瑞典文学院表达我最深切的谢意，感谢他们将这一莫大的荣誉授予我和我的作品。我感激不尽。

（宋佥　译）

Abdulrazak Gurnah
AFTERLIVES
Copyright ⓒ Abdulrazak Gurnah, 2020
This edition arranged with ROGERS, COLERIDGE & WHITE LTD（RCW）
Through Big Apple Agency, Inc., Labuan, Malaysia.
Simplified Chinese edition copyright：
2022 Shanghai Translation Publishing House（STPH）
All rights reserved.

古尔纳获奖演说已获 The Nobel Foundation 授权使用
Nobel Lecture
Writing
By Abdulrazak Gurnah
Copyright ⓒ The Nobel Foundation 2021

图字：09－2022－186 号

图书在版编目（CIP）数据

来世／（英）阿卜杜勒拉扎克·古尔纳
（Abdulrazak Gurnah）著；李和庆译. —上海：上海
译文出版社，2022.8
（古尔纳作品）
书名原文：Afterlives
ISBN 978－7－5327－9087－6

Ⅰ.①来… Ⅱ.①阿…②李… Ⅲ.①长篇小说—英国—现代 Ⅳ.①I561.45

中国版本图书馆 CIP 数据核字（2022）第 104213 号

来世
［英］阿卜杜勒拉扎克·古尔纳 著 李和庆 译
策划／冯 涛 责任编辑／顾 真 装帧设计／张志全工作室

上海译文出版社有限公司出版、发行
网址：www.yiwen.com.cn
201101 上海市闵行区号景路 159 弄 B 座
苏州市越洋印刷有限公司印刷

开本 889×1194 1/32 印张 10.75 插页 6 字数 188,000
2022 年 9 月第 1 版 2022 年 9 月第 1 次印刷
印数：00,001—30,000 册

ISBN 978－7－5327－9087－6/I·5642
定价：78.00 元

本书中文简体字专有出版权归本社独家所有，非经本社同意不得连载、摘编或复制
如有质量问题，请与承印厂质量科联系．T：0512－68180628